AF214719

Werner Mockenhaupt

# Der Weg der Sachertorte

*Kindheit im Krieg, Konditorei-Café, Politik & Enkel*

Alte und neue Episoden aus dem Leben eines Konditors
mit Fotos sowie Zeichnungen von den Enkelinnen

Copyright: © 2020: Werner Mockenhaupt

Verlag und Druck:
tredition GmbH, Halenreie 40-44, 22359 Hamburg

978-3-347-15701-9 (Paperback)
978-3-347-15702-6 (Hardcover)
978-3-347-15703-3 (e-Book)

Das Werk, einschließlich seiner Teile, ist urheberrechtlich ge-
schützt. Jede Verwertung ist ohne Zustimmung des Verlages und
des Autors unzulässig. Dies gilt insbesondere für die elektroni-
sche oder sonstige Vervielfältigung, Übersetzung, Verbreitung
und öffentliche Zugänglichmachung.

Bibliografische Information der Deutschen Nationalbibliothek:
Die Deutsche Nationalbibliothek verzeichnet diese Publikation in
der Deutschen Nationalbibliografie; detaillierte bibliografische
Daten sind im Internet über http://dnb.d-nb.de abrufbar.

# INHALTSVERZEICHNIS

*Wer vom Anfang an genau weiß, wohin sein Weg führt, wird es nie weit bringen.*
*Napoleon I. (Kaiser der Franzosen)*

# 1  Sonntagsausflug (1935)

Das Laub raschelte unter den Füßen. Den Kindern Hermann und Ludwig machte es Spaß die Beine nicht mehr zu heben. Sie genossen es, geräuschvoll mit den kurzen Hosen und den langen Wollstrümpfen, durch die bunten Blätter zu waten. Es war Oktober 1935. Die Herbstsonne verschenkte ihre letzte Kraft. Es roch nach Kartoffelfeuer und gemähtem Gras. Josef mit seinen zwei Söhnen fühlte sich wohl, und alle drei genossen den schönen Sonntagsausflug. Ziel war der kleine Bauernhof von Josefs Eltern. Ludwig, das zweite Kind von Martha und Josef war zweieinhalb Jahre alt. Er hielt sich brav an Vaters Hand, oder manchmal auch an seinem Spazierstock fest. Der Weg vom Dorf zum großelterlichen Gehöft dauerte ca. eine Stunde. Er führte durch Wald und Wiesen und wegen der siegerländischen, topographischen Struktur, auch rauf und runter. Hermann, der gestern seinen fünften Geburtstag gefeiert hatte lief meistens zehn Schritte voraus. Andauernd kam er mit besonders großen, oder außergewöhnlichen gelben und roten Blättern zurück, die im herbstlichen Wald als Laub am Weg lagen. Die jeweilige Form interessierte ihn. Warum ist das Blatt so groß? Warum so gelb? Warum fällt es vom Baum? Er fragte, und fragte, und fragte. Und immer wieder das Nachbohren auf die Antworten seines Vaters; und was passiert dann, und dann, und dann - bis zur Unendlichkeit. Vater Josef mit Mantel, Hut und qualmender Pfeife im Mund, stapfte derweil frisch und heiter neben, oder auch mal hinter seinen Kindern daher. Hier und da wippte er mit seinem Fuß einen Stein vom Weg "Papa," rief Ludwig plötzlich und unerwartet "guck da", der Kleine zeigte mit seinem winzigen Finger in Geradeausrichtung. Von links nach rechts sauste ein Eichhörnchen über den Weg. Es kletterte in Sekundenschnelle einen Nadelbaum hoch.

Ludwig staunte und zeigte immer wieder auf die große Tanne, in die das flinke Tier mit dem buschigen Schwanz verschwunden war. Gegen $11^{30}$ Uhr kamen die drei in dem rustikalen Bauernhaus, dem Hoheitsgebiet von Oma Hedwig und Opa Heinrich, an. Alle wurden in der großen Wohnstube von der zahlreichen Verwandtschaft freundlich begrüßt. Nur Opa war, wie es nach Meinung der Kinder aussah, immer mürrisch. Ludwig ging sofort auf Erkundungstour. Er befand sich in der großen Scheune, als laut und durchdringlich sein Name gerufen wurde. Seine Lieblingstante Helene trommelte alle zum Mittagessen zusammen. Nun kam die besondere Begebenheit, die Ludwig nie vergessen wird. Es gab Milchsuppe. Er hasste Milchsuppe, er mochte diese Art Speise nicht, besonders nicht, wenn sich eine Haut auf der Oberfläche gebildet hatte. An dem großen Wohnzimmertisch mit 12 Personen rührte und manschte er lustlos im Teller herum. Als Kleinster in der Runde hatte er aber nicht den Mut zu sagen; diese Suppe mag ich nicht. Opa Heinrich, am Kopfende des Tisches hörte und sah sich das alles eine Zeit lang an. Ihm entging nichts. Plötzlich und unerwartet sauste seine Faust wuchtig und kraftvoll auf den Tisch. Die Teller wackelten, und Teile der darin enthaltenen Flüssigkeit ergoss sich auf das schöne weiße Sonntagstischtuch. Gleichzeitig erscholl sein Kommando. "**Teller leer**" In Ludwigs Kopf war der Blitz und Donner gleichzeitig. Widerspruch gab es nicht. Alle Gespräche wurden augenblicklich eingestellt. Hasso, der mittelgroße, braune Hund mit den weißen Streifen im Fell bellte laut aus seiner Ofenecke. Anscheinend hatte er dieses Schlaggeräusch noch nie gehört, denn nun winselte er auch noch leise jaulend um den Tisch herum. Ein kurzer, messerscharfer Pfiff von Opa Heinrich, und Hasso trottete knurrig und schweifwedelnd auf seinen Platz zurück. Oma Hedwig brummelte so etwas wie "hier wird gegessen was auf den Tisch kommt". Alle wussten sofort, dass das Ausrasten von Opa nur dem Kleinsten, nämlich Ludwig, gegolten hatte. In dieser Situation war dieser nicht mehr in der Lage den Kopf zu heben, bzw. auch noch etwas zu sagen. Unter den Augen aller Anwesenden löffelte er die Suppe, würgend mit Tränen in den Augen, und im Teller, restlos aus.

Später traf Josef seinen jüngsten Sohn im warmen Kuhstall wieder. Dieser hatte das Erlebnis vom Mittag schon wieder fast verdrängt. Es dunkelte schon als sie den Heimweg antraten. Ludwig hielt sich jetzt sehr nahe an seinem Vater fest. Die Geräusche im dämmrigen und nebligen Wald ängstigten ihn. Es zirpte, zischte, wisperte, quakte und gluckste in der unübersichtlichen Dunkelheit. Beruhigt und glücklich war er, als die ersten erleuchteten Häuser wiederauftauchten. Kurze Zeit später genoss er es, wieder in seinem geliebten Elternhaus bei Mutter und seiner sehr kleinen Schwester zu sein.

## 2   Das Telefon (1939)

Ja, mit dem Telefon fing alles an, ich war sechs Jahre alt, als ich eines Mittags nach dem Schulunterricht im Büro meines Vaters einen neuartigen Apparat entdeckte. Mein Vater klärte mich auf und sagte: „Das ist ein Telefon". Bis zu dieser Zeit hatte ich noch nie einen Fernsprechapparat gesehen. Wir wohnten in einem kleinen Ort und ich weiß noch, dass meine Mutter sehr stolz darauf war. Neun andere Bewohner im Dorf hatten schon diese Errungenschaft. Ich durfte nicht damit spielen, aber die Nummer 206 Freudenberg habe ich bis heute behalten. Dann kam der zweiten Weltkrieg. Die Welt veränderte sich. Mein Vater wurde Soldat, und unser Telefon wurde abmontiert.

Sechs Jahre später kamen die amerikanischen Besatzungssoldaten, aber die benutzten ihre eigenen Fernsprechverbindungen. Sie funktionierten über sogenannten schwarzen Amidraht, welcher auch für viele andere Sachen zu gebrauchen war, z.B. zum Ziehen, Festbinden oder Verschließen von Gegenständen aller Art.

Erst 1949 kam ein Fachmann und installierte unsern Fernsprecher wieder an den alten Platz. Wir bekamen auch wieder unsere alte Telefonnummer.

Die Anrufe wurden zunächst zur Postzentrale weitergeleitet. Dort wurde das Gespräch von den dort sitzenden Telefonistinnen über Kabel umgestöpselt zu den gewünschten Teilnehmern. Die Telefonistinnen waren schon bald bekannte Persönlichkeiten, sozusagen die Fräuleins vom Amt. Die Poststelle lag nur zwei Minuten von uns entfernt. Da meine Mutter eine sehr gesellige Frau war, gingen die Damen der Post bei uns schon bald ein und aus. Besonders Lore und Erika saßen oft bei uns in der Küche und meine Mutter unterhielt alle. Ich weiß nur noch, dass viel gelacht wurde. Lore wurde auch bald meine Tante, denn als mein Onkel Robert aus der Gefangenschaft zurückkam hat er schon bald seine Lieblingstelefonistin geheiratet.

Kurze Zeit später habe ich mich beruflich nach Iserlohn verändert. Ich konnte mir auch dort noch kein eigenes Telefon leisten. Öfter ging ich dann zum dortigen Postamt. Dort konnte ich billig und komplikationslos mit meiner Mutter und meinen Freunden telefonieren. Erst als ich mich im Jahre 1960 selbstständig machte, habe ich mir ein eigenes Telefon zugelegt. Es musste neu angeschlossen werden, noch mit Kabel legen und Löcher bohren von innen und von außen. Leider stellte ich aber bald fest, dass Telefonieren auch

Nachteile hatte. Es wurde viel schwadroniert und oft auch leeres Stroh gedroschen. Manchmal dachte ich an ein Plakat, auf dem stand: Fasse dich kurz.

Als junger, selbstständiger Konditormeister musste ich oft an drei Sachen zur gleichen Zeit denken. Oft sind mir während des Telefonierens Backbleche mit Gebäck schwarz geworden. Ab 1975 kam dann das Faxgerät dazu. Jetzt war es möglich, Nachrichten schriftlich auszutauschen, ohne langweilige, zeitintensive Sprechzeit zu vergeuden.

Schon ein Jahr später kam mein Sohn mit dem Vorschlag: „Du musst dir unbedingt ein Handy anschaffen". Er zählte mir all die vielen Vorteile auf, welche ich zusätzlich nutzen könne. Ich knallte ihm den typischen Kölner Spruch um die Ohren: „Kenne mer net, bruche mer net, fott domet". Aber damit war er nicht zufrieden. „Du gehst nicht mit der Zeit; denn in drei Monaten sagen dann viele Freunde und Bekannte: „Der Mockenhaupt ist von gestern". „Babalapapp", sagte ich, „ich brauche kein Handy, basta". Aber wie es das Schicksal wollte, schon einige Zeit später knickte ich ein. Spät abends auf der Autobahn hatte ich eine Wagenpanne. Bis zum nächsten Parkplatz schaffte ich es noch, aber dann machte der Motor keinen Mux mehr. Der kleine Waldparkplatz war schlecht beleuchtet. Außer mir war weit und breit kein Mensch zu sehen. Nach fünf Minuten war mir schon mulmig zu Mute. Aber ich hatte Glück.

Nach einer halben Stunde steuerte ein großer Lastwagen genau auf diesen Parkplatz zu. Ich ging ihm sofort entgegen. Der stämmige Fahrer und seine Frau oder Freundin waren sehr freundlich. Die junge Frau kramte sofort ein Handy aus der Kabine und innerhalb von 20 Minuten stand schon der ADAC Werkstattwagen neben meinem Auto. Nach weiteren 20 Minuten war mein Wagen wieder flott. Schon eine Woche später hatte jetzt auch ich ein Handy.

Es muss im Jahre 1994 gewesen sein, da brauchte ich für eine größere Bestellung noch mehr Informationen. Der Verkäufer sagte mir am Telefon, es wäre am einfachsten und es ginge am schnellsten, wenn ich ihm meine Email-Adresse durchgeben würde. Ich zuckte zusammen, denn so etwas hatte ich nicht. Etwas arrogant und überheblich sagte ich: „Ich habe einen Briefkasten, ein Telefon und sogar noch ein Faxgerät, und leise sagte ich noch vor mich hin: Genug ist Genug.

Mein Freund Gottfried unterstützte mich, und sagte: „Bei mir kommt das nicht mehr in Frage, ich bin jetzt 73 Jahre und mit dem Zeugs gebe ich mich nicht mehr ab." Aber der Computer verbreitete sich wie eine Seuche. Es gibt mittlerweile große und kleine, flache und ganz dünne. Die Möglichkeiten der Nutzung sind unabsehbar. Auch ich, der Senior, kam um den Kauf eines Computers nicht mehr herum. Es war zunächst die Neugierde, aber nach einiger Zeit leistete er mir gute Dienste. Briefe schreiben, Informationen suchen und finden, vor allen Dingen die Buchführung ging schneller. Leider übertreiben aber viele junge Leute die Möglichkeiten des Computers, sie sind sozusagen vom Computervirus befallen. Sie haben keine Zeit mehr Bücher zu lesen. Ich sehe sie vertieft in ihr Smartphone in stundenlangen Unterhaltungen in der Straßenbahn, im Café, im Auto, am Strand oder beim Spazierengehen. Sie sind dann für andere total abgemeldet.

Vor kurzem habe ich Hubert kennengelernt. Er arbeitet sozusagen in der Firmenhierarchie an zweiter Stelle. Er klagte über die allgemeine Hetze im Beruf. Der Druck sei überall sehr groß und würde immer stärker. Er erzählte von den vielen Emails, die noch nach Feierabend bei ihm reinkommen und ihn diese noch bis abends spät beschäftigten. Die Medien berichten über die vielen psychischen Krankheiten, die immer mehr zunehmen, weil man immer erreichbar ist.

Jetzt bin ich aus dem Berufsleben raus, deshalb ist für mich vieles nicht mehr nachvollziehbar. Aber interessanter Weise faszinieren mich in letzter Zeit die vielen Möglichkeiten des Computers immer mehr, und ich werde immer wissbegieriger. Dann erwische ich mich mit dem Wunsch, noch mal 30 Jahre jünger zu sein.

# 3 Er wollte Fußball spielen, wurde aber Wasserträger (1944)

Steinig war der Weg staubig und mit groben Rinnen durchzogen. Es war das Jahr 1944. Eine kleine Gruppe fußballbegeisterter Jugendlichen aus dem 3000 Seelendorf Niederfischbach war auf dem Weg nach oben. Nicht etwa, um sich einen Platz in der Liga zu erkämpfen, sondern den Berg hinauf zu dem provisorischen Fußballplatz. Das Spielfeld lag inmitten eines bewaldeten Hügels und in einem 25-minütigen Fußmarsch zu erreichen.

Raban, welcher aus einer Akademikerfamilie kam, hatte einen richtigen Fußball, einen Lederball, in der Hand. Diese nicht alltägliche Möglichkeit mit einem Profilball Fußball zu spielen musste nun auch umgehend genutzt, ja eigentlich sogar gefeiert werden. Das hieße, nicht auf der buckeligen Dorfstraße, nicht auf den unebenen, frisch gemähten Wiesen, auch nicht vor den Scheunen oder auf ähnlichen verbotenen Örtlichkeiten zu spielen, sondern auf dem beliebten Spielfeld am Waldrand. Dort konnte unbeschwert geschossen, getrixt, gelacht und lautstark kritisiert werden. Außer Ruban, dem Besitzer des sehr wertvollen Balles, hatten sich noch weitere 8 Schulfreunde zusammengefunden und marschierten bei Sonnenschein und hohen Temperaturen den Berg hinauf. Zirka 30 Minuten wurden gebraucht bis zu dem angepeilten Areal, welches

"Auf der Hühe" genannt wurde und zufällig bei Rodungsarbeiten entstanden war.

Ludwig war mit Abstand der Kleinste in der Gruppe. Er hatte sich in die Clique rein gemogelt, um Anerkennung und Freunde zu gewinnen. Er war nicht nur der Schmächtigste seines Jahrgangs, er wurde auch oft als Knirps oder Schwächling betitelt. "Was willst du Dreikäsehoch schon, mit dir kann man doch nichts anfangen, dich schlage ich doch zum Handkoffer", das waren die Beleidigungen, die sich Ludwig oft anhören musste.

Auf dem Platz angekommen wurde sofort die Einteilung von Großmaul Günter, genannt Habakuk, vorgenommen. Es kam wie es kommen musste, der Knirps war zu viel in der Gruppe und auch wollte ihn keine Partei in ihren Reihen haben. Gerold Düber, der größte, dickste und gemütlichste Spieler, fand aber sofort die Lösung. Er machte den Vorschlag, der Pimpf solle Wasser holen. Alle stimmten zu, denn sie hatten auch von dem halbstündigen Fußmarsch in der Hitze des Tages großen Durst bekommen.

Ludwig war froh und beinahe glücklich einen Auftrag von den größeren Jungs erhalten zu haben. Er war also zu etwas nützlich, man konnte den Knirps gebrauchen. Diese Angelegenheit würde er zur vollsten Zufriedenheit aller erledigen, waren Ludwigs erste Gedanken.

Der Rückweg bergab war nicht mehr so anstrengend, so dass er in Ruhe über den weiteren Verlauf des Auftrags nachdenken konnte. Gefäße mussten noch organisiert werden, aber auch der Transport wieder zurück nach oben bereitete ihm Kopfzerbrechen. Es blieben für die letztere Betrachtung nur zwei Möglichkeiten: Entweder musste er den Böllerwagen benutzen, oder das Wasser selbst tragen. Peter entschied sich für das Tragen.

Zu Hause in dem schönen kühlen Keller angekommen, trank er erst mal selber einen halben Liter schönes kaltes Wasser. Dann fand er zwei leere Weinflaschen, eine große Maggiflasche und zwei Bierflaschen mit Gummiverschluss. Er füllte sie mit kaltem Leitungswasser. Danach bündelte er sie mit Bindfäden in zwei Einheiten zusammen und ab ging es wieder den Berg hinauf.

Die Sonne brannte immer noch unbarmherzig. Mit den vollen Wasserflaschen (es gab noch keine Plastikgefäße) auf den Schultern ermüdete er schnell, so dass er auf halbem Weg nach oben eine Pause einlegen musste. Er fand einen schattigen Platz unter einem Apfelbaum. Einige halb reife Äpfel lagen neben ihm im Gras. Einen Apfel aß er. Beim Kauen merkte er aber, dass die Frucht wurmstichig war.

An dem Spielfeld "Auf der Hühe" angekommen, wurde das Fußballspiel sofort unterbrochen und Ludwig mit großem „Hallo" begrüßt. Alle Spieler stürzten sich sofort auf die Wasserflaschen.

Auch wenn keiner aus der Clique so mal richtig "Danke schön" sagte, stand Ludwig für kurze Zeit richtig im Mittelpunkt. Er genoss diese Situation ausgiebig. Die großen Jungs hatten ihn anerkannt. Ihm wurde auf der Stelle der Titel "Wasserträger" verliehen. Er war nun nicht mehr der Knirps, Pimpf oder der Kleine. Georg Habermann, der große und starke Spieler mit dem Spitznamen "Fleischer" zog ihn auf dem Nachhauseweg öfter in die gemeinsame Unterhaltung mit ein.

Ludwig fühlte sich der Gruppe zugehörig. Zumindest die Nase trug nach diesem Nachmittag schon etwas höher.

So richtig gut konnte er sich mit dem neu erworbenen nicht anfreunden. Wasserträger zu sein, bedeutete für Ludwig automatisch auch Befehlsempfänger oder gar Laufbursche zu sein. Nur nach Anweisung handeln, lag ihm nicht. Er wollte selbst in der ersten Liga mitspielen. Erst viel später merkte er, dass dem Wasserträger ohne Grund ein Negativimage anhaftet.

Ein guter Wasserträger kann auf vielen Gebieten wichtige Entscheidungen anstoßen, zumindest aber stark beeinflussen.

# 4 Vom Angeber zum Angsthasen (1944)

In den letzten Kriegsjahren war auch in unserer Familie "Schmalhans Küchenmeister". Immer öfter schickte mich meine Mutter zu immer weiter entfernten Bauernhöfen, um Lebensmittel zu holen. Manchmal nannte sie die kleinen Bauernhöfe auch Butterfabriken. Meistens fuhr ich mit dem Fahrrad, aber wenn die Waldwege steil und bucklig waren, ging ich zu Fuß, immer aber mit Rucksack und Milchkanne. Oft hatte ich Eier, Butter und Schweineschmalz dabei. Zwei Liter Vollmilch waren schon obligatorisch. Diesmal ging ich los ohne Fahrrad. Meine Mutter meinte, der Waldweg dorthin sei steil und liege hoch am Berg. Nach der Sonntagsmesse hatte sie wieder eine neue, weit entfernte Bauernfamilie ausgegraben, welche irgendwie um drei Ecken noch mit uns verwandt sei. Ich kannte dieses Nest überhaupt nicht, aber als zweijähriger Knirps soll ich dort mit Vater, Mutter und meinem Bruder Hermann zu Besuch gewesen sein. Sofort am nächsten Tag marschierte ich los. Ich merkte bald, dass ich mich immer weiter in ein mir völlig ungewohntes Terrain begab. Ich passierte tiefe Tannwälder und manchmal kamen auch Abschnitte mit hohen Buchen. Die schmalen Wege gingen öfter nach links, aber auch schon mal nach rechts ab. Von weitem sah ich eine grasbedeckte Lichtung hell in der Sonne liegen. Kein Mensch war weit und breit zu sehen. Nun fiel mir auch noch diese absolute Stille auf den Wecker. Irgendwie fühlte ich mich unbehaglich, jedenfalls nicht so wie sonst. Auf einmal hörte ich den mir bekannten, gleichmäßig brummenden Ton von einem kleinen Flugzeug. Verhältnismäßig langsam fliegend sah ich das Flugzeug hoch am Himmel. Nach einigen Minuten, für mich völlig unerwartet, setzte der Pilot die Maschine zum Tiefflug an. Sofort entstanden die typischen, Angst erzeugenden Pfeifgeräusche. Der Pilot flog sehr tief, ich sah ihn in der Kanzel im Sturzflug ins Tal schießen. Als zwölfjähriger Halbstarker hatte ich schon viele gefährliche Situationen erlebt, hatte aber noch nie so richtig Angst gehabt. Dieses Erlebnis aber warf mich buchstäblich um, meine Zähne klapperten, Panik und Verzweiflung überkamen mich. Ich stürzte mich sofort bäuchlings ins Gras, mit dem Gesicht tief in die Erde gepresst und wartete, Was kommt jetzt, schrien meine Gedanken. Das Spiel machte der Pilot noch ein zweites Mal. Und dann, dann plötzlich wie aus heiterem Himmel Stille, einfach nur wieder Stille um mich herum. Kein gefährliches Geräusch mehr, die Sonne schien, ein Eichhörnchen lief den Baum hoch, und ich streckte langsam und vorsichtig wieder meine Glieder. Mir war nichts passiert. Der Rucksack und die Milchkanne lagen noch heil neben mir auf dem Waldboden. Der amerikanische Pilot hatte es wahrscheinlich auf einige kleine Fabriken abgesehen, welche sich unten im Tal bei Morsbach angesiedelt hatten. Nun war ich aber wieder auf den Beinen und versuchte klar zu denken. Ich entschied aber dann nicht weiter zu gehen, denn ich war mir nicht sicher ob ich noch auf dem richtigen Weg nach Apfelbach war. Ich hatte aber auch keine Lust mehr. Nach eineinhalb Stunden war ich wieder zu Hause, ohne Lebensmittel. Meiner Mutter habe ich von dem Fliegerangriff erzählt, sie hatte "Gott sei Dank" Verständnis für mich. Sie musste mir aber versprechen, nichts davon weiter zu sagen. Es durfte niemand wissen, dass ich ein Angsthase war. Besonders meinen Schwestern durfte sie nichts davon berichten, sie hätten mich sonst wochenlang durch den Kakao gezogen und im ganzen Dorf wäre ich nicht mehr der "Mutige" gewesen. Aber nach diesem Erlebnis war ich doch etwas ängstlicher geworden.

Wehrbuch des Vaters

## 5   Das Hochwasser und seine Folgen (1944)

Es kam regelmäßig im Frühjahr oder auch schon mal im Herbst. In diesem Jahr (1944) kam die Flut in voller Wucht. Keiner hatte mit diesem Ausmaß gerechnet. Der kleine Fluss Asdorf, ein Nebenfluss der Sieg, war außer Rand und Band geraten. Jetzt kam das Unheil auch noch von dem künstlichen Nebenarm, welcher zu dieser Zeit noch zwei Mühlen mit Wasser-energie versorgen musste. Dieser teiloffene Kanal verlief unter dem Keller unseres Nachbarhauses und sprudelte auf unser Grundstück. Von dort war die Weiterleitung viel zu eng dimensioniert und die Wassermassen demolierten unseren hoch gelobten, heiligen Garten. Auch einige Stachelbeeren – und Himbeersträucher mussten dran glauben. Als ich aus der Schule kam hörte ich meinen Opa sagen: „Diese ganze schöne, schwarze Erde ist weg und wird wohl erst in Siegburg wieder angeschwemmt". Auch ein Pflaumenbaum kippte um, und später merkte ich, dass auch das tote Kaninchen, welches ich vor einem Jahr dort begraben hatte, weg war.

Trotz der großen Katastrophe hatte die Sache für uns Kinder aber auch eine positive Seite. Da entstand plötzlich eine Situation, welche nicht alltäglich war. Wir Kinder und Jugendliche nutzten diesen Zustand aus, soweit wir von den Erwachsenen in Ruhe gelassen wurden, und das war meistens der Fall. Schon am nächsten Tag kam mein Freund Emil zu uns. Er war der größte und mächtigste in unserem Freundeskreis. Auf seinen dicken und starken Armen hielt er einen abgeworfenen kleinen, ovalen Flugzeugtank in der Luft. Nun

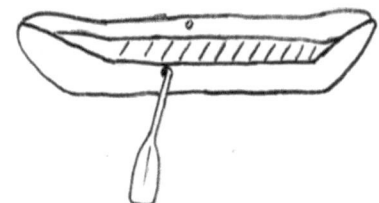

stellte er diesen leeren Kerosinbehälter auf den Boden und wollte zunächst mal ausgiebig bewundert werden. Ich kannte das Ding, denn vorgestern sah ich, wie diese Blechkiste, flatternd und trudelnd von großer Höhe langsam auf einen Acker niederging. Nun hatte sich Emil dieses Flugzeugteil in den Keller geholt und mit Bekannten eine Art Wildwasserkanu gebastelt. Sogar ein Stück Teppich zeigte er uns als Innendekoration. Von außen sah es aus wie eine flache Blechbadewanne mit einer versiegelten eiförmigen, flachen Haube drauf. Emil hatte noch ein rundes Loch rein geschnitten, als Einstieg in das Boot. Das Flugzeugteil sollte also ein bombensicheres Wasserfahrzeug werden. Alle anderen Leitungslöcher waren sorgfältig luftdicht verschlossen worden. Jetzt stand das Monstrum am Ufer und wartete auf die Feuertaufe. Die Flutwelle klang schon ab, als Emil seinen Unterkörper mit viel Mühe in das neuartige Wildwasserkanu hinein quetschte. Ein selbst gebasteltes Paddel hatte er schon mitgebracht. Langsam schoben wir das Schiff mitsamt Emil in das ca., 50 cm tiefe Wasser an den Rand des jetzt schon langsam fließenden Baches. Und es hielt, es ging nicht unter. Es lag sogar sauber und ordentlich mit Emil als Insasse zur Hälfte im Wasser. Wir drei am Ufer klatschten Beifall. Nun paddelte er sehr vorsichtig, und nach kurzer Zeit fühlte er sich auch sicher. Jetzt wurde er auch mutiger. Er steuerte in Richtung Mitte in größeres und tieferes Wasser. Wir Außenstehenden bestärkten ihn mit seinem Plan, das Boot einmal richtig auszupaddeln, wie Gottfried lauthals vorschlug. Ich sah es Emil an, wie er konzentriert und ganz vorsichtig das Zentrum ansteuerte. Wir Freunde am Ufer kontrollierten jeden Paddelschlag. Aber schon nach kurzer Zeit legte sich die Spannung, denn es schien alles gut zu werden. Aber plötzlich schrie Egon: „Emil ist weg". Den Moment, der Augenblick des Verschwindens, hatte keiner so richtig mitbekommen, Emil war nicht mehr da. Auf der großen Wasserfläche war er nicht mehr zu sehen. Nur das Unterteil seines stolzen Schiffes war noch zu entdecken. Das umgedrehte Boot drehte langsam Richtung kleinen Wasserfall. Dann rief Hubert: „Da, das Boot bewegt sich". Nun merkten wir es alle. In regelmäßigen Intervallen zuckte der Bootskörper, als würden künstliche Wiederbelebungsversuche mit Stromstößen ausprobiert. Wir waren alle sehr aufgeregt. Dann schrie Günter: „Der hängt fest, der kommt aus der Sardinenbüchse nicht mehr raus".

Wir sahen nun, dass Emil mit unbändiger Kraft, sich mitsamt dem Boot wieder fast gedreht hatte. Aber nur fast, er fiel wieder zurück mit dem Kopf nach unten, ins kalte Wasser. Ich überlegte krampfhaft. ob er in dieser Sekunde wenigstens hatte Luft schnappen zu können? Die anderen meinten, wahrscheinlich nicht, es ging ja alles so schnell. Und wieder zuckte der Bootskörper. Und keiner dachte in der Aufregung daran, hinein zu springen, um dem armen Freund zu helfen. Ich selbst überlegte, Hilfe von anderen Erwachsenen zu holen, aber das nächste Haus war viel zu weit weg. Ich zitterte am ganzen Körper. Nun war er schon so weit weg vom Ufer, dass er für uns anscheinend nicht mehr zu erreichen war. Wir hatten alle Angst. Emil kämpfte immer noch. Die Bewegungen des Bootes gaben uns Hoffnung, zeigten doch an, dass er immer noch in dem zu engen Ausstieg wie in einer Falle festsaß. Dann auf einmal merkten wir, dass das Boot wie eine große leere Konservendose ganz locker im Wasser schaukelte. Und dann brüllte es Egon heraus: „Da, da ist er". Nun sahen wir es alle. Hinter dem noch wackeligen Gefängnis kam die Mähne von Emil zum Vorschein. Er stand im ca. 120 cm tiefen, schlammigen Wasser und musste sich noch etwas mit der Strömung treiben lassen, um in Ruhe Luft zu tanken. Nun aber schüttelte er seine halblangen Haare und schleppte sich, halb schwimmend, halb gehend ans Ufer. Dort ließ er sich auf die Wiese fallen und war zunächst nicht ansprechbar. Er sah wie sein stolzes

Schiff über die Kannte des Wasserfalls unserem Blicken entschwand, und er gab uns auch kein Zeichen, es zu bergen, Wir haben es nie mehr gesehen.

Mein Opa hat wieder Stachelbeersträucher in den verwüsteten Garten gepflanzt.

Die weggeschwemmte schwarze Erde mussten mein Bruder und ich aus dem anderen Teil des Gartens, der noch heil geblieben war, heranschleppen.

Emil war bald wieder der Alte. Aber in einem Paddelboot haben wir ihn nie mehr gesehen.

Die vier Geschwister

# 6    Soldaten im Umkreis (1944)

Ludi war zwölf Jahre alt, als deutsche Soldaten auf der Dorfstraße in Föschbe (Siegerland) auftauchten. Sie waren aber auch in den Hügeln und Bergen der näheren Umgebung zu finden. Eines Morgens waren sie da, einfach da, und mit dabei waren fahrbare Küchen, Geländewagen, aber auch Kanonen.

Für die Halbwüchsigen ein Ereignis, das sie ca. ein Jahr fesselte und ihnen viele Abenteuer, spannende Episoden, aber auch Spaß und Frohsinn bescherte.

Auf einmal war Schluss mit Langeweile und Eintönigkeit. Für die wissbegierigen, fragenden und vorwitzigen Halbstarken eine herrliche Zeit.

Sie lachten, fluchten, arbeiteten, ja sie lebten mit den Soldaten. Es war Erlebnis pur und zwar tagtäglich.

Schule fand in diesem letzten Kriegsjahr nicht mehr allzu oft statt. Sie waren froh und stolz, wenn der Küchenbulle, so nannten sie den Koch des Regiments, sie mittags beköstigte. Leider war Ludi meistens der Kleinste in der Clique und kam beim Essenholen fast immer als letzter dran. Aber dann sorgte der Koch dafür, dass auch für ihn noch etwas übrigblieb. Nur einmal hatte er ihn übersehen, und die großen Töpfe waren leer. Als er Ludi dann sah, kratzte er aber extra für ihn die Kessel richtig aus, und es floss noch Sauerkrautsaft und etwas Gemüse in das hingehaltene Essgeschirr, welches der Unteroffizier Franz Ludi geschenkt hatte.

Tagelang hielt sich Ludi bei seinen uniformierten Freunden auf und ging nur noch nachts nach Hause. Seine Mutter hatte es nicht leicht mit ihm, denn er war nur noch sehr schwer zu kontrollieren. Ludi hatte noch drei Geschwister. Der Vater war in Russland verschollen. Angst kannte er in diesem Zeitraum zweifellos nicht. Nur einmal gab es eine Ausnahme. Mittags um 11.30 Uhr hörte er die Jabos, so nannten die Leute die kleinen schnellen amerikanischen Flugzeuge, näherkommen. Sie flogen nicht einfach über das Dorf hinweg, wie sonst, diesmal hörte sich das sonst so monotone Brummen anders an. Ludi stand auf dem Henzberg, gegenüber vom kleinen Bahnhof, welcher in einem engen Talkessel lag. Dort standen auf einem versteckten Abstellgleis drei zugeriegelte Güterwaggons.

Plötzlich und unerwartet hörte er, dicht über ihm, schrecklich laut die Bordkanonen losballern. Das Dröhnen in den Ohren war so heftig, dass er der Meinung war, das ganze Dorf wird in Schutt und Asche gelegt. Im Sturzflug jagte das kleine Flugzeug den Berg hinunter und schoss wie verrückt auf den Bahnhof in dem engen, hügeligen Einschnitt. Dicht über sich sah Ludi mit bloßem Auge den Piloten, wie er den Kopf nach links neigte. Er war der festen Überzeugung, dass dieser ihn gesehen hatte, zurückkommen, und eine gezielte Salve auf ihn losfeuern würde. Er hörte, wie der Motor wieder aufjaulte. Das Flugzeug kam tatsächlich zurück. Ludi lief wie ein Wahnsinniger hin und her und suchte ein Loch im Erdreich, wo er wenigstens den Kopf reinhalten konnte. Doch schon ging die nervtötende Ballerei über seinen Kopf wieder los.

Er merkte aber nach einiger Zeit, dass der Pilot es nur auf den Bahnhof abgesehen hatte. "Gott sei Dank", langsam beruhigte er sich wieder. Aber die Jabos kamen jetzt öfter. Unerwartet und plötzlich waren sie da. Gegen Ende des Krieges hielten sich die Jungs viel auf dem Bahnhofsgelände auf. An einem Freitag passierte dann noch mal etwas Aufregendes. Gegen zwölf Uhr öffnete Hubert Schmidt, ein etwa 65jähriger Mann einen geschlossenen Waggon, der ganz vorne an der Rampe stand. Während die schwere Türe zur Seite geschoben wurde, sah Ludi sofort, dass der Waggon mit Strohballen beladen war. Er registrierte aber auch im selben Augenblick Bewegung im Innern zwischen dem Stroh. Plötzlich sprang ein grimmig aussehender Zivilist aus dem Güterwagen und fixierte die sechs Anwesenden, die in der Nähe standen. Mit eine Mal rief ein älterer Herr aus der Mühlengasse laut und deutlich: "Das ist ein Russe", und schon war der Teufel los. Der russische Kriegsgefangene hielt ein Messer einige Sekunden in die Luft. Im selben Augenblick lief er auch schon auf die hintere Seite des Zuges, sprang über drei andere Gleise hinweg und kletterte wie ein Wiesel den dortigen Abhang hoch. Er verschwand im Gebüsch. Oben, an dem großen Wegkreuz, war er noch einmal kurz zu sehen. Er schwenkte noch mal kurz den Arm zum Gruß und verschwand im Tannenwald. Manche sagten, das sei eine heikle Angelegenheit gewesen, aber es ging alles friedlich aus. Für Ludi war es ein weiteres, tolles Erlebnis.

Gedenkkreuz auf dem Giebelwald

# 7 Weihnachten war anders (1943)

Es war kalt im Siegerland. Nicht nur die gestauten Gewässer, auch der Fluss und die Bäche waren zugefroren. Wir Jungen und Mädchen zwischen vierzehn und sechzehn Jahren konnten dort Schlittschuhlaufen und Fußball spielen. Auch die noch bleihaltigen Wasserleitungen im Haus mussten an den bekannten Stellen angewärmt werden, damit Mutter waschen und kochen konnte.

Aber viel größer war die Sorge um die 87 Fischbacher Männer, welche jetzt, Weihnachten 1943 in dem noch kälteren Russland im Einsatz waren. Vorige Woche erfuhren wir, dass viele aus unserem Dorf in Stalingrad an der Front waren. Es war genau diese Stadt in Russland, welche in offiziellen Wochenschauen von siegreichen deutschen Soldaten die Rede ist. Nur noch Tage, dann ist Stalingrad in deutscher Hand. So oder ähnliche Parolen wurden auch uns Schulkindern eingehämmert, und diese prägten sich in unsere Köpfe ein. Im nur noch knappen Schulunterricht wurde von Lehrer Finke die damalige Situation erklärt und erleuchtet, natürlich im Sinne der Nazis. In Wirklichkeit war alles anders. Einige aus dem Ort hatten den verbotenen englischen Radiosender abgehört und wir wussten daher, dass dort viele deutsche und russische Landser im eiskalten russischen Winter ihr Leben lassen mussten. Wir konnten uns nun vorstellen, dass dort jetzt in der Weihnachtszeit manche Träne floss und das Heimweh sehr groß war. Aber wir wussten nicht, ob noch alle gesund oder am Leben waren. Aus unserm Freundeskreis kannten wir drei junge Soldaten persönlich, Gerold Müller, Hermann Helbach und Hubert Schmidt. Viele schöne Gelände – und Ballspiele habe ich noch selbst mit ihnen erlebt. Aber jetzt hatten wir Angst, dass ihnen etwas zustoßen könnte. Ich traf die Mutter von Gerold Müller, sie sagte: auch ich habe von Gerold seit acht Wochen nichts gehört, „und sie machte ein sehr sorgenvolles Gesicht. Wir wussten, dass unsere drei Freunde zähe Fischbacher Gewächse waren, mit Kälte konnten sie einigermaßen umgehen, aber längere Zeit ohne warme Stube und mit wenig Essen, das war für uns unvorstellbar. Wir waren unruhig, da wir so lange nichts von ihnen gehört hatten. Beim Abschied am Bahnhof vor einem Jahr waren alle guter Dinge und sie haben uns noch lachend nachgewunken. Hermann war groß und dünn, wir nannten ihn immer lange Latte.

Hubert war zäh und ausdauernd, er hatte immer das beste Zeugnis. Gerold war ein gemütlicher, humorvoller Junge, er war für uns der Dicke.

Jetzt wollte auch noch die Gestapo wissen, wovon unser Pfarrer denn überhaupt lebt. Immerhin war dieser politisch vorbestraft und bekam deshalb kein staatliches Gehalt mehr. Mein Freund Toni wusste das alles ganz genau, denn sein Vater war der Kirchenrechner. Die gesamten Kollekten mussten auf Heller und Pfennig abgerechnet werden. Auf keinen Fall durfte für unsern Pastor etwas übrigbleiben. Nur die wenigen Kühe, Schweine und Hühner von der Bevölkerung haben unsern Pfarrer nicht verhungern lassen.

Am Weihnachtsabend lag eine gedrückte Stimmung über dem Dorf. Nur die Mitternachtsmette in unserem Siegerländer Dom war voll bis auf den letzten Platz.

Am ersten Schultag nach den Weihnachtsferien kam Lehrer Erwin Finke wieder in SA Uniform in die Klasse. Er war noch der einzige Lehrer im Unterrichtssystem. Alle andern waren Lehrerinnen oder Hilfskräfte. Wenn Finke dann in der pickfeinen Uniform vor der Klasse stand, hatten wir alle großen Respekt vor ihm. Wir schmetterten den "Heil Hitler Gruß", dass dieser noch weit draußen zu hören war.

Aber er kam auch manchmal in Zivil in die Klasse. Er war klein hatte aber eine laute Stimme. Mein Freund Günter nannte ihn Glatzkopf, und er flüsterte mir ins Ohr "Erwin ist nur ein kleines Würstchen". Bald kamen in den offiziellen Nachrichten manchmal nicht nur gute Nachrichten ans Licht.

Die Stimmung fiel auf den Nullpunkt. Hinter mir saß Theo Preußer auf der Schulbank, er wollte anscheinend etwas ganz genau wissen. Seine Zischlaute lagen mir immer laut in den Ohren.

Ich merkte, dass Lehrer Finke ihn absichtlich nicht beachtete, aber die Zischelei ging ihm anscheinend doch auf die Nerven. "Preußer, was gibt's", fragte Herr Funke schlecht gelaunt. "Herr Lehrer, Stalingrad ist gefallen", sagte mein Hintermann in einem etwas triumphierenden Ton. Alle lauerten.

Was passiert jetzt? Preußer hatte das geschafft, was noch keinem von uns gelungen war. Der Lehrer brauchte zwei Minuten bis er sich wieder gefangen hatte.

Für ihn war das sicher keine Neuigkeit, aber dass der Schüler die schlechte Nachricht einfach so in der Klasse daher sagte, das wurmte ihn gewaltig. Aber dann ging es los, seine Stimme überschlug sich und die Lautstärke kam voll zur Geltung.

Diese Meldung dürfe auf keinen Fall in diesem negativen Ton vorgetragen werden, und der Führer würde trotzdem andere Siege aus

Russland vermelden. Ab dem Zeitpunkt wurden die bisher guten Noten deutlich schlechter.

Eine Woche später kam unser Lehrer mit einem großen, neuen Bild ins Klassenzimmer. Dort war ein gefallener Soldat abgebildet, welcher noch im Tod die deutsche Fahne festhält. Darunter der Spruch: Die Fahne muss stehen, wenn der Mann auch fällt. Jedes Mal nach der letzten Schulstunde mussten wir diesen Spruch laut und deutlich wiederholen.

Der Krieg ging zu Ende. Meine Freunde Gerold Müller, Hermann Helbach und Hubert Selscheid kamen nicht mehr nach Hause.

Von Lehrer Finke haben wir nie mehr etwas gesehen und auch nichts mehr von ihm gehört.

## 8 Panzer vor der Haustüre (1944)

Er rumpelte über die Dorfstraße. Von weitem dröhnten die Panzerketten, welche sich rücksichtslos in die dünne Straßendecke eingruben. Als nach zehn Minuten das lärmende Ungetüm an mir 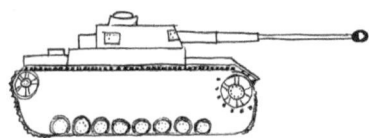 vorbeizog, überkam mich ein ehrfürchtiges Staunen über dieses großartige Fahrzeug. Ich hatte in meinem dreizehnjährigen Leben schon viele verschiedene Waffengattungen gesehen und teilweise auch ausprobiert, aber dieses fauchende Ungetüm war absolute Spitze.

So etwas hatte ich in Natura noch nicht gesehen. Es war schon immer mein Wunsch, einmal einen richtigen Panzer zu sehen. Ich wollte ihn aber nicht nur sehen, ich wollte ihn riechen, fühlen und hören. Jetzt hatte ich die Gelegenheit, und ich nutzte sie mit allen Sinnen. Nun kam auch mein Freund Günter von der anderen Straßenseite und schrie mir ins Ohr: „Wo ist denn der Fahrer?"

Er hatte Recht. Das Monstrum wirkte wie ferngesteuert, wie von einem anderen Stern. Und der Panzer fuhr weiter und mittlerweile siebzehn Kinder liefen hinterher. Nach hundert Metern fuhr er langsamer, und dann blieb er stehen. Wir Kinder standen im Nieselregen und wollten wissen: „Was passiert jetzt?" Und es passierte etwas. Die Klappe auf dem Turm ruckelte etwas und wurde dann von innen hochgehoben.

Ein Soldat kam zum Vorschein, nach den Schulterstücken zu urteilen war es ein Feldwebel. Da kannten wir uns aus. Nun kletterte auch noch ein Unteroffizier aus der Luke. Die Soldaten untersuchten die Bodenbeschaffenheit in einer großen Mulde, welche direkt neben unserem Haus lag. Bisher hatte sich noch niemand für diese Senke interessiert. Jetzt aber hatte ich den Eindruck, dass dieses Stück Erde plötzlich ein sehr wichtiger Punkt war.

War es auch, denn der Unteroffizier kraxelte wieder in den Panzer und lenkte das große Fahrzeug mit viel Lärm und viel hin und her mitten in das große Loch. Ja, und dann stand der Panzer da. Wie aus Erz gegossen. Für mich und meinen Freund ein Anziehungspunkt erster Güte. Einmal durften wir sogar einen Blick vom Turm nach unten in das Innere des Fahrzeugs werfen.

Nach drei wunderschönen, sonnigen Tagen, im Frühjahr 1945 gab es plötzlich Unruhe in der Nachbarschaft. Mein Opa, meine Mutter, Tante Gertrud und noch andere Frauen trafen sich öfters bei uns im Keller.

Sie flüsterten untereinander mit ernsten Mienen, und manchmal sah ich, dass meine Mutter verweinte Augen hatte. Ich schnappte auch Wortfetzen auf: wie Panzer, Amerikaner, große Geschütze, Gefahr. Mitten in der Nacht weckte mich mein Bruder und meinte, „es liegt was in der Luft". Ich hörte, wie Tante Gertrud unten im Haus mit einem schreienden Kind hin und her lief. Gleichzeitig vernahm ich einzelne, schwache Detonationen in weiter Ferne. Ich fand das alles nicht so sehr wichtig, drehte mich auf die andere Seite und schlief sofort wieder ein. Der Schreck am anderen Morgen war gewaltig. Der Panzer war weg, er war wirklich nicht mehr zu sehen. Ich sah nur noch die Spuren in dem Asphalt, und die waren dann in einer matschigen Nebenstraße verschwunden. Wir hatten schon keine Schule mehr, und was sollten wir nur mit dem ganzen Tag anfangen?

Drei Tage später, morgens um elf Uhr, waren sie da, die amerikanischen Soldaten. Sie waren friedlich und schenkten uns weißes Brot. Einen Tag später kamen drei amerikanische Offiziere.

Sie inspizierten die Spuren des deutschen Panzers, machten Skizzen und befragten meine Mutter, die aber nichts verstehen konnte. Viel später erst habe ich verstanden welches Glück wir hatten, dass der große deutsche Panzer beizeiten das Weite gesucht hatte. Es wäre noch lange auf beiden Seiten geschossen worden, und es

hätte sicher auch Tote und Verletzte gegeben, weil in der Nachbarschaft ja viele Kinder, Frauen und alte Leute lebten. Auch unser Haus hätte einige Treffer abbekommen. Alle Dorfbewohner
waren der Meinung, dass eine göttliche Vorsehung uns wohl gesonnen war.

Panzer in Niederfischbach

## 9   Gefährliche Flucht (1944)

Es nieselte in dieser frühen Stunde. Es war noch dunkel und kalt. Den Morgennebel konnte man riechen. Ludwig wechselte vom Gehen ins Laufen. Die Kirchenglocken riefen zum Gottesdienst, aber sie waren schon in den letzten Schwingungen. Ludwig hatte nur noch fünf Minuten Zeit bis zur Dorfkirche. Der Schulranzen rutschte auf dem Rücken hin und her. Die Hetzerei strengte ihn an. Um 6$^{45}$ Uhr begann die Messe und fünf Minuten vorher musste er in der Sakristei sein, denn diese Woche im Oktober 1944 hatte er Altardienst. Ludwig war zwölf Jahre alt und gerne Messdiener. Die Rituale am Altar, die respektvollen Messdienertalare und das gesehen werden von vielen Leuten faszinierte ihn. Auch die Chance, seinen lädierten Ruf zu korrigieren war Ansporn. Seine Mutter sagte, er sei oft frech, vorwitzig, unartig und habe immer schlimme Streiche im Kopf.

Ludwig hatte noch drei Geschwister, sein Vater war in Russland verschollen.

In der Messe ging er immer zur Kommunion, als Messdiener gehörte sich das so. Weil er nüchtern sein musste, ging er auch ohne Frühstück aus dem Haus.

Nach der Messe eilte er zur Hensels-Oma, die auf dem weiteren Weg zur Schule wohnte. Dort gab es morgens schon Bratkartoffel zum Frühstück. Danach ging es direkt ab in die Schule. Der Unterricht begann um $8^{00}$ Uhr. Heute traf er auf dem Schulweg seine Freunde Gottfried und Günther. Die beiden wohnten wie Ludwig im Unterdorf. Der 25minütige Schulweg wurde genutzt, um Hausaufgaben auszubessern oder Abenteuerpläne zu schmieden. "Um $10^{30}$ Uhr am Bahnhof", rief Gottfried in der neun Uhr Pause Ludwig zu. Die Klasse stand schon artig in Zweierreihen und wartete auf das Zeichen zum Einmarschieren in den Klassenraum. Erfreut fiel es Ludwig jetzt ein, dass der Unterricht wie so oft, schon um zehn Uhr beendet war. "Wegen Lehrermangel", rief er Günther noch hinterher. Ludwig hatte bei Lehrer Nockel von Anfang an keine guten Karten. "Was, du willst der Bruder von Hermann-Josef sein?" fauchte er Ludwig schon am 2. Tag an. "Stell dich mal gerade hin". Es war eine Anspielung auf seinen zwei Jahre älteren Bruder.

Hermann-Josef war immer sehr brav und fleißig. Die Aufsätze wurden auch im 3.Schuljahr noch mit dem Griffel auf die Schiefertafel geschrieben. Der Nockel fing hinten an zu zensieren. Ludwigs Arbeit sah nicht gut aus, deshalb ließ er sich eine bereits benotete Tafel unter den Bänken hindurch nach vorne zu seinem Platz schmuggeln. Mit der Note "gut" hatte Nockel diese Aufgabe bewertet. Ludwig wischte vorsichtig die "zwei" ab. Drei Minuten später war der

Pauker schon in der ersten Reihe angelangt. Er guckte kurz über die Tafel, schrieb eine "vier" drauf und sagte weiter kein Wort. Oft mussten sich Schüler über die erste Bank bücken, und Nockel schlug mit einem meterlangen Stock acht bis zehnmal auf den Hintern. Waren nach seiner Ansicht die Vergehen schlimmer, musste der Delinquent vor die Klasse treten, eine Hand ausstrecken, die dann mit fünf bis sechs harte Stockschläge bearbeitet wurden. Ludwig war hin und wieder auch dabei. Da diese Strafe meistens vorauszusehen war, blieb Zeit genug, die Hand mit Zwiebeln einzureiben. Es linderte den Schmerz und die eintretende Schwellung hielt sich in Grenzen. Wenn der Lehrer sehr aufgeregt war und schimpfte, passierte es auch, dass seine locker sitzende Zahnprothese aus dem Mund und auf den Fußboden fiel. Dann fingerte er sie sofort wieder an die ursprüngliche Stelle zurück. Ein kurzes Grinsen in der Klasse und der Unterricht ging weiter.

Manche Leute im Dorf argwöhnten, Nockel sei Alkoholiker.

Ludwig, Günther und Gottfried hielten sich öfter auf dem Bahnhofsgelände auf. Am Lagerschuppen wurde Fußball gespielt. In Ermangelung eines Balles musste heute eine alte Konservenbüchse herhalten. Das Wort "Dicke Bohnen" war noch drauf zu lesen. "He, warum spielst du nicht mehr mit," schrie Günther ärgerlich in Richtung Ludwig. "Sei mal still," war die Antwort. "Dahinten tut sich was". Vier Männer standen an der Rampe, sprachen leise und gestikulierten miteinander. Ludwigs Opa zeigte schweigend auf einen geschlossenen Güterwagen, der schon seit den frühen Morgenstunden in der Nähe stand. Nun ging der dünne Lagerarbeiter Gustav leise und bedächtig auf die Längsseite des Waggons und hielt dort ein Ohr ganz dicht an die große Schiebetür. "Los, hin," sagte Gottfried. "Nein," erwiderte Günther und hielt den Zeigefinger vor den Mund. Schweigend verwehrte Hensels-Opa den Freunden den Durchgang. Der hagere Lagerarbeiter kam zurück. Er zuckte mit den Schultern, als wolle er sagen, nichts, ich habe nichts gehört. Dabei hatte er ein oberlehrerhaftes Schmunzeln im Gesicht, als wüsste er alles besser.

Nun sahen die drei Freunde, wie sich Ferdinand Becker, der Kohlenhändler, unter dem Waggon zu schaffen machte. Mit seinen dicken, fleischigen Händen tastete er das Gleisbett und die Unterseite des Waggons ab und roch daran. Keiner von den Schulkameraden konnte sich einen Reim daraus machen. Ludwig hatte die Hände in den Hosentaschen, schritt leise drei Schritte nach links und drei Schritte nach rechts und sagte kein Wort. In seinem Kopf rumorte es. "Vielleicht ist da ein Tier drin, eine Ratte ", sagte er vor sich hin. "Beckers Ferdinand prüft, ob das Tier gepinkelt hat", sinnierte Gottfried den Satz weiter. Der Kohlenhändler machte auch nicht den Eindruck, dass er in der Hockstellung unter dem Waggon

44

schlauer geworden war. Günther machte ein sorgenvolles Gesicht. Ludwig war überzeugt, er hatte Angst. "Es kann sein", sagte Günther, "dass dein Opa ein tickendes Geräusch gehört hat. Dann ist es eine Mine, und der Güterwagen geht gleich in die Luft." So redete er in einem bangen Tonfall. "Jetzt fängt der an zu phantasieren," knurrte Ludwig. Leise bewegten sich die drei in Richtung Güterwagen. "Ich gehe nicht nahe ran," flüsterte Günther. Sein Vater hatte bei einer Explosion eine Hand verloren. Die vier Männer standen nun zehn Meter vom Waggon entfernt und machten einen unentschlossenen und hilflosen Eindruck. Gottfried wurde das alles zu langweilig und wollte wieder Fußball spielen. Ludwig spürte, es lag was in der Luft. Gottfried fand die Konservendose und kickte allein vor sich hin. Plötzlich kam Ludwig angelaufen und zischelte ihm zu "guck da, mein Opa geht hin". Sofort waren die drei Freunde hellwach und stierten auf den roten Güterwagen und den mutig ausschreitenden Opa, der einen Hammer in der Hand hielt. Der alte Mann zögerte noch einen Moment, als hätte er Bammel, aber dann schlug er heftig auf den Riegel, damit die schwere Tür geöffnet werden konnte. Gustav, der Besserwisser kam nun dazu, und zu zweit rollten sie die Tür zur Seite. "Da ist ja nur Stroh drin", rief der immer gut gelaunte Bürgermeister, der noch dazu gekommen war. Ludwig hatte aber noch mehr gesehen. Für den Bruchteil einer Sekunde registrierte er Bewegung zwischen den Strohballen. Wie gespannt starten sie alle auf die Ladung. Dann passierte es. Blitzschnell, und für alle unfassbar, sprang ein grimmig aussehender, zerknitterter und ungewaschener Mann aus dem Güterwagen. Er fixierte in Sekundenschnelle die Männer und die drei Halbwüchsigen. Ludwig bemerkte, dass dem Mann ein Fahrtenmesser aus der Hosentasche hervorlugte. Er hatte Zivilhosen an und Kommissstiefel. Auf einmal war alles anders.

Es roch nach einem außergewöhnlichen Ereignis. Ausgemergelt sah er aus, hatte einen Stoppelbart und tiefliegende Augen, in denen Ludwig Scheu und Angst bemerkte. Die überraschten Zuschauer staunten und waren minutenlang muchsmäuschen still. Plötzlich rief ein Mann, "das ist ein Russ", und schon ging alles sehr schnell. Der russische Kriegsgefangene zog das Messer und hielt es kurz in die Luft. Im selben Augenblick rannte er auf die hintere Seite des Waggons, dann über drei Gleise hinweg und kletterte wie ein Wiesel den folgenden Abhang hinauf. Er verschwand im Gebüsch. Die staunenden Zuschauer hatten die Münder noch offen als der feindliche Schwarzfahrer oben an der Obstplantage angekommen war. An dem freistehenden, vier Meter hohen Wegeskreuz schwenkte er kurz den Arm. Ludwig hatte den Eindruck, er hätte gelächelt. Nun verschwand er im Tannenwald, und weg war er. Unten, bei den Zurückgebliebenen trat Entspannung ein. Manche sagten, das Ganze sei eine heikle Angelegenheit gewesen. Aber, es ging ja alles friedlich aus. "Gott sei Dank ist keinem was passiert", sagte der immer gemütliche Bürgermeister Schmidt. Wobei er das Wort "keinem" besonders betonte. Ludwig merkte, dass er damit auch den entwichenen Kriegsgefangenen im Sinn hatte. Aber so offen durfte er das ja in der Nazizeit nicht sagen.

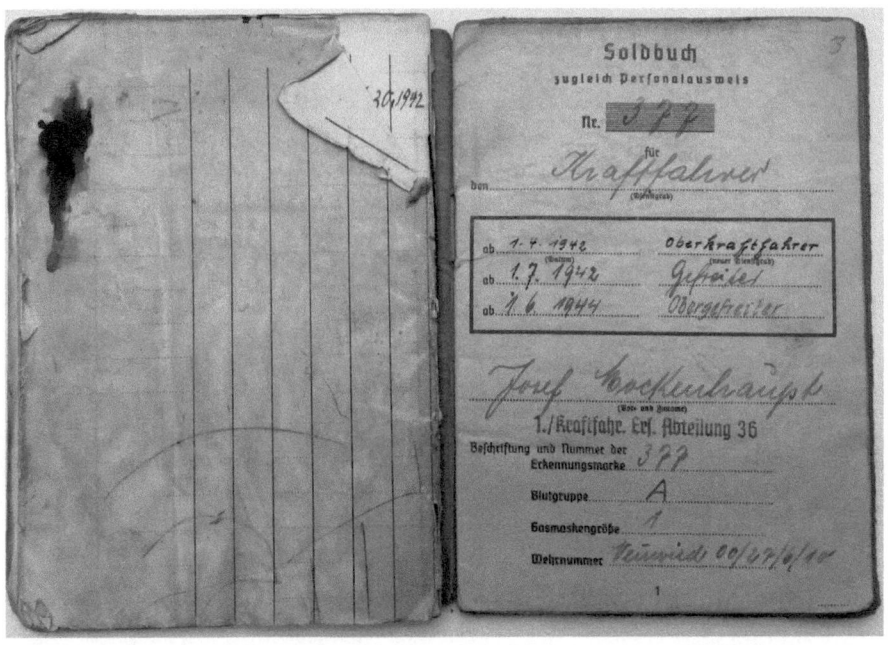

Soldbuch des Vaters

## 10 Weihnachten (1944)

Es war kalt, nass und unfreundlich. An einigen Stellen lag schon etwas Schnee. Ich stocherte im Waldboden nach möglichst hell aussehendem Moos für unsere Weihnachtskrippe. Zwölfeinhalb Jahre war ich alt. Hermann, mein zweieinhalb Jahre älterer Bruder, hatte mich losgeschickt, diese Arbeit zu erledigen.

Wenn ich auch oft Streit mit Hermann hatte, bei der Planung und beim Aufbau der zwei Quadratmeter großen Darstellung von Christi Geburt, überließ ich ihm das Kommando. Auf diesem Gebiet war er sehr kreativ. Er hatte acht kleine Glühlämpchen organisiert, im Tausch gegen Schulaufgabenbetreuung, mit Transformator, Netzstecker und noch etwas rotes, dünnes Papier für ein kleines Lagerfeuer.

Für uns vier Geschwister etwas Neues und Außergewöhnliches. Hermann war nicht nur ehrgeizig, er war auch sehr kleinlich. Mal musste ein noch größerer Mooshügel, mal eine längere Mulde gebaut werden. Ein anderes Mal sollte der Blick des schwebenden Engels in eine andere Richtung gelenkt werden. Immer wieder hatte er neue Eingebungen, welche mir auf die Nerven gingen. Hinzu kam, dass ich bei dieser Arbeit sehr unkonzentriert und nicht so richtig bei der Sache war. Hermann meckerte auch die ganze Zeit mit mir rum.

Ich wollte für Mutter aber noch ein Weihnachtsgeschenk besorgen. Dann war da noch meine Aufgabe als Messdiener im Siegerländer Dom. Dieses Jahr hatte mich der Kaplan dazu ausersehen, in der Mitternachtsmette, solo das Weihnachtsevangelium zu singen. Das bedeutete, dass ich noch einige Male in der Kirche Probesingen musste, wozu ich nicht die geringste Lust hatte. Hinzu kam noch, dass meine Mutter mir das überhaupt nicht zutraute, und das ärgerte mich.

Mein Vater war als Soldat schon fünf Jahre in Russland. Seit mehr als sechs Monate hatte uns kein Lebenszeichen von ihm mehr erreicht. Mit uns vier heranwachsenden Kindern war es für meine Mutter nicht einfach, ihre Erziehungsaufgabe wahrzunehmen. Ich war in dieser Zeit kaum zu Hause. Stattdessen vagabundierte ich mit meinem Freund Gottfried in den Wäldern umher und wir ließen uns von den dort anwesenden deutschen Soldaten verpflegen.

"Du hörst nicht, bist frech und hast immer das letzte Wort", pflegte meine Mutter zu sagen. Im Grunde aber, das spürte ich, hatte ich doch ihre Zuneigung.

Eine Woche vor dem großen Fest sagte sie zu uns Kindern: "Zu Weihnachten braucht ihr mir nichts zu schenken, es gibt ja ohnehin nichts mehr zu kaufen." Die Familientradition und mein Stolz sagten mir aber: eine Kleinigkeit sollte es sein.

In dem kleinen Schaufenster des sogenannten Kolonialwarenladens entdeckte ich ein eingerahmtes Bild vom hl. Josef in DIN A 5 Format. Den Preis von zwei Reichsmark konnte ich gerade noch aufbringen. Ich versteckte mein Geschenk auf dem Speicher und wartete auf das große Fest.

Zwischendurch hatte ich nun auch einige Male als kleiner Sänger das Lukasevangelium geprobt und konnte zumindest den Text, von Kaiser Augustus, welcher den Befehl gab, das ganze Volk zu zählen, auswendig.

Meine Mutter sagte, dass sie Weihnachten in die 10-Uhr-Messe ginge. Ich wusste, sie hatte Angst, dass ich mich mit der Singerei in der Mette blamieren würde, und sie wollte nicht dabei sein.

In der großen Kirche waren nicht nur alle Bänke besetzt, sondern auch alle Stehplätze vergeben. Dann wurde es hell in der Kirche. Die Orgel posaunte und trompetete mit allen Registern. Der Organist arbeitete wie von Sinnen. Mir tat der Junge leid, welcher dort oben die Aufgabe hatte, den Blasebalg zu treten. Ich hatte das auch oft gemacht. Es ist sehr anstrengend mitzuhalten, wenn die Orgel voll in Betrieb geht und fast alle Pfeifen Luft brauchen.

Endlich war meine Zeit gekommen, denn jetzt spielte der Organist ganz leise die Anfangsmelodie des Weihnachtsevangeliums. Es wurde ganz still in der Kirche. Wahrscheinlich hatte ich dann aber sofort die richtige Tonlage getroffen, denn während ich weiter sang, war ich ganz zufrieden mit mir.

Am Weihnachtsmorgen fand, wie immer, die Bescherung statt. Wir Kinder waren schon früh auf den Beinen und warteten auf die Erlaubnis, das Weihnachtszimmer zu betreten. Meine Mutter betätigte eine kleine Klingel und sang dann mit ihrer glockenhellen Stimme: "Ihr Kinderlein kommet." Der Weihnachtsbaum leuchtete, die Silberkugeln glänzten und die Krippe schaffte dieses Jahr eine besonders heimelige Atmosphäre. Der Duft von Wachs und angesengten Tannennadeln strömte in unsere Nasen. Mir fiel aber trotzdem auf, dass die silberne Spitze des Tannenbaumes angeknackst war und sich etwas schief nach oben reckte. Es gab einen Pullover, ein Paar graue Kniestrümpfe und Unterwäsche. Ein neuer Schlitten, oder gar ein Paar Ski waren leider nicht zu finden. Die Puppen meiner kleineren Schwestern waren wieder neu eingekleidet, und für Else stand sogar ein gebrauchter Puppenwagen unter dem Tisch. Einige Äpfel und Birnen lagen auf den Tellern und dort fanden wir auch eine Handvoll sternförmiger Zimtplätzchen.

Am zweiten Tag kam noch eine gute Nachricht. Beiläufig erzählte mir Tante Helene, dass meine Mutter in der Weihnachtsmette doch

anwesend war. Sie hatte sich ganz unauffällig in die letzte Bank ge-
kniet. So nach und nach sei sie aber aufgestanden und immer größer
geworden, als meine Stimme vom Altar her durch das große Gotteshaus zu hören war.

Obwohl nicht alle Wünsche erfüllt wurden, waren es für mich, auch
deshalb, sehr schöne Weihnachtstage.

## 11  Der 2. Weltkrieg ging zu Ende

Es waren schon warme und sonnige Frühlingstage im März 1945. In der Ferne hörten wir schon hier und da Gewehrfeuer. Die Front des Krieges kam langsam und schleppend auf uns zu. Auch deshalb schleppend, weil die amerikanischen Soldaten die vielen bewaldeten Berge des Siegerlandes, sozusagen teilweise kriechend und etappenweise durchkämmen mussten, denn es hausten noch viele deutsche Soldaten in den Wäldern. Es gab leider immer noch wichtigtuerische deutsche Offiziere, welche an einen Sieg glaubten. Größere Detonationen waren nicht zu hören. Im Ort selbst blieb alles ruhig und friedlich. Die Mutter von meinem Freund Gottfried meinte, sie hätte Angst und könne nachts nicht mehr schlafen.

Ich war vierzehn Jahre alt und mit meinen Freunden tagtäglich unterwegs. Schule gab es schon lange nicht mehr. Zucht und Ordnung auch nicht, aber Angst hatten wir Halbstarken überhaupt nicht. Einige deutsche Soldaten lagen ruhig und besonnen in den Wäldern und bewachten zwei kleine Kanonen.

Vor einigen Wochen kam der Schellemann, das war der örtliche, offizielle Nachrichtenausrufer, also der wichtigste Mann des Bürgermeisters Schmidt. Nun verlas er den Befehl, den Ort sofort zu räumen, fügte aber in echtem Niederfischbacher platt hinzu: „Meer blewwe all hee!" (Wir bleiben alle hier!). Alle Bürger ignorierten dann auch den offiziellen Befehl und blieben zu Hause.

Unser Bürgermeister war oft mit Braunhemd und Hakenkreuz am Ärmel unterwegs. Er war aber auch ein Niederfischbacher Eigengewächs. Er war tolerant, großzügig und ließ schon mal eine fünf gerade sein. In unserer Ortschaft hatten die Nationalsozialisten nur wenig Anhänger. Als einziger Distrikt dieser Größenordnung gab es keinen Ortsgruppenleiter.

Wir hatten immer noch eine gut funktionierte Blechwarenfabrik, hier arbeiteten auch viele französische Kriegsgefangene. Diese waren bei uns im Dorf freie Leute ohne jegliche Bewachung. Einer hat sogar ein einheimisches Mädchen später geheiratet.

Als die amerikanischen Truppen das Siegtal besetzten, hielten es die Franzosen jedoch nicht mehr im Dorf aus. Sie schlugen sich nach Betzdorf durch, etwa zwölf Kilometer,) wo die amerikanischen Truppen schon einmarschiert waren. Dort berichteten sie den Amerikanern von Niederfischbach und deren Bewohnern, die sie gut behandelt hatten. Sie baten unsere Ortschaft nach Möglichkeit zu schonen.

Nicht desto weniger, die Schießerei in den Wäldern kam immer näher. Wir Jugendliche hatten uns mittlerweile mit einigen deutschen

Soldaten angefreundet, besonders mit dem neunzehnjährigen Leutnant Klaus Morre, der bei uns im Ort einquartiert war. Wir hatten immer viel Gesprächsstoff. Leider haben wir ihn dann nicht mehr gesehen. Sein Vorgesetzter hatte ihm den Befehl erteilt, abends auf den nahen Berg Finsterbach zu steigen, um die Stellungen der Amerikaner auszukundschaften. Er fiel unterhalb des Gipfels. Ein Gedenkkreuz wurde dort errichtet, es wird immer noch mit Blumen geschmückt und erinnert an den sinnlosen Tod des jungen Soldaten.

Ein Anderer entging nur mit knapper Not diesem Schicksal, dieser sollte in einer späteren Nacht auf den Giebelwaldberg auf Spähtrupp gehen, er ging jedoch völlig übermüdet in ein Wohnhaus und legte sich schlafen.

Sein Vorgesetzter entdeckte ihn am Morgen und schickte ihn erneut Richtung Giebelwald, wo er dort den Amerikanern in die Hände fiel. Als die Frontsoldaten der Amerikaner am 5. Mai in unser Dorf einmarschierten, war der Kriegsgefangene in deren Mitte. Dort wurde er noch nach deutschen Stellungen ausgefragt. Schon am Abend war unser Dorf in amerikanischer Hand.

Drei Wochen später wurde Niederfischbach französische Besatzungszone.

Nun kam wieder einigermaßen Normalität in unser 3000 Seelen-Dorf. Wir mussten jetzt auch wieder in den Schulunterricht. Zu allem Überfluss sollten wir auch noch französisch pauken.

Das plötzliche Stillsitzen war für uns Jungs eine schwierige Zeit, den Mädchen machte das nicht so viel aus. Schon im nächsten Jahr wurde unsere Klasse mit dem Abschlusszeugnis entlassen. Die Mädchen hatten einigermaßen gute Zeugnisse, aber die Jungs nur schlechte. Bestanden hatten wir alle, aber der Vater meines Freundes Günter sagte zu einem Lehrer, wir hätten höchstens das Wissen eines Viertklässlers erreicht. Jahre später konnte ich dieser Meinung nur zustimmen.

Anschließend kam ich in die Bäckerlehre mit einem Zwölf-Stundentag. Im ersten Lehrjahr wurde nur Kommissbrot gebacken, also nur dunkles Brot. Später kam noch Maisbrot dazu. Es war für meine 1,50 cm Größe eine harte Zeit. Ich musste auch oft im Wald arbeiten, denn der Backofen wurde nur mit Holz beheizt. In dieser ersten Lehrstelle habe ich es nur einige Wochen ausgehalten.

Mein Vater sagte mir dann: „Wenn du die nächste Lehrstelle nicht durchhältst, kommst du in die Blechwarenfabrik als Hilfsarbeiter".

Für mich fing der Ernst des Lebens an. Ich habe nach der 3jährigen Lehrzeit die Gesellen- Prüfung bestanden und im selben Betrieb noch zwei Gesellenjahre für zwanzig D-Mark Wochenlohn drangehangen. Nach heutigem Ermessen viel zu lange.

## 12 Mehr Glück als Verstand (1944/1945)

Ein geflügeltes Wort, aber bei mir traf es einhundert prozentig zu. Zwölf Jahre war ich jung als der zweite Weltkrieg dem Ende entgegen ging. Es war die Zeit, wo Ordnung, Disziplin und auch die Appelle außer Kontrolle gerieten. Auch bei uns in dem kleinen Ort Niederfischbach war das so. Es war kaum noch jemand da, welcher uns Heranwachsenden sagte, was wir tun oder unbedingt lassen sollten. Wir trieben uns den ganzen Tag in der Umgebung umher und machten diese sozusagen unsicher, während unsere Mütter sich mit den Kleinkindern in feuchten Kellern und Stollen aufhielten. Wir bauten Höhlen, freundeten uns mit den Soldaten an und als Schüler kämpften und stritten wir miteinander. Ich weiß noch, wie wir einen Kumpanen fesselten und an die Spitze einer jungen Eiche festbanden. Diese hatten wir mit vereinten Kräften nach unten gezogen und ließen den Baum dann wieder mit dem verzweifelten Freund nach oben schnellen. Es kam jedenfalls nie Langeweile auf. Immer war irgendwo was los. Heute würde man sagen, jeder Tag war Action. Dann kam die Zeit, wo Manni und ich anfingen, Munition zu sammeln. Weil die durchziehenden Soldaten es mit den Vorschriften nicht mehr so genau nahmen, fanden wir viel davon in Gräben, an Wegrändern aber auch auf Waldlichtungen, wo die Landser vorher kampiert hatten. Besonders Karabinerkugeln hatten es uns angetan. Bald fanden wir eine Möglichkeit, dass innen liegende Schwarzpulver auszusondern. Wir ahnten zwar, dass das Pulver gefährlich sein könnte, aber niemand war da, der uns über die diesbezüglichen Risiken und Tücken aufklärte. Ja und Angst, Angst hatte keiner von uns, alles war nur Neugierde und Abenteuer. Manni, der gleichaltrige Freund kam als erster auf die Idee: „Wir sammeln das Pulver in einer Flasche", plauderte er vor sich hin und war auch schon sofort unterwegs, ein Gefäß zu organisieren. Ich war stillschweigend einverstanden, überlegte aber, was wir dann mit dem gesammelten Inhalt bewerkstelligen konnten. Während ich noch Möglichkeiten austüftelte, kam mein Freund schon mit einer leeren Konservendose angerannt. Schön langsam und vorsichtig bogen wir die Spitze ab und schütteten das Pulver in die Dose. Nachdem diese halb voll war, wurde uns die Arbeit zu langweilig. Da stand nun die Büchse auf einem dicken Stein und wir saßen davor und grübelten, was wir nun damit anstellen könnten. Uns fiel nichts Vernünftiges ein. Nach zehn Minuten ohne Ideen standen wir auf, kletterten auf Bäume und dichteten unsere Höhle ab, weil dort Wasser eingedrungen war. Plötzlich hielt Manni eine Streichholzschachtel vors Gesicht mit noch drei unbenutzten Stäbchen. „Komm", sagte er und rannte schon los. Ich hinterher. Erst als wir vor dem dicken Stein mit der halb gefüllten Konservendose standen, wusste ich, was er vorhatte. Er wollte das Pulver anzünden. Diese Tat war etwas absolut Neues für uns. Wir hatten schon viel ausprobiert auch mit Gefahr und viel Mut, aber Schießpulver anzünden, das hatten wir noch nie gemacht. Die Idee war absolut spitze. Ich war sofort einverstanden. Wir hatten keine Ahnung, in welche Gefahr wir hineinschlittern konnten. Nun ja, hin und wieder hatten wir etwas von dem leicht entzündbaren Zeugs gehört, aber gerade das Ungewisse, das noch nie Ausprobierte, machte den Reiz aus. Es war ein windstiller, sonniger Vorfrühlingstag. Manni zündete das Streichholz an, hielt es einen Augenblick am ausgestreckten Arm und warf es dann in die Konservenbüchse. Ich hatte mich aus Vorsicht, oder vielleicht doch aus Angst, schon ungefähr einen Meter entfernt, als Manni das brennende Streichholz fallen ließ. Er drehte sich sofort um und wollte auf mich zu laufen. Aber dann war er da, der plötzliche, lautlose Sekundenblitz. Wir registrierten eine sehr grelle und große Helligkeit. Innerhalb von Zehntelsekunden war alles vorbei. Dann schauten wir uns an. Keiner brachte vor Schreck ein Wort über die Lippen. Wir strichen uns durch die Haare, und merkten, dass diese nicht nur angesengt, sondern teilweise gar nicht mehr da waren. Die höllische Flamme hatte uns heiß erwischt. Nur die Tatsache, dass wir das Gesicht abgewendet hatten und in der Hanglage uns schon etwas unterhalb von der verfluchten Dose befanden, hatte uns vor einer Gesichtsverbrennung bewahrt. Bei Manni waren nur noch vorne einige Stoppelhaare stehen geblieben.

„Was hast du mit deinen Haaren gemacht," nörgelte meine Mutter an mir rum. Vor Schreck war ich immer noch aufgeregt und so erschöpft, dass ich sogar fast die Wahrheit sagte. „Ich habe mit Manni gezündelt," war die Antwort. Das Donnerwetter ließ ich schweigend über mich ergehen.

## 13   Jakob Jünkerath (1945)

Er war sieben Jahre älter als ich und für mich der beste Fußballer der Welt.

Ich bewunderte ihn schon als elfjähriger Pimpf, wenn ich ihm als Zuschauer auf dem Sportplatz zu jubelte. Schon als kleiner Straßenfußballer wollte ich so werden wie er. Wenn er als Mittelfeldspieler des Vereins „Adler 09 Niederfischbach" und als Kopfballspezialist die Bälle haargenau servierte, das war nicht nur für mich, sondern auch für viele Beobachter, große Klasse.

Eines Tages fiel mir auf, dass Jakob Jünkerath nicht mehr zu sehen war. Ich suchte

ihn auf den Dorfstraßen, fragte noch bei anderen, fußballbegeister-
ten Leuten, aber nichts, keiner wusste, wo er war. Jakob war wie
vom Erdboden verschwunden. Wir Jungs konnten uns keinen Reim
daraus machen.

Man schrieb das Jahr 1945, kurz vor Ende des 2. Weltkrieges. Anfang Januar tauchten zwei fremde Männer
im Dorf auf. Sie trugen teure, schwarze Le-
dermäntel und machten meist ein strenges
und wichtiges Gesicht.

Mein Freund Gottfried wurde von ihnen
nach Jakob Jünkerath gefragt und viele andere auch, aber keiner wusste was. Aller-
dings hatte ich manchmal den Eindruck, dass manche Dorfbewohner untereinander flüsterten und tuschelten. Nach drei Tagen waren
die fremden Männer - Gott sei Dank - wieder verschwunden und
wir Jungs hatten sie auch bald wieder vergessen.

Vier Monate später war der Krieg zu Ende.

Wir bestaunten die amerikanischen Soldaten, sie spielten auf der
Straße Volleyball und waren zu uns Halbstarken sehr freundlich.
Bald hörte ich auch wieder etwas von unserm Fußballverein. Und
plötzlich, für mich ganz unverhofft, lief mein Idol Jakob wieder auf
dem Platz und zauberte seine Kunststücke.

Wie ein Lauffeuer verbreitete sich die Nachricht bis in den letzten Winkel. Gleichzeitig wuchs die Spannung mit der Frage: Wo war er in den vergangenen vier Monaten gewesen? wo hatte er sich aufgehalten?

Mein Opa hat mir das dann in Ruhe erklärt. Ich hing an seinen Lippen, ich wollte das nun ganz genau wissen. Jakob Jünkerath war ein Halbjude, (für mich war es damals noch ein neues Wort) deshalb war er auch zum Militärdienst nicht geeignet. Seine Mutter hat irgendwann gespürt, dass ihr einziger Sohn in großer Gefahr war. Von seinem Vater hatten sie schon seit fast drei Jahren nichts mehr gehört. Deshalb handelte die Mutter jetzt sofort. Unser Freund wurde also noch frühzeitig von zwei verschwiegenen Leuten auf einem 10km entfernten, kleinen Bauernhof im hügeligen, bewaldeten Siegerland evakuiert und dort in einer Scheune vier Monate lang versteckt. Die Gestapo, das waren die Männer mit den Ledermänteln, haben Jakob jedenfalls nicht gefunden.

Noch Jahre später erzählten die Dorfbewohner von dem lebensgefährlichen Wagnis, welches die Bauersleute Christian und Mathilde auf sich genommen hatten, da sie ihn bis zum Kriegsende verborgen hielten. Mein Opa sprach dann immer von einer mutigen Tat.

Aber nun war Jakob wieder da. Er arbeitete in einer Blechwarenfabrik, wo Ofenrohre hergestellt wurden. Trotz der schlimmen Zeit ließ ihn der Fußball nicht los. Wieder standen wir Jungs an der Seitenauslinie des Sportplatzes und staunten über seine fußballerischen Fähigkeiten. Einundzwanzig mal konnte er mit dem Ball dribbeln, ohne dass das Leder den Boden berührte.

Bei ihm hatte ich einen Stein im Brett. Deshalb konnte ich ihn auch dazu bewegen, eine Schülermannschaft zu gründen. Er hat uns dann lange Zeit vierzehntägig betreut und trainiert. Das war ein großer Erfolg und wir waren alle sehr stolz.

Jakob Jünkerath blieb dem Verein und dem Ort noch viele Jahre eng verbunden. Sein Charakter und seine Persönlichkeit standen in hohem Ansehen. Er hat mir in schwieriger Zeit Ehrlichkeit, Zuverlässigkeit und Durchhaltevermögen beigebracht. Wenn ich heute, nach siebzig Jahren, meinen Heimatort besuche, denke ich sofort an Jakob Jünkerath, er hat mir in einer entscheidenden Lebensphase viel wertvolles Gedankengut mit auf den Weg gegeben.

## 14 Als im Siegerland der 2. Weltkrieg zu Ende ging (1945)

Zu der Zeit war ich zwölf Jahre alt und hatte in den letzten Jahren schon viel erlebt. Leider hatten wir Kinder viel zu wenige Schulstunden, aber das war uns sehr recht.

Der Wald, der Erzbergstollen in der Nähe, und die Straße waren mein zu Hause. Nur zum Essen und Schlafen war ich in unserer Wohnung. Aber jetzt, im Februar und März 1945 war alles anders. Ältere Leute sagten, ein Spähtrupp der Amerikaner sei schon in der Nacht bis an die Ortsgrenze unseres kleinen Dorfes Niederfischbach vorgedrungen, um das Gelände auszuspionieren. Gestern Nacht wurde noch eine Straßenbrücke von den deutschen Soldaten gesprengt. Jetzt konnten die Deutschen nur noch zurück, also ein Zeichen, dass sie endlich den amerikanischen Befreiern, unser 2500 Seelen Dorf überließen. Jedenfalls war von deutschen Soldaten und Fahrzeugen weit und breit nichts mehr zu sehen. Plötzlich und sehr ungewohnt war absolute Ruhe eingekehrt.

Zweihundert Meter oberhalb der damaligen Bismarckstraße (jetzt Konrad-Adenauer-Straße) sah ich, dass ein weißes Betttuch aus einer Speicherluke rausgehangen wurde. Das war ungewöhnlich für mich, denn ansonsten kannte ich immer nur die übliche, schwarz-weiß-rote Nazifahne, die von den Häusern flatterte. Als ich meiner

Mutter das erzählte, meinte sie, das müssen wir jetzt auch machen mit dem Bettlaken, das ist ein Willkommensgruß für die Befreier. Also sofort die Treppe rauf bis nach oben. Dort lag noch die Hitlerfahne auf dem Fußboden. An hohen Feiertagen musste das Banner rausgehangen werden. Ich war der Einzige, der meiner Mutter dabei immer helfen musste. Also, nun wurde die verhasste Fahne abgebunden und mit der Schere zerschnitten. Dann schnürte meine Mutter, sauber und ordentlich, ein fein gebügeltes Betttuch an die weiße, dicke Fahnenstange, welche auch als Banner bei der Fronleichnamsprozession aufgehängt wurde. Nun wuchteten wir die schwere Fahnenstange nach draußen durch die Speicherluke. Jetzt musste sie an einem schweren Balken von drinnen befestigt werden, damit sie nicht nach unten auf die Straße fiel, was in der Nachbarschaft schon einmal passiert war. Ich flitzte runter und rief meiner Mutter nach oben. „Alles in Ordnung, es sieht gut aus."

Nun warteten wir auf die Amerikaner, aber sie kamen nicht. Alles blieb ruhig im Dorf, noch nicht mal ein Hund bellte. Meine Mutter passte ganz genau auf, dass ja kein Kind auf die Straße lief, es sei zu gefährlich, sagte sie. Aber so lange in der Kellerwaschküche, das hielt ich nicht aus. Ganz leise schlich ich mich zur Hintertür und machte diese einen Spalt auf. Nichts war zu sehen und zu hören. Doch jetzt sah ich, wie unser Nachbar Albert Schönen in gebückter

Haltung durch die Wiese auf unser Haus zu kam. Warum der gestandene Mann nicht in den Krieg eingezogen war wie alle andern, konnten wir Halbstarken nicht verstehen. Aber er hatte, wie wir später erfuhren, eine Aufgabe zu erfüllen. Er musste im Dorf alle Kühe und Schweine zählen, damit die Lebensmittelkarten gerecht verteilt wurden. Wir hatten auch ein Schwein. Es lebte in einem kleinen Stall, welcher halb im Keller und halb draußen im Freien eingeteilt war. Dieser besagte Schönens Albert kam ein oder zweimal im Jahr und zweimal jedes Haus. Die Ergebnisse wurden in eine Liste eingetragen. Einmal war ich dabei, als er auch bei uns zählte. Er kam in den Hinterhof, guckte überall hin, nur nicht dahin wo das Schwein grunzte und rief meiner Mutter, die oben am Fenster stand, zu: „Maria, ihr habt doch keine Schweine? ". „Nein", rief sie zurück. Dann trug er eine Null in seine Liste ein. Also, dieser Nachbar kam durch den Hintereingang und sagte leise zu meiner Mutter: Ihr müsst sofort die weiße Fahne wieder einziehen, die Deutschen kommen zurück". Und schon war er wieder weg.

Meine Mutter war sehr aufgeregt. Sofort musste ich mit ihr wieder nach oben, damit das Bettlaken so schnell wie möglich auf dem Speicher wieder eingeholt wurde. Und tatsächlich, eine Stunde später, es wurde schon dunkel, kamen zwei deutsche Jeeps. Langsam und ganz leise fuhren sie durch die Bismarckstraße. Wir Kinder blieben ganz still. Ich merkte, dass meine Mutter Angst hatte. Sie zitterte, und leise betete sie. Aber dann hörten wir sie auf einmal schneller weiterfahren. Als ich draußen wieder spionierte, wie ich es nannte, sah ich doch tatsächlich, dass eine Nachbarin die Hitlerfahne wieder aufgehängt hatte.

In der Nacht haben wir wieder aus Angst im Keller geschlafen. Am Morgen hatte ich keine Ruhe mehr, die Sonne schien, und Angst hatte ich auch keine mehr. Ich lief den nächsten, kleinen Berg hoch und sah mich nach allen Seiten um. Und dann sah ich die Amerikaner, ungefähr noch zwei Kilometer entfernt. Es waren zwei Panzer und ca. zwanzig Soldaten, welche langsam, die Gewehre im Anschlag, auf unseren Ort zu kamen. Ich lief ganz schnell nach Hause, wo ich mich im Keller bei meiner Mutter doch sicherer fühlte. Es dauerte noch drei Stunden, bis ich endlich die Panzergeräusche hörte. Kurz darauf kam ein bewaffneter, amerikanischer Soldat durch die Kellertüre und suchte anscheinend nach versteckten, deutschen Soldaten. Er sprach kein Deutsch, aber ich hörte meinen Bruder, der etwas englisch konnte, immer wieder „no" sagen.

Trotzdem ist er mit der Waffe in der Hand, durch das ganze Haus gegangen und hat jedes Zimmer durchsucht. Ganz zum Schluss sah er noch auf dem Speicher einen großen Berg trockenes Reisig liegen, welches wir zum Feueranmachen brauchten. Plötzlich war er sich nicht mehr ganz sicher, ob sich dort nicht noch deutsche Soldaten versteckten. Mit dem Karabiner und mit dem aufgesetzten Seitengewehr stach er ungefähr zehnmal in den Reisighaufen hinein. Mein Gott, dachte ich, wenn sich dort ein Mensch versteckt hätte, das wäre furchtbar gewesen. Mittlerweile sah ich schon draußen auf der Straße viele amerikanische Soldaten. Ich erinnere mich noch gut, es waren auch drei dunkelhäutige Männer dabei, das waren die ersten, die ich in meinem Leben gesehen hatte. Bald merkte ich, dass der zweite Weltkrieg zu Ende war.

Nun mussten wir wieder regelmäßig in die Schule, was für meine Freunde und für mich alles sehr gewöhnungsbedürftig war.

## 15 Die Befreiung (1945)

Endlich waren sie da, die Befreier. Sie kamen vormittags bei schönem Wetter, am 4. April 1945. Ruhig, aber vorsichtig gingen die amerikanischen Soldaten mit einem Gewehr in der Hand über die Hindenburgstraße, jetzt Konrad-Adenauer-Straße.

Ich hörte sie als erster im Keller in unserer Waschküche. Wir, meine Mutter und meine drei Geschwister, wir hatten Angst. Ich war dreizehn Jahre alt und immer schon sehr neugierig und manchmal auch sehr waghalsig. Als ich dann einige Minuten später auch noch Panzergeräusche hörte, hielt mich nichts mehr in der Waschküche, denn ich wusste, sie mussten jetzt über den nahegelegenen Fluss.

Die deutschen Soldaten hatten gestern Abend noch alle zwei Brücken gesprengt. Ich ging also aus der Kellertüre und dann vorsichtig an der Mauer entlang nach oben auf die Hindenburgstraße. Dann sah ich sie, die Soldaten mit der fremden Uniform. Sie sahen mich, den noch kleinen Knirps und ich dachte: alles halb so schlimm. Aber einer machte mir ein Zeichen, dass ich sofort verschwinden soll. Also verschwand ich wieder zurück in die Waschküche. Einer kam noch hinter mir her und ging dann durchs ganze Haus.

Die drei Panzer hatten den Motor abgestellt, sie wussten wohl noch nicht, wie es jetzt weitergehen sollte. Die anderen Soldaten gingen langsam weiter, sie konnten ja nur noch über die Brückentrümmer klettern, oder unten durch das Wasser waten. Es blieb immer noch alles ruhig, jedenfalls hörte ich keine Schüsse und auch keine lauten Befehle oder Kommandos mehr.

Am nächsten Tag versuchten die drei Panzer weiter zu kommen. Sie umgingen die kaputte Brücke über den Bahnhofsvorplatz und über die große Wiese.

Ich vergesse nicht, wie die großen Kolosse über das Kopfsteinpflaster des Bahnhofs ratterten. Sie kamen an dem toten Pferd vorbei, das schon fünf Tage auf der Wiese lag. Langsam fuhren sie durch den Fluss, wo das Wasser nicht so tief war.

Der erste Panzer fuhr dann durch den schönen Garten vom Friseurmeister Müller, der kam aber sofort aus dem Haus gelaufen, stellte sich vor den nächsten Panzer und dirigierte ihn einfach wieder nach links auf die große Wiese. Ich dachte, der hat sie nicht alle. Aber tatsächlich fuhren die zwei nächsten Kolosse nicht mehr durch seinen Garten.

Das erste Ungetüm schaffte es dann irgendwie über den hohen Abhang wieder auf die geteerte Straße. Die beiden anderen blieben im Morast der feuchten Wiese stecken. Sie wurden dann mit dicken Stahlseilen wieder rausgeholt.

Nach zwei Tagen hatte sich für mich das Leben im Dorf wieder normalisiert.

Ich war wieder überall und nirgends. Auch der Bauer Müller arbeitete wieder auf seinem Hof und auf dem Feld. Heute begab er sich, versehen mit Hacke und Schaufel zu der Stelle, wo immer noch das tote Pferd lag. Ich hatte den Eindruck, dass dieses Pferd für ihn ein großer, schwerer Ackergaul gewesen war.

Er fing an ein großes Loch zu graben, damit endlich das tote Pferd wegkam. Für mich war das alles erschütternd und ich war sehr traurig.

Zwei Tage dauerte es, bis das Pferdegrab groß genug war. Für mich schien es allerdings viel zu klein zu sein, aber Bauer Wilhelm Müller hatte schon eine Idee, wo ich nicht draufgekommen wäre. Zu meinem großen Entsetzen sah ich, dass er dem Pferd mit einer großen Axt die Beine abschlug, einfach so, als wäre es ein Stück Holz. Einige Knochensplitter lagen schon in der Grube. Für mich war das so grässlich, dass ich auf der Stelle umkehrte und drei Wochen immer diese Stelle umgangen habe.

Mit meinem Freund Günter ging ich wieder wie früher durch die Wälder und Hügel der Umgebung. Dabei sahen wir, dass an vier Stellen im Wald doch noch gefallene, amerikanische Soldaten beerdigt worden waren.

Da waren also zwölf junge Soldaten, vielleicht fünf oder sechs Jahre älter als ich, über dass das Meer nach Deutschland gekommen, mit dem einzigen Ziel, uns von den Nazis zu befreien. Hier bei Niederfischbach kam dann für sie der Tod.

Ich dachte an ihre Väter und Mütter, an ihre Frauen oder Freundinnen und sicher auch an ihre Großeltern. Schon nach drei Tagen waren ihre Gräber leer. Die Leute im Dorf sagten, die Amerikaner hätten ihre toten Freunde auf geschlossenen Militärautos abtransportiert. Weiter sagten sie, diese würden nun in ihre Heimat zurückkehren und dort eine würdige Ruhestätte finden. Ich glaube, hoffe und bete, dass so eine grauenvolle Zeit nie mehr kommt.

Henny & ihre Schwestern begrüßen den Frieden

# 16  Das Schwimmbad mit dem Zehn-Meter-Turm

Schwimmen konnte ich schon sehr früh, auch ohne Schwimmleh-rer. Schon als Schuljunge war ich gerne im Wasser. Die Asdorf, ein Nebenfluss der Sieg, strömte noch mit verhältnismäßig viel Wasser durch unser 3000-Seelen-Dorf. Auch im Sommer gab es dort im-mer noch tiefere Wasserstellen, wo wir schwimmen konnten und auch schon mal einen Kopfsprung vom Ufer aus wagten. Nur der Nebenerwerbsbauer jagte uns schon mal weg, weil wir seine Wiese zertrampelten. Beim Kopfsprung war ich meistens der Mutigste. Manchmal musste ich diese Kühnheit mit einer blutigen Kopfver-letzung bezahlen, weil ich zu steil eingetaucht war und dann den Kopf mit dem steinigen Boden berührte. Manchmal lagen dort Fahrradteile und einmal sogar ein deutscher Wehrmachtsrevolver.

Nach einiger Zeit hörten wir, dass in unserm Nachbarort Wehbach ein richtiges Schwimmbad entstehen sollte. Und dort sollte sogar, außer einem Ein-Meter-, Drei-Meter-, Fünf-Meter- auch ein Zehn-Meter Turm gebaut werden. Zu dieser Zeit hatte ich in Betzdorf schon die Bäckerlehre angetreten. Als Heimschläfer fuhr ich dann täglich mit dem Bummelzug morgens um $5^{15}$ Uhr nach Betzdorf und nachmittags gegen $17^{00}$ Uhr wieder zurück nach Niederfisch-bach. Da die Bahnstrecke ganz in der Nähe vorbeiführte, hatte ich die Möglichkeit, den Baufortschritt genau zu verfolgen. Meine

Spannung stieg, und der 10Meter Turm hatte meine ganz spezielle Aufmerksamkeit. Dort wollte ich rauf - und natürlich auch wieder runter, ohne Stufen. Im Vorbeifahren sah der Turm stolz und mächtig aus. Ich freute mich auf meinen ersten Sprung von ganz oben.

Endlich war es so weit.

Am Sonntag war Eröffnungstag, ein heißer Sonnentag. Viele Besucher kamen aus allen Orten der Umgebung, die meisten aber aus Wehbach, Niederfischbach und Betzdorf. Sogar der Vater meines Lehrmeisters, der 72-jährige Bäckermeister war vertreten. Ich war mir sicher, dass er nicht schwimmen konnte, aber ich musste feststellen, er konnte es.

Sechs Freunde von mir waren auch mitgekommen, leider lagen sie meistens lustlos auf den Liegewiesen. In allen Schwimmbecken ging es drunter und drüber, auch im Sprungbecken. Es waren einfach zu viele Leute auf dem Gelände und alle wollten auch noch ins Wasser. Die Sprungtürme waren natürlich alle gesperrt, denn das Springen wäre auch zu gefährlich gewesen. Es war also nichts mit einem Sprung von ganz oben, dabei hätte ich mir auch gerne mal einige Sprünge von anderen Leuten angesehen; wie bewegen sie sich, wie tauchen sie ein? Es gab noch kein Fernsehen, und so etwas hatte ich ja überhaupt noch nicht gesehen.

Nun hatte ich gehört, dass Wasser aus dieser Höhe sich nicht weich anfühlen, sondern auch gefährlich sein konnte, wenn man mit dem Bauch oder dem Rücken auf die Wasserfläche direkt aufschlug.

Nun war der Aufschub des Springens für den nächsten Samstagnachmittag geplant. Das Wetter war mittelmäßig und dementsprechend waren auch weniger Leute im Bad. Nur ein etwas älterer Mann war oben auf der Zehnmeter-Plattform. Aber sofort merkte ich, das war ein Ass, ein Künstler, von dem konnte ich nichts lernen. Er machte vorne auf der Kippe einen Handstand, drückte sich dann mit den Armen ab und sauste dann senkrecht in die Tiefe. Fast ohne Wasserspritzer tauchte er ein. Ich war wie am Boden zerstört, so etwas hatte ich noch nicht gesehen. Meine Lust und meine Laune waren am Tiefpunkt. Mein Freund Gottfried fragte mich auch noch so blöd, "kannst du das auch"?

Ganz langsam versuchte ich meine Gedanken wieder richtig in die Reihe zu kriegen. Ich fing also ganz unten mit dem Einmeterbrett an. Alles normal, nichts Besonderes. Beim 3Meter Brett wagte ich schon nicht mehr den Kopfsprung. Also machte ich die Bombe, das hieß, mit Anlauf und dann mit angewinkelten Knien sofort springen. Das gab schon eine ganz schöne Wasserfontäne. Bei dem Fünf-Meter-Sprung wurde es schon etwas brenzlig, aber dann einfach Nase zuhalten und runter. Nun die zehn Meter. Ich hatte mir vorgenommen, den sogenannten einfachen Fußsprung anzuwenden. Ich ging also Tritt für Tritt langsam und sicher nach oben. Im letzten Viertel der Stufenleiter konnte ich es mir nicht verkneifen, nach unten zu schauen. Mein Gott, ist das aber hoch, dachte ich. Übertrieben vorsichtig stieg ich weiter, aber immer die beidseitigen Geländer fest im Griff. Dann kam die zweitletzte Sprosse. Meine Augen sahen nur noch die Plattform und links und rechts die Tiefe. Ich legte meine Ellbogen auf die Platte des Zehnmeter-Turms. Angst hatte ich, und ich war nicht mehr in der Lage, mich aufzurichten. Vorsichtig kletterte ich wieder nach unten. Einige Zuschauer, die auf der Liegewiese waren, riefen ohne Unterbrechung: „Feigling, Feigling". Für heute hatte ich die Nase voll, aber aufgegeben hatte ich den Sprung noch nicht. Ich brauchte vierzehn Tage, bis ich wieder den Mut fand, es noch einmal zu versuchen.

Fünf Freunde waren mitgekommen, und diese waren fest entschlossen, mich anzufeuern. Schon beim Aufstieg klang es mir in den Ohren. "Springen, Springen". Einige Halbstarke, welche oben auf dem Turm standen, merkten, dass die Rufe nicht ihnen galten, sie machten mir sofort Platz. An ein Zurück war nicht zu denken. Ich ging geradeaus weiter. Einer sagte mir im Vorbeigehen, „nicht nach unten sehen". Ich sprang auch sofort runter, senkrecht, die Arme angewinkelt. Unverzüglich fing ich an zu brummen, wie eine dicke Fliege. Die senkrechte Lage verschob sich und automatisch ruderte ich mit den Armen. Dann klatschte ich mit ausgebreiteten Armen auf das harte Wasser. Ich hatte Glück, dass nicht noch ein Bauchklatscher zustande kam. Als ich den Kopf wieder aus dem Wasser hatte, hörte ich auch schon die Bravo-Rufe von vielen Zuschauern. Alle Schwierigkeiten waren zunächst vergessen, ich war mit mir zufrieden, außer den schmerzenden Unterarmen. Ein zweites Mal hat es aber nicht gegeben, den Stress wollte ich mir nicht nochmal antun.

Viele Jahre später war ich mit Tobias, meinem elfjährigen Enkel in Köln im Agrippabad. Als ich dort den Zehnmeter-Turm sah, kamen mir sofort Erinnerungen hoch. Ich fragte ihn: „Da oben, schaffst

du das?" Ich wusste, dass er mit so einem hohen Turm noch nie in Berührung gekommen war. Er sagte auch nicht ja, oder nein. Er ging einfach los, Richtung Turm. Auch oben standen einige Jugendliche, die waren aber schon viel größer. Als der kleine Knirps nach oben kam, staunten sie und machten sofort eine Gasse frei. Tobias ging einfach los, hielt sich die Nase zu und sprang runter, einfach so und kam auch noch fast senkrecht unten an. Ich habe im Stillen den Hut vor ihm gezogen.

## 17  Die verunglückte Getreideernte (1945)

Es war sehr heiß im Sommer 1945. Ich war dreizehn Jahre alt. Der Krieg war zu Ende und wir Halbwüchsige mussten wieder regelmäßig zum Schulunterricht.

In den vergangenen Jahren war das nie ganz sicher. Sehr oft hatten wir schulfrei, weil Lehrpersonen fehlten, oder wir mussten schon morgens wegen Fliegeralarm in den Luftschutzbunker. Oft mussten wir auch Bucheckern sammeln oder bei der Ernte helfen, oder Kartoffelkäfer von den Blättern abnehmen, oder, oder, oder …

Eines Tages sagte mir meine Mutter, ich solle unbedingt nach dem Schulunterricht dem Bauer Moser bei der Ernte helfen. Wir hatten selbst keine Landwirtschaft, und Mutter hoffte, dass ich etwas Essbares mit nach Hause brächte. Aber ich glaube, meine Mutter war auch beruhigt, wenn ich mit einer sinnvollen Arbeit beschäftigt war.

Das etwa fußballgroße Getreidefeld lag am Bahnhof und als ich gegen 14 Uhr dort ankam, war schon der noch leere Getreide - oder auch Heuwagen mitten auf dem noch nicht abgefahrenen Feld und wartete darauf, beladen zu werden. Meine Aufgabe war die einzelnen Garben herbei zu schaffen damit der ältere Helfer, Herr Willich, nicht so weit gehen musste und sie dann dem Chef angeben konnte, der oben auf dem Wagen stand. Die einzelnen Garben standen zu je vier Stück zusammen gebunden auf dem Feld gleichmäßig verteilt. Herr Willich beförderte diese dann mit einer langen Gabel nach oben auf dem Wagen. Dort stand der Bauer und sorgte dafür, dass die Ernte fachmännisch aufgeladen wurde. Wir drei arbeiteten Hand in Hand und die Arbeit ging gut voran. Nach einiger Zeit merkte ich, dass der Chef nach oben schaute. Gegen Abend war Regen angesagt, und er wurde unruhig. Herr Willich, der ältere Helfer, hatte alle Mühe, trotz seiner langen Gabel die Garben nach oben auf den Wagen zu bugsieren. Der Bauer wollte auf alle Fälle die gut getrocknete Roggenernte heute noch unter Dach und Fach bringen. Endlich war die letzte Garbe oben angelangt. In aller Schnelle wurde der schwere Stabilitätsbalken nach oben gehievt, er musste jetzt nur noch längsseitig festgezurrt werden. Dann kam Herr Willich auf mich zu und sagte: „Trotz deiner schätzungsweise 1,50 cm Größe hast du gut geholfen, genau wie ein Erwachsener". Ich fühlte mich 10 cm größer und war sehr stolz auf mich. Dann stellte ich mich etwas abseits und sah mir diesen Großen, passablen, schönen und vollbeladenen Erntewagen an. Ich war jetzt auch ein wenig selbstbewusst, denn ich hatte ja an diesem Werk mitgearbeitet. Im selben Augenblick hörte ich unter dem Wagen ein Knurren, Knattern und Quietschen, obwohl sich anscheinend nichts bewegte. Aber dann sah ich die Ursache. Oben in der Spitze neigte sich der schöne Erntewagen langsam, aber sicher zur Seite. Ich guckte nach oben, wo der Bauer schwitzend und angsterfüllt den schweren Balken auf die andere Seite heben wollte. Dann sah ich ihn schon nicht mehr und auch der Balken war nicht mehr zu sehen. Der prachtvolle Wagen neigte sich dann weiter zur Seite und schlug kräftig auf. Es blieb nur noch ein großer Berg von durcheinander liegendem Getreide zu sehen. Meine Sorge war nur: wo ist der Bauer? Nach $1^1/_2$ Minuten bewegte sich der Berg und Herr Moser kam wieder zum Vorschein. Er streckte die Glieder und atmete einmal tief durch. Gott sei Dank, alles war mit ihm in Ordnung. Es war wie bei einer Beerdigung, genau so standen die Leute schweigend am Grab, völlig sprachlos. Zunächst gingen wir alle nach Hause, denn die Regenwolken hingen schon sehr tief. Auf dem Rückweg mussten wir noch teilweise über die Hauptstraße, die ersten peinlichen Fragen kamen auf uns zu. Die Antworten überließen wir dem Bauer Moser, er meinte gereizt, wir hätten zu viel geladen. Als wir dann endlich in der Scheune waren, kam der Regen sturzflutähnlich herunter. Ich dachte nur noch an den schönen Erntewagen und an das klatschnasse Getreide.

Seine Frau hatte aber trotz allem eine Tasche mit Eiern, Butter und Milch parat gestellt, so hatte sich für mich die Arbeit doch noch gelohnt.

## 18   Die erste Lehrstelle ging in die Brüche (1946)

In Friesenhagen, einem kleinen Ort im Krottdorferland, hatte mir mein Vater eine Lehrstelle besorgt. Man schrieb das Jahr 1946. In unserer sechsköpfigen Familie war immer noch „Schmalhans Küchenmeister", also es gab wenig zu essen. Mein Vater, der ehemalige Obergefreite, hatte sich in russischer Kriegsgefangenschaft „selbständig" gemacht, er nannte das „sich in die Büsche schlagen". Jedenfalls stand er fünf Wochen zuvor plötzlich, mit einem selbst geschnitzten Krückstock, in unserer Küche. Es war anscheinend eines seiner ersten Tätigkeiten, mir, seinem vierzehnjährigen Sohn, die ersten, selbständigen Schritte ins Leben zu ebnen.  Ich glaube, es kam ihm sehr gelegen, dass ich mich frühzeitig auf den Bäckerberuf festgelegt hatte. Meiner Mutter passte das auch gut ins Konzept. Sie sagte oft zu mir, „Es wird Zeit, dass Du Deine Beine mal unter einen anderen Tisch stellst". Immerhin war bei meiner ersten Stelle festgelegt worden, dass Kost und Logis vertraglich gesichert waren, also würde ich wenigstens satt werden. Mir war das auch alles sehr recht, denn obwohl ich klein von Statur war, trug ich den Kopf ganz schön hoch. Ich wollte es allen zeigen. Der Weg nach Friesenhagen betrug ca. 35 km und war schon mit dem Bummelzug über Wildenburg zu erreichen. Von dort aus musste ich aber noch fast eine Stunde zu Fuß über Feld und Wald marschieren, um mein Ziel zu erreichen. An einem kleinen, vor gelagerten Hügel machte ich Halt. Von oben sah das 500-Seelen-Dorf nicht sehr vertrauenswürdig aus. „Kann ich dir helfen?" fragte ein älterer Mann, welcher eine Sense auf der Schulter trug. Er zeigte mir mit seiner großen Hand den Standort, wo die Bäckerei zu sehen war. Zum ersten Mal kam mir zum Bewusstsein, dass nun der Ernst des Lebens begann. Drei Jahre sollte ich nun hier verbringen. Nur sonntags hatte ich frei, abends musste ich aber schon wieder im Betrieb sein, um den Sauerteig anzurühren. Der Mann neben mir musste meine Gedanken erraten haben. „Die Leute hier sind sehr arbeitsam, freundlich und hilfsbereit, sagte er. Das Kolonialwarengeschäft mit der Bäckerei im Ort hat einen guten Ruf, nach vier Wochen, wirst du dich hier wohl fühlen". So verstand er es, mich zu beruhigen. Kurze Zeit später, gegen 16:00 Uhr, stand ich mit dem kleinen Köfferchen im Geschäft meines zukünftigen Lehrherrn. Die Chefin hatte mich schon erkannt und rief durch den Laden: „Ewald, der Junge ist da, zeig ihm schon mal seine Kammer". Der Meister drückte mir die Hand und nuschelte etwas in seinen Oberlippenbart, wovon ich nichts verstand. Er zeigte mir mein klitzekleines Zimmer im Dachgeschoss. Dann ging er raus und überließ mich meinen Gedanken. Plötzlich war da etwas in meiner Nase. Zunächst dachte ich an nichts Schlimmes, aber auf einmal nahm ich ihn wahr, diesen intensiven, durchdringenden, bärbeißigen Geruch. Wie ein Bazillus durchströmte er mein kleines Zimmer. Ich hatte den Eindruck, alles im Raum ist verpestet, die Augen, die Haare, die Wäsche, einfach alles. Es schien mir als würden Kriechtiere mich narkotisieren. Aber dann nach kurzer Zeit kam die Lösung. Es waren Mottenkugeln, wahrscheinlich in viel zu großer Zahl, nicht giftig, völlig harmlos. Nun kam mir nämlich die Erinnerung an meine Oma auf dem Bauernhof, dort roch es im Gästezimmer so ähnlich, nur in viel schwächerer Form. Dann kam die erste Arbeitswoche. Der Tag begann um vier Uhr morgens. Als erstes staunte ich über die große, imposante Teigmaschine. Wenn das Monstrum angestellt wurde, erzitterte das ganze Haus. Die Anweisungen vom Meister konnte ich nur in einem sehr lauten Ton entgegennehmen. Gegen 13$^{00}$ Uhr war in der Backstube Feierabend. Danach erklärte mir der Meister: „Jetzt gehen wir in den Wald, dort bearbeiten wir die schon gefällten Bäume, welche für den Backofen noch in passende Stücke gesägt werden müssen. Vor 18:00 Uhr kamen wir dann selten zurück. Nach meinem eintägigen Heimaturlaub am Sonntag merkte meine Mutter die Lustlosigkeit schon sofort. „In der kurzen Zeit kann man noch nicht sagen ob die Stelle gut oder nicht so gut ist," sagte sie. Und dann natürlich wieder die alte Leier: „Lehrjahre sind keine Herrenjahre". Auch in der 2. Woche erledigte ich meine Arbeit zur Zufriedenheit, aber ich hatte mir das doch alles anders vorgestellt. Vielleicht auch deshalb, weil hier nur eine Sorte Brot hergestellt wurde, davon aber sehr, sehr viel. Immer nur ein Teig und immer nur das viereckige Kommissbrot wurden gebacken. Es gab nur 2 kg Stücke, welche zu 12 Broten in ein Holzregal abgestellt wurden. Nach der 4. Woche war ich so verdrießlich, dass ich am Samstagabend mein Köfferchen packte und meinem Meister sagte: „Ich gehe wieder nach Hause". Er war sehr, sehr ärgerlich. Meine Mutter sagte später: „Was sollen denn die Nachbarn denken?". Mein Vater schimpfte mit mir rum, sagte aber dann, es gäbe noch eine Möglichkeit in Betzdorf eine Lehrstelle zu bekommen. Brummte aber doch dann noch sehr ärgerlich: „Wenn du von dieser Stelle wieder abhaust, dann kommst du in die Fabrik". Das war in der damaligen Zeit keine gute Voraussetzung für einen Berufsstart. Aber, ich bekam die neue Stelle. Nun war ich auch jetzt ein so genannter Heimschläfer, konnte also dann täglich in den Kreisen meiner Familie und meinen Freunden wieder meine Freizeit genießen. Es ging dann auch alles gut.

Ich machte nach drei Jahren meine Gesellenprüfung und blieb dann noch weitere zwei Jahre als Geselle in meinem Lehrbetrieb.

## 19  Bäckergeselle: Vorgestern und gestern (1946)

Das Jahr 1946 war eine ungünstige Zeit für diesen Beruf. Aber wenigstens hatten wir zu Hause genug Brot zu essen.

Im ersten Lehrjahr war zunächst meine Hauptbeschäftigung, die Brotteige mit der Hand aus der großen Teigmaschine raus zu nehmen und auf den Backtisch abzulegen. Es gab zu dieser Zeit nur Roggenmehl. Deshalb wurde bei uns auch nur eine Sorte Brot gebacken, nämlich das sogenannte Kommissbrot.

Die einzelnen Laibe wurden dann dicht aneinander in den heißen Backofen geschoben, so dass sie immer als viereckiges Brot zum Vorschein kamen. Meine Aufgabe war dann später, die heißen Brote mit Wasser zu bestreichen. Waren dann zwölf fertige Dreipfundbrote auf dem Brotbrett, musste ich sie auf ein Regal hochstemmen. Mein Onkel Robert war Schneidermeister, und wenn dieser für mich einen neuen Anzug ausmaß, meinte er immer, ich wäre an der linken Seite kleiner, als an der rechten. Das kam daher, weil ich mich immer links mit den zwölf Broten so hochrecken musste.

Ich musste damals noch sehr klein und erbärmlich ausgesehen haben, denn meine Chefin brachte mir jeden Morgen ein Liter Milch in die Backstube. Sie sorgte auch dafür, dass der Meister darauf achtete, dass ich die Milch im Laufe des Tages trank.

So gegen acht Uhr kam dann auch der Seniorchef in die Backstube. Er formte die Brote, welche ich schon vorgewirkt hatte. Wir verstanden uns gut und im Laufe der Zeit waren wir ein gut funktionierendes Team. Während dieser Zeit hat er mir viel aus seiner Jugendzeit als Bäckergeselle erzählt. Für mich waren das immer spannende Stunden.

Es war Ende des 19. Jahrhunderts und die große Zeit der Zünfte. Ein Handwerksgeselle war nur dann ein guter Fachmann, wenn er einige Jahre als Wandergeselle auf Achse gewesen war. Auch mein Seniorchef war zwei Jahre auf der Walz gewesen. In dieser Zeit ist er von Betzdorf an der Sieg bis nach Hamburg getippelt. „Ein fremder Bäcker bittet um Arbeit", war das geflügelte Wort, welches er noch immer auf der Zunge hatte.

Die Zunftregeln besagten, dass der wandernde Bäckergeselle in jeder Bäckerei für einige Zeit beschäftigt werden sollte oder aber Brot und Gebäck für unterwegs kostenlos zur Verfügung gestellt werden musste. Er erzählte mir dann weiter, dass er sich damals mit einem Metzgergesellen verbündet hatte und dieser immer Fleischwaren im Bündel hatte.

In Hamburg angekommen war alles anders, als er sich diese große Stadt vorgestellt hatte. Nicht nur die Häuser waren höher, die Backstube größer, die Teige seien umfangreicher, schwerer und fester gewesen. Es gab noch keine Teigmaschinen und die Brotteige mussten alle mit der Hand geknetet werden. Sehr oft seien die Teige mit sauberen Füßen gemischt und bearbeitet worden. Zu diesem Zweck sei auch immer eine Stange zum Festhalten der Arme in entsprechender Höhe angebracht worden.

Es war eine harte und schweißtreibende Arbeit, sagte er mir. Aber die jungen Bäcker dort waren sehr stolz auf ihren Beruf, und sie hatten immer einen Spruch auf Lager, der hieß „Bäckerknaben, edle Knaben, Fürsten und Könige müssen sich dran laben, was sie sich von den Händen schaben". Aber es gab auch Spaß und Freude in Hamburg. Die Zünfte hatten für die meisten Berufe spezielle Tanzveranstaltungen organisiert. Außer dem immer gut besuchten Bäckerball, gab es auch Metzger-, Zimmermann-und Schneiderbälle und viele ähnliche spezielle Handwerker Veranstaltungen.

Darüber hinaus erzählte er mir noch eine andere wichtige Begebenheit. Die Bäcker wollten endlich die 84 Stunden Woche durchsetzen und viele hatten deshalb für einen Tag die Arbeit niedergelegt. Es hat auch etwas genutzt, sagte er mir, denn die 84 Stunden Woche ist danach in Hamburg Wirklichkeit geworden. „Für wie lange, weiß ich allerdings auch nicht."

Bei mir in Betzdorf ging auch schon das erste Lehrjahr zu Ende. Es kam die Zeit, wo nur noch Maismehl zu haben war. Für uns in der Backstube waren die Maismehlteige sehr schwierig zu bearbeiten. Dieser Teig war ohne jegliche Bindung. Für mich war das so, als wäre das kein Mehl, sondern feiner Sand. Aber kurz nach einiger Zeit gab es dann auch wieder Roggen- und Weizenmehl. Nun wurden in Betzdorf auch Weißbrot und Brötchen gebacken. Trotzdem wurde ich aber ab mittags immer noch im Bau eingesetzt. Das Geschäftshaus in der Wilhelmstraße war total ausgebombt. Es standen nur noch die Außenmauern, deshalb war die Backstube zunächst auch der Verkaufsraum.

Werner als Bäcker-Lehrling

Bei mir endete nach drei Jahren die Lehrzeit. Im praktischen Teil der Gesellenprüfung musste ich unter Anderem selbstständig siebzig Schnittbrötchen backen, natürlich in einem fremden Backofen und unter Aufsicht eines Prüfungsmeisters.

Mit Ach und Krach habe ich ein „gut" rausgeholt, womit ich auch zufrieden war. Anschließend war ich noch zwei Jahre als Geselle im selben Betrieb tätig. Meine weiteren Gesellenjahre habe ich allerdings nicht auf Schusters Rappen auf mich genommen, stattdessen habe ich noch eine zweijährige Konditorlehre angehängt.

## 20   Der kleine Supermarkt und meine Lieblingsoma (1948)

In meiner Kindheit sagte man Kolonialwarenladen, heute würde man dazu eher kleiner Supermarkt sagen. Meine Oma hatte solch ein kleines Geschäft. Es lag ganz in der Nähe unserer Kirche, also sozusagen eins "a" Lage.

In diesem Laden zu stöbern war für mich, einem zwölfjährigen Jungen, der Himmel auf Erden.

Neugierig wie ich war, untersuchte ich alles was unter 140 cm (meine Größe) zu finden war. Und das war zu damaliger Zeit viel.: Zucker, Mehl, Maggi, Schiefertafeln, Griffel und auch die Kirchenzeitung, aber auch Gewürze, Tabak, Heringe im Fass und vieles mehr.

Meine Oma, die Herrin all dieser interessanten Sachen, hatte nie einen Beruf erlernt.

Ich glaube, das hat sich einfach so ergeben. Dabei war sie nie unglücklich, nie schlecht gelaunt und auch bei größtem Betrieb nicht aufgeregt. Obwohl sie zwischendurch noch für meinen Opa und auch oft für mich ein Mittagessen auf den Tisch zauberte. Sie hatte keine Hilfe, und wenn die Ladentüre klingelte, musste sie aus der Küche noch durch eine Diele ins Geschäft eilen. Dabei war sie immer gepflegt, nie krank und sprach jeden Kunden mit Namen an.

Dann kam im Herbst die Sache mit den Kartoffeln. Oma sprach mich erstmalig an, ob ich am kommenden Samstag im Geschäft helfen könne. Für mich war das eine Sache der Ehre. Dafür hätte ich sogar die Schule geschwänzt. Gegen 11$^{00}$ Uhr wurde eine große Fuhre Kartoffel einfach vor dem Geschäft ausgeschüttet. Meine Aufgabe bestand darin, die Erdfrüchte abzuwiegen.

Da stand eine Dezimalwaage und ich legte die passenden Gewichtssteine auf die Gegenseite der zu wiegenden Kartoffeln. Manchmal war der Korb voll, manchmal auch nur halb. Ich rief dann laut meinem Opa das Gewicht zu und alles lief wunderbar. Ich wurde schon als Waage-Meister angesprochen. Dann passierte mir ein Fehler, welcher mir bis im Erwachsenenalter im Kopf hängen blieb. Ich hatte die Gewichte falsch zusammengerechnet und eine Käuferin sagte mir das auch laut und deutlich ins Gesicht.

Mein Opa, welcher von Beruf Schneider war und seine Werkstatt gleich nebenan hatte, war nur aushilfsweise im Einsatz. Er hörte das natürlich auch. Sofort musste eine ältere Frau meine Arbeit genau kontrollieren. „Aus dem Jungen wird nie etwas," rief Opa so laut, dass auch meine Oma das hören sollte. Ich war am Boden zerstört und konnte meine Tränen nicht mehr zurückhalten. Nur meine Oma hat mich sozusagen wieder aufgefangen. Sie nahm mich mit in die Küche, und ich hörte ihr weinend und stotternd zu, sie erklärte mir, dass jeder Mensch Fehler mache und meiner nur ein ganz kleiner sei. Ganz zum Schluss, als der Berg Kartoffel nur noch ein

ganz kleiner war, kam auch noch meine Lehrerin, Fräulein Hildebrand, und verlangte 4,5 kg von den Erdfrüchten. Ich spürte genau,
dass sie mich beobachtete, und ich wurde sehr nervös.

Dann hörte ich aber, dass sie zu meinem, immer noch schlecht gelaunten Opa sagte: „Herr
Hensel, ihr Enkel ist auch in
der Klasse ein guter Schüler,
er rechnet eigentlich ganz
ordentlich". Auf einmal
fühlte ich mich wie auf einer
Wolke. Dieses Lob meiner
Lehrerin hatte ich nicht erwartet. Bei meiner Lieb-
lingsoma entdeckte ich ein
freundliches Lächeln, und

mein Opa verschwand wieder in seiner Schneiderwerkstatt.

Aber schon zwei Tage später war auch bei ihm alles vergeben und
vergessen, und er freute sich wieder, wenn ich ihn in seiner Werkstatt besuchte.

## 21   Mein Freund Arthur (1948)

Ich beobachtete ihn auf dem Pausenhof der Berufsschule in Wissen an der Sieg. Eine Traube Schüler bewegte sich immer in seiner Nähe. Ich merkte, es war ein gefragter und beliebter Kollege. Man schrieb das Jahr 1948 und Arthur war Bäckerlehrling, wie ich auch. Nur war er im dritten und ich dagegen im ersten Lehrjahr. An den kommst du nicht dran, war meine damalige Einschätzung, das ist einer der Besten. Ich beneidete ihn wegen seiner überdurch-schnitt-lichen Kenntnisse, aber auch der taktvolle, unaufdringliche Umgang gefiel mir.

Dann verloren wir uns aus den Augen. Es gab keine Kontakte mehr. Ich hatte mittlerweile eine Stelle in einer größeren Konditorei in Mönchengladbach angenommen und war unterwegs zum viertel-jährlichen Besuch bei meinen Eltern in Niederfischbach. In Köln musste ich umsteigen. Dann suchte und ich fand auch im Eisen-bahnabteil einen Fensterplatz. Gegenüber saß ein junger Mann mit wenig Haaren auf dem Kopf. Der Schaffner sagte ihm: „nach Alten-kirchen müssen sie noch umsteigen". Die Landschaft zog vorbei und immer mehr wurde mir bewusst, dass ich ihn irgendwoher kannte. Einige Stationen weiter konnte ich meine Neugier nicht mehr zügeln und verwickelte ihn in ein längeres Gespräch. Wir wür-den uns vielleicht vom Handball kennen, bemerkte er, leider hatte ich nie Handball gespielt. Nach und nach kamen wir der Wirklichkeit näher und stellten fest, dass sich unsere Wege vor ca. zehn Jahren in Wissen gekreuzt hatten. Nach der Bäckerprüfung hatten wir beide noch die Konditorgesellenprüfung abgelegt und waren nun in verschiedenen größeren Konditoreien tätig. Mein erster Eindruck damals in der Berufsschule bestätigte sich. Arthur war ein Fachmann geworden von allererster Güte. Der Beruf ging ihm über alles. Von da an riss der Kontakt nicht mehr ab. Wir trafen uns in regelmäßigen Abständen.

Ich machte mich selbstständig und bemühte mich, jeden Kunden zuverlässig gut und individuell zu bedienen. Dann kam die Bestellung. Ein außergewöhnlicher Auftrag. Eine vierstöckige Festtagstorte forderte mich heraus mit überdimensionalen Ausmaßen musste angefertigt werden. Auf allen Etagen sollten viele verschiedene Tiere aus Marzipan ihren Platz finden.

Ich hatte viele Stärken in meinem Beruf, aber Marzipan modellieren war mein absoluter Schwachpunkt. Die Bestellerin war eine sehr penible Kundin, und ich wollte sie auf keinen Fall verlieren. Eine Blamage konnte ich mir auf keinen Fall leisten. Stundenlang stand ich nachts noch in der Backstube, habe probiert, verworfen und immer wieder Versuche gemacht. Es war alles nichts, ich war nicht mit mir zufrieden. Die schöne, gute und außergewöhnliche Bestellung wurde zum Problem, und den Stein der Weisen hatte ich noch nicht gefunden.

Der Termin rückte immer näher. Bis zur Auslieferung blieb noch eine Zeitspanne von zwei Tagen. Es kam mir der Gedanke, das Handtuch zu werfen. Aber die gute Kundin, welche schon viele Aufträge an uns vergeben hatte, wären wir los gewesen. Eine Lösung musste gefunden werden. Dann kam der Fingerzeig vom Himmel. Arthur, meine Frau reagierte sofort auf diesen Hinweis. „Deeer kann das ganz bestimmt," offenbarte sie mir. Als mein Anruf ihn erreichte, hatte sein Arbeitgeber große personelle Engpässe, weil auch dort ein Großauftrag in Bearbeitung war. Ohne zu zögern sagte Arthur: „Heute Abend um 20 Uhr bin ich da". Es entstand ein reiner Zoo in Miniformat, aber auch Kühe, Pferde, Hunde und Katzen waren dabei. Jedes Tier war nicht größer als eine halbe Streichholzschachtel. Eine wahre Pracht.

Die Kundin war überwältigt und ist dem Geschäft bis zum Schluss treu geblieben.

Es war schon nach Mitternacht, als Arthur sich auf den Heimweg nach Köln machte. Sein Lohn war im wahrsten Sinne des Wortes nur ein Butterbrot. Aber so ist er nun mal, mein Freund Arthur.

## 22 Der verdorbene Tag (1948)

Der Tag hatte böse angefangen. Schon am frühen Morgen hatte nichts geklappt. Manchmal wird ein Tag, der schlecht begonnen hat, im Lauf der Stunden noch ganz erträglich. Diesmal wurde es aber immer schlimmer. Der Abend schließlich versprach alles in den Schatten zu stellen.

Dabei waren die Vorbereitungen zu dieser ersten Fahrradtour sorgfältig durchgeführt und an alles war gedacht worden. Verpflegung, Flickzeug, ein Ersatzschlauch, sogar Ersatzspeichen waren im Gepäck. Alles war gut verstaut. Vier Freunde, aus dem kleinen Westerwalddort Niederfischbach, hatten sich im Frühjahr 1948 in den Kopf gesetzt, vierzehn Tage lang mit dem Fahrrad das Rheintal zu erkunden. Die Idee hatte der einundzwanzigjährige, selbstbewusste Schlossergeselle Hans. Toni, der achtzehnjährige Abiturient war klein von Statur, aber der beste Fußballspieler im Dorf. Der siebzehnjährige Kaufmann Karl-Heinz und ich, der sechs zehn Jahre junge, schmächtige Bäckerlehrling waren neugierige, aber abenteuerhungrige Mitfahrer. Pünktlich um fünf Uhr morgens erschien das Quartett unausgeschlafen und wortkarg am Treffpunkt Marktplatz. Die klapprigen Zweiräder waren noch Überbleibsel aus dem zweiten Weltkrieg. Sie waren durch die vielen fehlgeschlagenen Kunststücke, mit denen die Jugendlichen diese traktiert hatten, aber auch durch Unfälle lädiert. Sie waren aber nun fahrtüchtig, wie Hans, der selbst ernannte Generalinspekteur feststellte.

Das Unglück geschah nach achtzehn Minuten, als die erste steile Abfahrt genommen werden musste. Ich fuhr vorsichtig als Letzter in der Reihe. Plötzlich hörte ich ein Scheppern und ein blechernes Rasseln. Die Stelle des gefährlichen Geräusches lag, für mich uneinsehbar, hinter der nächsten Straßenbiegung. Das kann nur Toni sein, ging es mir durch den Kopf. Toni spielte nicht nur Fußball auf Risiko, sondern er fuhr auch so. Und es stimmte. Toni lag fluchend, an Stirn und Arme blutend, auf einem steinigen, trockenen Acker. "Warum hast du nicht frühzeitig gebremst?" "Warum hast du so einen Bockmist gebaut?" Diese und ähnliche Sätze prasselten auf ihn nieder. "Als ich den nächsten Berg vor mir sah, war mir das Bremsen einfach zu schade, die vorhandene Energie wollte ich für den nächsten Aufstieg nutzen, so die immer wiederkehrenden Antwort. Ich dachte an die Verletzungen, die Toni abbekommen hatte. Niemand interessierte sich dafür. Das übel zugerichtete Fahrrad war wichtiger. Alle standen drumherum. Auf den nachdenklichen Gesichtern konnte ich die bange Frage ablesen: Ist die Tour tatsächlich schon am Ende? Das Vorderrad eierte, der Lenker war krumm, und die Kette war gerissen. An ein Weiterfahren war nicht zu denken. Wieder nach Hause zurück kam aber auch nicht in Frage.

In dem dicken roten Kopf von Hans rumorte es. "Los", sagte er. "Wir gehen zu Fuß bis zum nächsten Ort. Dort versuchen wir mit Hilfe des Dorfschmiedes das Zweirad zu reparieren". Gegen 6³⁰ Uhr kamen die vier Radfahrer dort an. Glück hatten wir, denn der Schmiedemeister öffnete gerade das große Tor, und er war auch in der Lage zu helfen. Wir waren ihm sympathisch. Toni war noch etwas gehandikapt, aber alle konnten ihre Fahrt fortsetzen. Die ersten Regentropfen fielen und keiner murrte. Jeder einzelne hing seinen Gedanken nach und trat kräftig in die Pedale.

Dann aber geschah das nächste Unglück. Karl-Heinz hatte in seinem Tran das Fahrrad von Mitfahrer Hans am Hinterreifen touchiert. Der stürzte daraufhin seitlich in eine Pfütze. Er konnte zwar sofort wieder weiterfahren, aber die Stimmung war auf dem Nullpunkt. Hans sprach nicht mehr mit den Anderen. Er war der Meinung, das sei ein abgekartetes Spiel gewesen.

Es war schon Abend, als endlich der Rhein zu sehen war. Seit zwei Stunden hatte es aufgehört zu regnen. Wir vier suchten einen Zeltplatz, auf welchem das kleine Wehrmachtszelt aufgebaut werden konnte. Toni entdeckte die Stelle an einem Hügel am Rand von Königswinter. Die Sonne war aus den Wolken hervorgekrochen und alle hatten freie Sicht auf den Rhein. Nachdem das Lagerfeuer loderte, stellte sich auch die gute Laune wieder ein. Sehr müde verzogen sich aber alle frühzeitig ins Zelt und schliefen sofort ein. Plötzlich durchzuckte ein greller Blitz die Dunkelheit und schlagartig donnerte es in einer Lautstärke, wie es keiner bisher erlebt hatte.

Ich hatte große Angst, ließ sich aber nichts anmerken. Und dann kam der Regen. Wie aus Eimern goss es vom Himmel und prasselte auf das Zeltdach. Ich schloss die Augen und hielt sich die Ohren zu, Karl-Heinz atmete tief ein und aus. Selbst Toni, der immer und überall für alle Probleme eine Lösung hatte, stand die Panik im Gesicht geschrieben. Sein Kopf mit der Einsteinfrisur schwenkte in regelmäßigen Abständen von rechts nach links. "Alles halb so schlimm", versuchte Hans zu beruhigen. "Das Zelt ist dicht und gut verankert." Wir lagen auf Stroh und warteten ab. Dann aber geschah es: Zuerst langsam, dann aber immer ungestümer lief das Wasser durch das Zelt den Berg hinunter. Der Zeltplatz war in der Hanglage zum Katastrophenplatz geworden. Mitten in der Nacht wurde das Zelt abgebrochen, und ab ging es in Regen und in der Dunkelheit hinunter auf die Rheinstraße. Ein überdachter Unterschlupf musste gefunden wird. Mit hängenden und durchnässten Köpfen marschierten sie los.

Die Sonne schickte schon die ersten Lichtstrahlen in die Morgendämmerung, als wir endlich einen freistehenden Heuschober entdeckten. Müde und abgebrannt verschliefen wir fast den ganzen, kommenden Tag.

## 23 Als junger Autoliebhaber hatte ich Pech (1949)

Ich war fünf Jahre jung, als mich mein Vater eine kleine Stecke im eigenen Auto mitnahm. Sogar auf dem Beifahrersitz durfte ich alleine sitzen. Für mich war das ein gravierendes Erlebnis. Ein halbes Jahr später wurde mein Vater zum Militär eingezogen.

Unser Opel P4 verschwand für sieben Jahre in der Garage. Während des Krieges habe ich mich oft darein geschlichen und die schönen schwarzen Kotflügel mit beiden Händen gestreichelt. Es hat mir Spaß gemacht die Garagen-Gerüche intensive in mich auf zu nehmen, das ein- oder andere Teil zu untersuchen, und alles zu begutachten.

Meine Mutter öffnete mir auch manchmal eine hölzerne Autotür und ich durfte dann auch schon mal auf dem Fahrersitz Platz nehmen. Ich fühlte mich wie der schon bekannte Rennfahrer Cariccola, und versuchte schon als Siebenjähriger, die Motorengeräusche nachzuahmen, spielte mit dem Lenkrad und kurbelte die Scheiben rauf und runter.

Dann kam mein Vater nach sieben Jahren aus der tschechischen Gefangenschaft zurück. Er bastelte, schraubte, ölte und nach einigen Wochen ging auch das zweite Garagentor auf, und siehe da, der Opel P4 wurde auf den Hof geschoben.

Nun stand er da. Sauber und ordentlich glänzte er im Sonnenschein. Als ich mittags nach Hause kam, war das für mich, als sechzehnjährigen, der schönste Augenblick. Weil kein anderer Mensch in der Nähe war, wagte ich etwas Außergewöhnliches.

Ich setzte mich auf den Fahrersitz und drückte unten im Fußraum den Anlasser. Unglücklicherweise lag noch der zweite Gang im Triebwerk, so dass der Opel sofort los holperte. Der Schreck sauste mir in alle Glieder. Sofort verzog ich mich in den Keller, um einem Donnerwetter aus dem Weg zu gehen. Aber "Gott sei Dank" es war nichts passiert und keiner hatte überhaupt was gemerkt.

In kurzer Zeit hat mir mein Vater das Autofahren beigebracht, denn ich war ein interessierter und wissbegieriger Schüler. Endlich durfte ich auf unserem großen Hof schon mal, ganz allein hin und her fahren, bremsen und schalten. Mit siebzehn habe ich schon den Führerschein gemacht. Der Fahrlehrer ließ mich sofort ans Steuer. Hinter mir saß noch ein zweiter Fahrschüler.

Genau nach einer halben Stunde musste ich halten. Er sagte zu mir: „Du bist schon viel schwarzgefahren, du kannst es". Mit dem Prüfer ging es so ähnlich. Als er mein Geburtsjahr sah, bemerkte er zum Fahrlehrer: „Der ist zu jung".

Dieser sagte nur: „Der junge Mann wird gebraucht, „und dann unterschrieb der Prüfer auch sofort den wichtigen Schein. Irgendwann hatte mein Vater wahrscheinlich daran gedreht.

Nun hatte ich also den Führerschein, Klasse III, natürlich auch noch mit dem notwendigen Stempel der französischen Besatzungszone. Ich war glücklich und zufrieden.

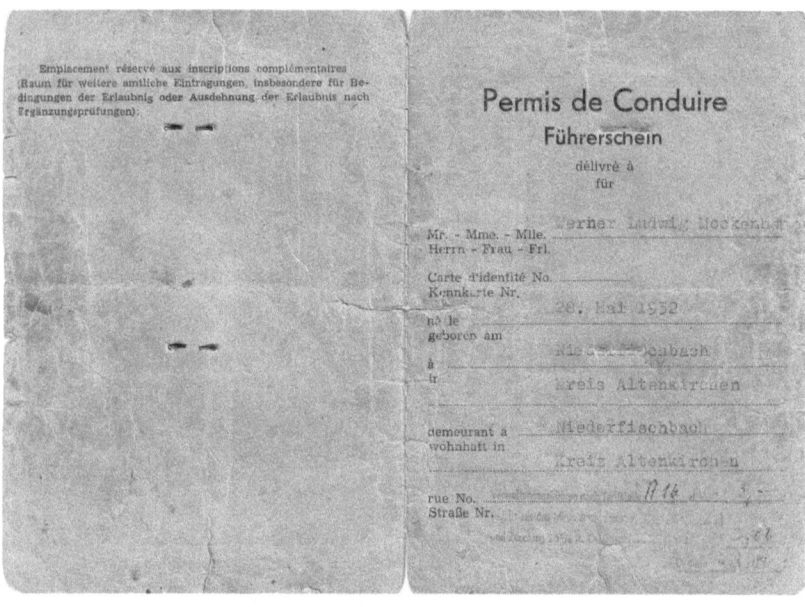

Emplacement réservé aux inscriptions complémentaires
(Raum für weitere amtliche Eintragungen, insbesondere für Be-
dingungen der Erlaubnis oder Ausdehnung der Erlaubnis nach
Ergänzungsprüfungen):

# Permis de Conduire

## Führerschein

délivré à
für

Mr. - Mme. - Mlle.
Herrn - Frau - Frl.

Carte d'identité No.
Kennkarte Nr.

né le
geboren am

à
in

demeurant à
wohnhaft in

rue No.
Straße Nr.

Mr. - Mme. - Mlle.
Herr - Frau - Frl.
est autorisé, après examen à conduire un véhicule
automobile avec moteur à
erhält die Erlaubnis, nach Ablegung der Prüfung ein
Kraftfahrzeug mit Antrieb durch

Verbrennungsmaschine

de la classe        III "drei"
der Klasse                          zu führen.

Altenkirchen              le  8.10.        19 9

(Stempel)          Der Landrat
(cachet)
                          (Verwaltungsbehörde)

                          (Signature) — (Unterschrift)

No. de la liste
Liste Nr.

Délivré après examen
Nach bestandener Prüfung ausgehändigt.

                  le  13. 10.      19 44
, den

L'expert officiel:
Der amtl. anerkannte Sachverständige:

Dipl.-Ing.
                          (Signature) — (Unterschrift)

No. de la liste
Liste Nr.

Signature du titulaire:
Eigenhändige Unterschrift des Inhabers:

*Werner Mockenhaupt*

104

Am nächsten Tag, einem Samstag, erlaubte mir mein Vater ganz alleine zu seinem Geburtsort Locherhof zu fahren, das ist ein kleiner Ort, etwa 8 km entfernt. Dort lebten meine Großeltern Oma Martha und Opa Peter, Onkel Alfons und Tante Helene. Außerdem vier Kühe, fünf Schweine einundzwanzig Hühner und fünf große Forellen in einem zwei qm großen Teich.

Ich kannte diese Strecke ganz genau, denn ich hatte diese Strecke mit meinem Vater oft bewältigt, erst zu Fuß, dann mit dem Auto auf dem Beifahrersitz.

Auf dem Bauernhof konnte ich in Ruhe die Maschinen inspizieren, die Kühe streicheln und in der Scheune rumtoben. Dann musste ich mich noch eine Zeit lang mit meiner Oma unterhalten. Sie wollte vieles wissen, von meinen Geschwistern, von meiner Mutter, meinem Vater und Onkel Alois, welcher auch noch mit seiner Frau und drei Kindern in meinem Elternhaus wohnten.

Es war schon fast dunkel, als ich mich endlich mit dem noch frisch geputztem Opel auf den Heimweg machte. Ich merkte sofort, dass es sehr ungewohnt für mich war, mit Licht zu fahren. Schon bereute ich es, dass ich mich so lange aufgehalten hatte. Nun fing es auch noch an zu regnen, und zu allem Überfluss bewegte sich der Scheibenwischer keinen Millimeter.

Ich fuhr ganz langsam, war aber schon nervös. Die überwiegenden Teile der Straßen waren mehr oder weniger Feld- oder Waldwege. Es regnete stärker, aber das Licht funktionierte einwandfrei. Trotzdem zitterte ich jetzt an allen Gliedern. Plötzlich passierte etwas, womit ich überhaupt nicht gerechnet hatte. Vier kleine und ein großes Wildschwein liefen einfach von rechts nach links quer über die Straße. Ich bremste sofort und so stark, dass ich mit der Stirn gegen die Windschutzscheibe schlug. Gleichzeitig steuerte ich noch weiter nach rechts, damit ich nicht das letzte Ferkelchen noch verletzte. Dadurch rammte ich noch mit der Beifahrertür einen Baum und kam dann auch sofort zum Stehen.

Den Tieren war nichts passiert, sie liefen einfach weiter und verschwanden im Wald. Ich blieb zunächst im Auto sitzen. Ich musste mich erst mal wieder sammeln, um zu verarbeiten, was alles geschehen war. Jedenfalls war ich ein geschlagener Mann. Meine Stirne blutete, die Scheibe war kreuz und quer gerissen, und die Beifahrertür absolut im Eimer. Meine Gedanken rasten mir im Kopf. Ich überlegte, was mach ich jetzt als nächstes, wie sage ich es meinem Vater, und was sagen die Leute in unserem kleinen Ort.

Der Wagen bewegte sich jedenfalls keinen Zentimeter. Es regnete weiter, und es wurde immer dunkler. Mir fiel ein, dass alle Einwohner von Locherhof morgen Vormittag zur Sonntagsmesse nach

Niederfischbach automatisch an dem Unglücksauto vorbeikommen mussten.

Es war eine Situation, wo ich mir selbst leidtat. Es blieb mir aber nichts Anderes übrig, als die dreiviertel Stunde per Pedes nach Hause zu gehen, mit dem furchtbaren Gedanken, das Geschehen meinem Vater ja erklären zu müssen.

Meine Mutter hat mich erst einmal beruhigt und mir trockene Kleider gebracht. Mein Vater war nicht zu Hause. Als er später kam lag ich schon im Bett, allerdings ohne Schlaf.

Sonntagmorgen am Frühstückstisch ging es dann aber los mit ernsten und lauten Diskussionen. Im Vorhinein hatte aber meine Mutter schon viel Vorarbeit in meinem Sinne geleistet. Jedenfalls bin ich noch einigermaßen gut davongekommen, zwar mit einer gehörigen Strafpredigt, welche ich aber noch gut verschmerzen konnte. Günstig war für mich, dass mein Vater mir die Geschichte mit den Wildschweinen sofort geglaubt hatte.

Ich kann mir nämlich gut vorstellen, dass einige Bauersleute aus dem Locherhof, die Geschichte als Märchen angesehen haben, weil ja von den Wildschweinen nichts mehr zu sehen war. Mein Vater war im Vorstand des Schützenvereins und hatte viele Freunde. Einer davon hatte einen Lastwagen, womit dieser Kartoffel, Getreide, kleine Kälber und auch Briketts durch die Ortschaften fuhr. Beckers Ferdinand, so hieß der gute Mann, war sofort zur Stelle und half. Am Sonntagmittag stand das beschädigte Auto schon wieder bei uns auf dem Hof. Nach zwei Tagen war das Auto wieder ausgebeult und eine nicht mehr ganz neue Tür funktionierte auch schon. Die neue Scheibe kam dann auch drei Tage später. Es hat also einigermaßen gut gegangen, jedenfalls besser, als ich mir das am Samstagabend vorgestellt hatte. Nach vier Wochen durfte ich auch schon wieder alleine mit meinem geliebten

Opel P4 durch die Dörfer fahren. Ich war wieder glücklich und zufrieden. Heute, mit weit über Jahren, fahre ich immer noch gerne mit unserem PKW durch die Gegend.

# 24 Wanderjahre - Die zweite Lehre (1950)

*Lehrling ist, der lernen kann,*

*Geselle ist, der was kann,*

*Meister ist, der was ersann.*

An diesen Ausspruch eines großen Schriftstellers erinnerte ich mich, als ich 1949 endlich, nach dreijähriger Lehrzeit den Bäckergesellenbrief in der Tasche hatte. Ich war richtig stolz. Auch des-halb, oder trotzdem, weil ich teilweise 60% meiner Arbeitszeit als Hilfsarbeiter beim Wiederaufbau des zerbombten Geschäftshauses des Meisters tätig gewesen war.

Nun hatte ich zwar Grundkenntnisse in diesen Beruf erworben, aber das war für mich zu wenig. Zu wenig als Geselle, der was kann.

Ich wollte mehr, zumal es in den fünfziger Jahren auch noch Brauch und Sitte war, als Handwerksgeselle in mehreren, fremden Betrieben und möglichst noch in anderen Regionen zu arbeiten.

Durch reinen Zufall fiel mir in dieser Zeit eine Ansichtskarte von Iserlohn in die Hände. Wald-Gar-nison-Industrie und Kongress-Stadt stand darauf. Diese Beschreibung machte mich neugierig. Ich erfuhr durch meine Mutter, dass eine entfernte Verwandte aus unserm Dorf einen selbständigen Konditor dort geheiratet hatte. Nach einigen Telefonaten war es auch schon so-weit. In vier Wochen konnte ich dort anfangen. Ein kleiner Betrieb war es, wie in der Nachkriegszeit noch Hunderte in Deutschland existierten, oder neu gegründet wurden. Nur mein Opa versuchte, mich von diesem Entschluss abzubringen. Dass es Leute geben sollte, welche schon an einem normalen Werktag Kuchen verzehrten und Andere nur vom Kuchen-Herstellen leben konnten, das war für ihn undenkbar. Von Anfang an war für mich dort alles anders. Nicht mehr nur mit Mehl, Sauerteig, großem Back-ofen, hohen Arbeitstemperaturen und frühem Aufstehen musste ich mich auseinandersetzen. Von nun an standen auch andere Materialien wie Butter, Eier, Schoko-lade, Marzipan, Sahne und Glasu-ren im Vordergrund. Aber das Angenehmste in dieser Stelle war der Arbeitsbeginn. Morgens erst um acht Uhr, wie in den Ferien kam es mir vor. Schon um 7Uhr habe ich mir fast täglich einen 5000 Meter Waldlauf gegönnt. Im Sommer, wenn es draußen heiß wurde, war ich auch oft schon, um 14Uhr mit Freunden im Freibad anzutreffen, natürlich musste bei kühlem Wetter diese Zeit nach ge-arbeitet werden. Montags war Ruhetag. Der Laden und das Café blieben ganztags geschlossen. Sehr oft war dann die ganze Belegschaft mit Freunden und Freun-dinnen unterwegs, erlebten und ent-deckten die schöne Umgebung. Alle waren lustig, froh und munter, besonders wenn Walter unseren Gesang mit der Mundharmonika begleitete.

In der Backstube war ich mit Helmut, einem drei Jahre älteren Kol-legen alleine. Er war ein guter Fachmann und hat mich mit vielen neuen Produkten freundlich und zuvorkommend vertraut ge-macht. Wir freundeten uns bald an, und nach Feierabend stellte er mir seine vielen, einheimischen Freundinnen und Freunde vor. Meinen eigentlichen Chef habe ich selten gesehen. Er betrieb ne-ben-an noch eine separate Gaststätte.

Nach einiger Zeit entschied ich mich, noch eine zweite Gesellen-prüfung, nämlich die des Konditors, hier in Iserlohn abzulegen. Da es ein artverwandter Beruf ist, waren auch die Formalitäten nicht so kompliziert, und die Lehrzeit betrug nur noch zwei Jahre. Dann bin ich noch freiwillig in die Be-rufsschule gegangen. Es gab dort den Fach-Lehrer Weber, der die Konditormeisterprüfung gemacht hatte, und uns jungen Leuten mit viel Geduld, neuzeitliche Erzeugnisse näherbrachte und uns mit neuen Erzeugnissen begeisterte. Ich merkte, dass der neue Beruf sehr vielseitig ist und mir alles viel Spaß machte. Aber die Schüler mit  abgeschlossener Bäckerlehre waren nicht unbedingt seine Lieblinge. Bei den "Nur"-Konditoren standen die Bäcker nicht hoch im An-sehen. Wenn ein Produkt nicht einwandfrei gelungen war, sagte man schnell und abwertend zum Erzeuger: „Du Bäcker". Deshalb, so war damals meine Meinung, bekamen diese auch meistens die schwierigeren Prüfungsaufgaben zugeteilt. Jedenfalls nur vier Tage vor Beginn wurde mir schriftlich mitgeteilt, in der Prüfungsback-stube unter anderem eine Schokoladenschriftprobe auf Marzipan

111

anzufertigen, welche sehr schwierig war und mit vielen Schnörkeln attraktiv aussehen musste. Außerdem war der Text sehr lang, ich meinte sogar, viel zu lang. Er hatte folgenden Inhalt:

Lasset uns am Alten, so es gut ist, halten. Aber auf dem alten Grunde, Neues wirken jede Stunde.

"Zum Geburtstag", oder "für Mutti", das wäre einfacher gewesen.

Vier Abende habe ich bis Mitternacht geübt, geübt und immer wieder probiert. Bis heute ist mir dieser Text im Kopf hängen geblieben. Wenn mich später der Alltagstrott zu vereinnahmen drohte, ha-ben mich diese sinnvollen Worte wieder wachgerüttelt und zur Kreativität ermuntert.

Übrigens, auch den praktischen Prüfungsteil bestand ich mit einer guten Note.

# 25 Das verlorene Heimweh - die Weiße Jacke (1952)

Der Bummelzug ratterte durch das Asdorftal. Jede kleinste Uneben-
heit im Schienenstrang übertrugen die Räder unmittelbar auf die
Menschen im Eisenbahnwagen. Ich hatte noch einen Sitzplatz im
sogenannten Viehwaggon erwischt. Dort standen die klapprigen
Holzbänke rund um die vier Außenwände. Vierzig Reisende hielten
sich aufrechtstehend in der Mitte. Sie versuchten eine herabhän-
gende Halteschleife zu ergattern oder mit Hilfe des Nebenmannes
die Balance zu bewahren. Man schrieb das Jahr 1952.

Als zwanzigjähriger Handwerksgeselle war ich auf dem Weg in eine
große Stadt zu einer neuen Arbeitsstelle. Ich kam aus einem kleinen
Ort im östlichsten Zipfel von Rheinland-Pfalz und nun ging es erstmals hinaus in die große weite Welt. Die Landschaft zog vorbei,
aber ich nahm sie nicht wahr.

Die Gedanken zogen zurück in die Vergangenheit. Schön war sie
gewesen, die Zeit nach dem zweiten Weltkrieg. Ich hatte mich wohl
gefühlt zu Hause im schönsten Dorf der Welt, in meinem Fischbach. Dort lebten meine Freunde, meine Eltern, meine drei Geschwister und meine Schulkameraden. Leute, welche mir nicht gut
gesonnen waren, kannte ich keine. An tiefliegenden Zwist und Streit
konnte ich mich nicht erinnern. Das Heimweh kroch an mir hoch

wie eine schleichende Krankheit. Werde ich es schaffen, das alles zu vergessen? Die Berge, den Wald, den kleinen Bahnhof, den Tanzsaal, die heimliche Liebe, die Hauptstraße, das Wehbacher Schwimmbad, die Jugendgruppe, die Spaziergänge mit Toni und das Reden mit ihm über Gott und die Nachbarschaft?

Ich hatte eine neue Stelle angenommen fern der Heimat. Nun hatte ich auf einmal Angst vor der eigenen Courage. Immer wieder fragte ich mich: war der Entschluss richtig? Bin ich den Anforderungen gewachsen? Wie werden die Kollegen mich aufnehmen? Werde ich neue Freunde gewinnen? Muss ich mein Schlafgemach mit anderen teilen? Welche Freizeitangebote gibt es? Fragen über Fragen.

Ich war immer der Kleinste des Jahrgangs gewesen und musste mir schon in der Schule Verbündete suchen. Bei Raufereien hätte ich sonst immer den Kürzeren gezogen. Hinzu kam noch das ich Schwierigkeiten hatte, sprachlich zu überzeugen. Nun suchte ich mehr persönlichen Erfolg und erkannte, dass die gewünschte Anerkennung nur über den Beruf zu erreichen war. Ich suchte meine Grenzen. Wie weit schaffe ich es? Ich war neugierig, und die Neugierde behielt die Oberhand.

Nun fuhr ich einer neuen, ungewissen Zeit entgegen. Die angebotenen Möglichkeiten, meine beruflichen, aber auch die allgemeinen Kenntnisse zu erweitern, reizten mich. Ich wollte die Chance nutzen, nicht mehr nur mit den Wölfen heulen, sondern auch selbst sagen wo es lang geht. Nicht mehr nur reagieren, sondern endlich auch agieren.

In Betzdorf musste ich in den Schnellzug nach Köln umsteigen. Dort hatte ich eine Stunde Aufenthalt. Schon die lauten und dröhnenden Durchsagen im Bahnhofsgebäude hämmerten ungewohnt in meine Ohren. Zum ersten Mal in meinem Leben schnupperte ich Großstadtluft. Das Menschengewühl irritierte mich. Der große Dom war überwältigend. Ich kam mir sehr klein vor. Aber immerhin gehörte ich zu den wenigen Leuten aus dem Dorf, welche diese Kathedrale gesehen hatten. Ich spürte ein erstes, zaghaftes Erfolgserlebnis außerhalb der vertrauten, heimatlichen Umgebung.

In Mönchengladbach empfing mich Herr Blazek, der Personalchef. Kurze, knappe Begrüßung und die ersten, kühlen Anweisungen: „Koffer abstellen und im Café warten bis das Personal Feierabend hat". Gegen 17 Uhr dann der erste Kontakt mit einem gleichaltrigen Kollegen. "Ich bin der Hans," sagte er, "komme aus Bayern und du bist ab heute mein Zimmergenosse". Zehn Minuten waren es, bis wir die Unterkunft erreicht hatten, welche für acht Kollegen in 4 Zimmer das zweite Zuhause war. Da war Lars, der Schwede, Karl-Heinz, aus Südafrika, José aus Spanien, Gottfried aus Hamburg, Hubert aus Neheim-Hüsten, Jochen aus Köln und Herbert aus Wuppertal. "He, meine Oma wohnt in Wehbach, das muss bei

Euch in der Nähe sein," sagte Hubert, und der schmächtige Gottfried riet mir: "Sei vorsichtig bei Lilo, die ist schon vergeben". Und
Jochen witzelte: "Wohnen in Fischbach außer deiner Familie auch
noch andere Leute? Zum Karneval kommst du nach Köln, da wirst
du dich wundern". "In Spanien sind die Mädchen schöner," meinte
José. Die Internationalität im Betrieb war etwas ganz Neues für
mich. Nach einer Woche bewährte ich mich schon als Deutschlehrer. Ich war wirklich platt und positiv überrascht. Sie nahmen mich
einfach und unkompliziert in ihren Kreis auf. Keine Fragen wie:
woher, warum, wohin, wieso. Nach einer Stunde Fußballspielen
und das gemeinsame Abendessen kam es mir vor, als gehörte ich
schon jahrelang dazu. Ich war glücklich, unternehmungslustig und
voll motiviert. Von Heimweh keine Spur mehr.

Am nächsten Morgen lernte ich den Betriebsleiter, Herrn Sievers
kennen. Er war ein sehr strenger Mann, schnell merkte ich, dass er
auf allen Gebieten des Berufs ein hervorragender Fachmann und
Könner war. Hier wirkte es sich für mich negativ aus, dass ich bisher nur in kleinen Betrieben gearbeitet hatte und den Anforderungen eines Großbetriebs nicht gewachsen war. Herr Sievers hat mir
beigebracht, was Sache ist. Hart und unnachgiebig hat er mich bei
der Arbeit beobachtet und auf Schwächen aufmerksam gemacht,
aber auch getröstet, wenn er sagte": Wer noch keine Fehler gemacht
hat, hat auch noch nichts Gutes hergestellt. Ich war hungrig nach

dem Neuen, nach andern Sortimenten und nach modernen, neuzeitlichen Arbeitsweisen. Ein gelehriger Schüler war ich, ohne dass mir ein Negativimage anhaftete, ein Radfahrer oder ein Streber zu sein. Es machte mir Spaß und ich genoss es, in diesem vielseitigen Betrieb zu arbeiten.

An hohen Feiertagen zog es mich doch noch zum Heimatdorf. Schön war es immer noch mit Freunden auf den Berg des Giebelwaldes zu klettern, Erinnerungen auszutauschen oder einfach nur vertraute Wege zu gehen.

Aber nach einigen Monaten merkte ich, dass die Straßen, die Häuser mir fremder wurden. Ich hatte auch den Eindruck, dass der Fluss kleiner geworden war und ohne Fische dahinrieselte.

Es zog mich wieder in die Stadt zu meinen neuen Freunden. Dort hatte ich mich inzwischen zu einem anerkannten Kollegen gemausert. Das Eis war gebrochen. Bald musste ich auch den Backstubenleiter vertreten. Ich durfte Weisungen erteilen und nicht mehr nur entgegennehmen.

Es hatte sich gelohnt, damals den mutigen Schritt zu wagen. Es war die entscheidende, positive Wende in meinem Leben. Die Zeit in Mönchengladbach gab mir die endgültige Sicherheit, diesen schönen Beruf mit der weißen Jacke, ein Leben lang die Treue zu halten.

## 26  Neue Freunde (1952)

Industrie-, Wald-, Garnison- und Kongressstadt, so stand es auf den Ansichtskarten der Stadt Iserlohn.

Für mich mit neunzehn Jahren war es die weite Welt. Aus einer ländlichen Gegend im Westerwald kommend, stand ich auf dem Bahnsteig in der fremden Stadt und atmete erst einmal tief durch.

Man schrieb das Jahr 1952 und es war ein Schnitt in meinem noch jungen Leben. Auszubrechen aus dem behüteten Dasein eines kleinen Westerwalddorfes hatten mich Mut und große Überwindung gekostet. Das Herz schlug mir bis zum Hals und Heimweh hatte ich schon jetzt. Deprimiert schlich ich mich mit meinem Koffer durch das stille und schmuddelige Bahnhofsgebäude. Die Straßen waren auch nicht so  schön und sauber, wie ich es mir vorgestellt hatte, ein Gefühl von Einsamkeit überfiel mich. Bedrückt, fast niedergeschlagen klingelte ich an der Haustüre des neuen Arbeitgebers, welcher ein entfernter

Verwandter und gleichzeitig auch der neue Lehrmeister war. Konditor wollte ich in dieser turbulenten Nachkriegszeit noch lernen, nachdem ich es schon zum Bäckergesellen gebracht hatte.

Der etwas mürrische, aber freundliche neue Lehrmeister öffnete. Er begrüßte mich unkompliziert, so, als gehörte ich schon jahrelang zur Familie. „Lass den Koffer hier im Flur stehen", brummelte er „und komm mit mir ins Café, dann kann ich dir sofort den einen oder anderen Freund des Hauses vorstellen."

Da saßen sie an einem großen, runden Tisch: Helmut mit den vorstehenden weißen Zähnen, Friedel mit den großen Händen, Walter mit dem Glatzkopf, der dürre Konditorgeselle Harry und der etwas kränklich aussehende Günter. Später kam auch noch Maria, die schwarzhaarige, etwas stille Haushaltshilfe dazu. Dann war da noch Erna, die Schwester von Günter, und nach Feierabend auch Helga und Bärbel, die Angestellten aus dem Café. Die ganze Clique war in meinem Alter.

Schwupp die wupp und schon war ich in einem Freundeskreis, welcher mich ein Leben lang nicht mehr loslassen sollte. Von Anfang an fühlte ich mich wohl bei diesen gleichaltrigen Leuten in dieser fremden Stadt.

Montags war das Geschäft geschlossen und alle richteten es so ein, dass auch für sie der Montag der freie Tag war. Für mich begann eine herrliche Zeit. Direkt wurde ich akzeptiert, als gehörte ich dieser Runde schon zehn Jahre lang an. Von Heimweh keine Spur mehr.

Das Wandern montags durch Wald und Flur, machte allen viel Spaß. Meistens gab die hübsche und selbstbewusste Helga dabei den Ton an. Unterwegs, als die Gruppe sich in Zweiergespräche vertieft hatte, ertönte plötzlich und für alle unerwartet ein schriller, kräftiger Pfiff.

Helga hob ihren schmuckbehangenen Arm und rief laut und energisch: „Hallo Leute, alle mal herhören". Sie warf ihr blondes Haar in den Nacken und zeigte ihre makellosen, weißen Zähne. „Musst du immer das Kommando haben?" nörgelte Friedel, welcher nur die leisen Töne kannte. „Quatsch, ich mache nur einen Vorschlag."

Es war die Straße mit der Bürgersteigkante, die ihr die Idee gab. Alle marschierten im Gänsemarsch, mit frohen Liedern, aber immer rauf und runter, weil der rechte Fuß auf die Oberkante des Bürgersteigs gesetzt wurde und der linke unten auf die Fahrbahn. Kurze Zeit später erspähte Helga am Waldrand eine sonnige Wiese.

Dort wurde eine Decke ausgebreitet und die Mädchen öffneten ihre Rucksäcke und zauberten in kurzer Zeit eine phantasievolle Kaffeetafel und luden zum Picknick ein. Nur Helga moserte etwas rum, weil die ausgebreitete Stoffunterlage angeblich zu klein war. Und auf einmal war auch Helmut derselben Meinung. Ehe die schwatzende Gruppe sich auf eine Lösung geeinigt hatte, sahen sie schon, wie Helga eine zweite Picknickstation installierte. Wegen der topographischen Lage musste diese aber ca. zehn Meter entfernt eingerichtet werden.

Walter hatte schon immer ein Auge auf Helga geworfen. Friedel meinte sogar, dass dieser nur wegen Helga montags immer dabei war. Helmut, der Zweimeter-Mann, stapfte als erster rüber zu Picknickstelle zwei, wo Helga noch auspackte. Walter stand als nächster auf. Plötzlich zischte Bärbel ihm etwas zu, was nicht von allen direkt verstanden wurde.

Bärbel, das große, hellblonde Lehrmädchen mit den roten, pausbäckigen Wangen, auch manchmal Rotkäppchen genannt, wusste wieder mehr als alle anderen. „Bleib hier", flüsterte sie, „da bahnt sich was an." Und richtig, beim näheren Hinsehen stellten alle fest, dort drüben wird heftig geflirtet.

Walter setzte sich auch wieder, nahm die Situation gelassen hin und war nach wie vor ein guter, humorvoller, aber auch rücksichtsvoller Unterhalter.

Helga und Helmut haben zwei Jahre später geheiratet.

## 27 Mein Freund der Afrikaner (1953)

Nein, er war nicht dunkelhäutig. Er war Anno 1935 mit seinen Eltern von Berlin nach Deutsch-Süd-West-Afrika (dem heutigen Namibia ) ausgewandert und jetzt 19 Jahre alt.

Dort in Walfisch-Bay hatten sich seine Eltern selbständig gemacht und betrieben nun eine gut gehende Bäckerei.

Ihr Sohn Karl-Heinz sollte sich in Deutschland fachlich weiterbilden und gelangte, über eine Wasch-mittelfirma aus Düsseldorf, nach Mönchengladbach.

Hier trafen wir uns im gleichen Betrieb und wohnten im gleichen Zimmer.

Es war in unserer Berufssparte noch Brauch, dass die Gesellen und Lehrlinge größtenteils mit Kost und Logis eingestellt wurden. zehn Leute von uns wohnten außerhalb des Betriebes, in der oberen Etage eines Mehrfamilienhauses, auf fünf kleinen Zimmern verteilt, welche jeweils mit zwei Mitarbeitern belegt waren.

Karl-Heinz und ich verstanden uns gut. Wenn wir abends todmüde in unserer Mansarde in die Betten krochen, quatschten wir noch, bis uns die Augen zufielen.

Manchmal allerdings holte mein Zimmerkollege sein Akkordeon vom Schrank, und ich lauschte nachdenklich afrikanischen Liedern. Gleichwohl hatte Karl-Heinz auch Lust stimmungsvolle Musik zu machen. Er hatte Freude am Leben und in den Fluren unserer Behausung ging es schon mal hoch her.

Es gab auch schon mal Zoff mit den Leuten unter unserer Wohnetage, welchen der Krach auf den Wecker ging. Einer von uns musste dann beim Chef antanzen und mehr Ruhe zusagen. Meistens blieb es aber doch bei einer Ermahnung. Wir waren eine fröhliche Schar, wir hatten gemeinsame Interessen, sowohl im Beruf als auch in unserer kargen Freizeit. Karl-Heinz war bald einer von uns. Er fühlte sich wohl, und wir genossen eine fröhliche, unbeschwerte Zeit.

Dann begann seine Pechsträhne beim Fußballspielen. Wir hatten eine eigene Betriebsmannschaft und spielten an einem Sonntagnachmittag in Süchteln, einem Vorort von Mönchengladbach. Die Patienten und Pfleger der dortigen psychiatrischen Klinik hatten nicht nur eine gute Mannschaft, sondern auch auf ihrem großzügigen Freigelände einen vorschriftsmäßigen Fußballplatz. Wir hatten einen Schiedsrichter, welcher aber leider nicht immer neutral war.

Karl-Heinz war Mittelläufer. Er rackerte sich sehr ab, und er hatte auch Schmerzen im Rücken. 30 Minuten vor Spielende musste er ausgetauscht werden. Einen Außen stehenden hörte ich sagen:

„Der Junge muss eine Lunge wie ein Pferd haben". Wir hatten nicht nur einen ausgeruhten Gegner vor uns, unsere Kontrahenten waren auch sehr hart und teilweise unfair. Es gab auf unserer Seite viele Verletzungen. Wir verloren 0-3.

Karl-Heinz jammerte die ganze Nacht wegen Rückenschmerzen, die auch noch zwei Wochen anhielten. Von einem Arztbesuch hielt er nicht viel, zumal auch noch im Betrieb die Weihnachtsbäckerei begonnen hatte. Nach einiger Zeit wurden die Schmerzen erträglicher. Nun belegte er ein Abendkurs-Seminar mit dem Titel: Die Kunst der  Selbstverteidigung. Er war der Meinung, für ihn sei das sinnvoll und würde auch sein Ansehen steigern. Schon längst hatte er sich diese Schulung des persönlichen Widerstandes in den Kopf gesetzt, aber nach zwei Unterrichtsstunden ging das mit den Rückenschmerzen in gesteigerter Form wieder los. Nun ging er endlich zum Arzt, aber krankschreiben kam für ihn nicht in Frage.

Durch den Rückenspezialisten wurde ihm auferlegt, mindestens vier Wochen in einem Gipsbett zu schlafen. Als ich abends nach dem Essen nach Hause kam sah ich dieses Monstrum, diesen Gipsabdruck von seinem Rücken, schon auf seinem Bett parat liegen. Er konnte sich dann die ganze Nacht nicht bewegen. Er klagte nie. Im Gegenteil, er hatte immer noch einen Scherz auf der Lippe.

Dann kam die teilweise arbeitsfreie Zeit nach den Feiertagen. Auch ich fuhr vier Tage zu meiner Familie nach Hause. Als ich zurück kam hatte sich Karl-Heinz verändert. Er war ruhiger geworden, seine Stimmung war gedämpft, fast lustlos saß er im Zimmer. Abends, während unserer persönlichen Gespräche, erzählte er mir von  den Telefonaten mit seinen Eltern und von den Weihnachtspaketen von zu Hause.

Sein Vater teilte ihm mit, dass er in Walfisch-Bay gebraucht werde, und dass er einen befreundeten Rückenspezialisten kenne. Karl-Heinz sagte mir, „Meine Eltern haben mir die freie Wahl der Rückkehr selbst überlassen und keinen Zwang ausgeübt. Ich habe mich aber entschieden zurückzukehren, am 13. Januar sitze ich im Flugzeug. Es geht wieder nach Hause." Er war jetzt fast zwei Jahre in Deutschland. Seine ursprüngliche Absicht, den deutschen Gesellenbrief im heimischen Geschäft ins Schaufenster zu hängen, ging leider nicht in Erfüllung.

Jeden Monat bekamen wir Post aus Süd-West-Afrika. Manchmal waren auch Bilder mit dabei. Alle lasen die Post von ihm mehrere

Male, aber nach einiger Zeit wurden die Briefe spärlicher. Zwei Jahre später kam wieder ein persönlicher Brief, indem er mich einlud, ihn zu besuchen. Leider habe ich aus Zeitgründen den Besuch immer wieder verschoben.

Eines Tages erzählte mir ein Frechener Freund ganz beiläufig, dass er eine Ferienreise mit der Familie nach Süd-West-Afrika unternehmen wolle. Da er mit einem VW Bus durch das Land reisen würde, gab ich ihm die Adresse von Karl-Heinz in Walfisch-Bay. Im Jahr darauf fuhr er mit Kind und Kegel los und wurde herzlich in Süd-Afrika aufgenommen.

Karl-Heinz zeigte und erklärte ihnen mehrere Tage lang ganz liebevoll viele Sehenswürdigkeiten in diesem schönen Land. Er hatte geheiratet, seine Frau war auch Deutsche und stammte aus dem Saarland. Stolz erzählte er meinem Frechener Freund von seinen zwei Söhnen, wovon einer Konditor und der andere Musiker werden wolle. Er hatte noch sein Akkordeon, machte Musik in größerem Umfang. Eine eigene Schallplatte hat er mir mitgegeben, und auch wieder eine erneute, persönliche Einladung wurde mir übergeben. Unsere Frechener Weltenbummler waren voll des Lobes.

Nun war es aber doch so weit, dass meine Frau und ich endlich die weite Reise nach Namibia antreten wollten, ohne Wenn und Aber. Alle Vorbereitungen wurden angeleiert, Fahrpläne, Pässe und sogar Wörterbücher wurden organisiert.

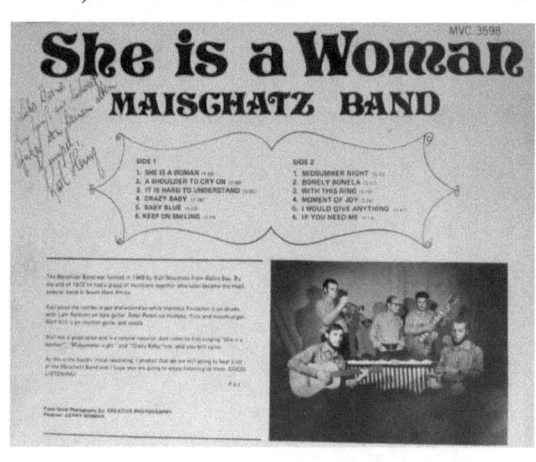

Doch dann kam das Schlimmste, was passieren konnte. Es kam die Nachricht: Karl-Heinz ist gestorben. Die Nachricht traf mich wie ein Keulenschlag. Wir waren in persönlicher Freundschaft ein Stück des Weges gemeinsamen gegangen.

Nun musste ich schmerzlich erfahren, dass mein zögerliches Verhalten in den letzten Jahren ein großer Fehler war. Die Freundschaft mit Karl-Heinz hat mir viel gegeben, und ich hatte noch viele Fragen. Sein Tod hat mich sehr getroffen.

## 28  Weihnachtszeit in einer größeren Backstube (1955)

Ich war dreiundzwanzig Jahre alt und erst seit Mai in diesem viel größeren Betrieb tätig. In der Backstube waren wir drei Meister, sieben Gesellen und sechs Lehrlinge. Dann waren noch vier Helferinnen und ein älterer Herr, der für alle Reinigungs- und Aufräumungsarbeiten zuständig waren.

Die tägliche Arbeit war untereinander gut eingeteilt. Es gab verschiedene Abteilungen im Betrieb. Bei den Gesellen hatte jeder seinen festen Bereich, es gab den Torten- den Blätterteig- und den Sahneposten. Dann waren da noch der Back-, Pralinen-, Eis und Obstposten und der Maschinenposten der für alle Massen, wie Wiener-, Mohrenkopf-, und Eiweiß- oder Buttercreme zuständig war.

Im Oktober ging es aber dann los mit der Weihnachtsbäckerei, mit einer Vielseitigkeit und Schnelligkeit und einen Druck, den ich noch nicht erlebt hatte. Es wurde alles anders in der Backstube, damit hatte ich nicht gerechnet. Ich hatte den Eindruck, das schaffe ich nicht. Zwölf Stunden täglich waren an der Tagesordnung. Die außergewöhnlichen Arbeiten, wie die Anfertigung von Stollen, Printen, Spekulatius, Zimtsterne, Anisplätzchen, Pralinen und Marzipanartikel kamen ja noch zuzüglich zur täglichen Arbeit dazu. Alles musste schnell gehen und es durfte kein Fehler passieren.

Ein Glück, dass es hier in meinem neuen Betrieb ein sehr gutes Miteinander gab, denn wenn Not am Mann war, halfen wir uns gegenseitig aus der Klemme. In dieser ersten Weihnachtszeit sind wir gute Freunde geworden, wenn auch nachher wieder viele in alle Welt verschlagen wurden, existieren auch heute zum Teil noch viele Freundschaften und werden immer wieder gegenseitig aufgefrischt.

Die Backzettel waren jeden Morgen bis obenhin voll. Dann kam noch eine außergewöhnliche Bestellung auf uns zu, wo wir alle nicht mehr mitgerechnet hatten. Eine große Möbelspeditionsfirma bestellte 180 Weihnachtsgeschenke für Kunden und Betriebsangehörige. Der Chef erklärte uns, das Geschenk solle 300 g wiegen, mindestens sechs Wochen essbar sein und attraktiv eingepackt werden.

Der schwierigste Punkt allerdings war, die Zeit, da diese Bestellung schon in dreizehn Tagen ausgeliefert werden sollte und dass bei all dem weihnachtlichen Trubel. Nach drei Tagen kam der Backstubenleiter auf mich zu und erklärte mir, das Geschenk soll ein stilisiertes Transportfahrzeug aus Marzipan sein, mit der Aufschrift: Meyer & Nell. Ich bekam den Auftrag diese Schrift aus Kuvertüre auf die Fahrertüre zu schreiben. Sprach es und weg war er schon wieder irgendwo anders. Im Weggehen murmelte er noch: „Ein Geselle im zweiten Gesellenjahr sollte dazu in der Lage sein." Ich hatte also keine Gelegenheit mehr, weitere Informationen aus ihm herauszuholen.

Ich hatte Bammel, denn eine klare und sichere Schrift aus Kuvertüre war nicht unbedingt meine Stärke. An drei Nächten habe ich mit Kuvertüre geübt und überlegt, soll ich große oder kleine Buchstaben schreiben, dicke oder dünne? wie soll die Anordnung sein. Alles einfacher gesagt als getan, denn ich hatte bisher nur in kleineren Betrieben gearbeitet, wo solche großen und komplizierten Arbeiten nicht bestellt wurden.

Der Meister gab mir fünf Stunden Zeit für diese spezielle Arbeit aber ohne die anderen Arbeiten zu vernachlässigen. Zwischendurch schaute ich schon mal zu meinen Kollegen, wie weit diese mit der großen Lieferbestellung in der Zeit lagen. Ich staunte, wie fachmännisch und problemlos der Möbelwagen aus Marzipan Stück für Stück Gestalt annahm. Meistens war ich schon nervös, wenn ich nur daran dachte, dass ich die 180 Stück alle beschriften musste. Schon wieder Druck, denn ich war ja der Letzte, welcher an dem Stück arbeiten musste.

Dann war es soweit. Ich hatte alles 100% vorbereitet, die Kuvertüre hatte die richtige Temperatur, 80 Spritztüten waren gedreht und der Platz für das Ablegen der fertigen Stücke war geschaffen.

Dann ging es los mit meiner speziellen Arbeit. Alles klappte gut. Jedenfalls war ich mit mir selbst zufrieden. Nur vier Stück waren durch kleine Malheurchen, nicht zu gebrauchen. Aber der Backstubenleiter hatte vorsichtshalber fünf Stück zur Reserve mit eingeplant.

Abends nach Feierabend haben die Verkäuferinnen die Geschenke noch vorsichtig verpackt, mit Cellophan und roten Schleifen. Nach meiner Meinung sah alles sehr gut aus, und ein klein wenig war ich sogar stolz auf meine Arbeit.

Die fertigen Geschenke wurden noch spät abends in das Lieferauto gepackt und am nächsten Tag lieferte unser Fahrer mit seiner so genannten Tortenkutsche die große Bestellung zur angegebenen Adresse.

Alle Beteiligten haben aufgeatmet, als das Fahrzeug mit der wichtigen Ladung wegfuhr.

Im neuen Jahr kam dann auch noch der Inhaber der Möbelspedition persönlich in die Backstube und dankte uns für ausgezeichnete Arbeit. Wir freuten uns sehr über das Lob, denn dass ein zufriedener Kunde extra in die Backstube kam, war nicht alltäglich.

Das neue Jahr jedenfalls hatte für uns alle einen guten Anfang genommen.

## 29   Der kranke Freund (1955)

Ich hatte im Sauerland eine neue Stelle angetreten. Es war im Oktober und es regnete oft. Ich lebte dort bei meinem Meister, sozusagen in Kost und Logis. Nach Feierabend wusste ich noch nicht so richtig, was ich mit meiner Freizeit anfangen sollte. Eines Sonntagabends traf ich dann einige junge Leute, welche über Sport, speziell über Langlauf diskutierten. Zatopek, der ungarische Goldmedaillen-Gewinner war damals in aller Munde. Ich interessierte mich schon seit einiger Zeit mit dieser zähen und beharrlichen Sportart. Täglich lief ich schon ganz allein meine 5000 Meter in einem nahegelegenen Waldgelände. Ich mischte mich zaghaft in die Diskussion ein. Obwohl ich noch ganz fremd in diesem Ort war wurde ich nach kurzer Zeit von allen akzeptiert.

Dieser Zirkel traf sich auch regelmäßig, meistens am Samstag. Wir gingen spazieren, trieben Leichtathletik und manchmal war auch schwimmen angesagt. Einer von den Freunden hieß Günter. Er war genau meine Altersklasse, und wir verstanden uns von Anfang an hervorragend. Wir wurden enge Freunde. Günter war in einer Lampenfabrik als Kaufmann angestellt, hatte dort gelernt und hatte schon eine gut dotierte Stelle. Für mich entpuppte er sich als der hellste Kopf in unserer Gruppe, man konnte sich mit ihm über alles unterhalten, und er war sehr diskutierfreudig. Er war immer ruhig, sachlich, auf keinen Fall besserwisserisch. Günter und ich trafen uns auch öfter allein. Wir kamen auf unsere gegenseitigen Berufe zu sprechen.

Günter hatte auch viel Freude am Konditorenberuf, und ich interessierte mich sehr für seine Kaufmannstätigkeit. Wir schrieben das Jahr 1955, also kein Fernsehen, kein Computer, wenig Autos und den Krebs kannte man nur als Sternzeichen. Eines Tages fiel mir auf, dass Günter mit dem rechten Bein humpelte. Früher hatte ich dieses Handicap noch nicht bemerkt. Meine Fragen blockte er ab, es sei nicht schlimm, er hätte auch keine Schmerzen. Später verriet er mir aber, dass sein Arzt ihn mit Spritzen behandelte.

Mein Freund Günter kannte viele Leute im Ort, er war politisch sehr interessiert, man konnte sich mit ihm wunderbar unterhalten, auch politisch. Wenn Bekannte ihn fragten: „was macht deine Krankheit? Dann sagte er, „es geht mir gut, das Abszess hat sich verkapselt". Trotz der Krankheit haben Günter und ich eine schöne Zeit verlebt. Wir waren jung, es war Sommer, auch Günter genoss jeden Tag. Er hatte eine schöne Schwester, die Erika, und Helga war seine Spezialfreundin in unserm Freundeskreis. Sein Zuhause war auch mein Zuhause, jedenfalls war ich immer ein gern gesehener Gast bei seinen Eltern. Günters Vater war auch Kaufmann in einer Fabrik und nach Feierabend las er die Tageszeitung von vorne bis hinten. Auch mit ihm konnte ich mich stundenlang unterhalten. Günter ähnelte ihn sehr, er war ein Ass im Briefe schreiben. Wenn etwas in seiner Familie oder in unserm Freundeskreis zu schreiben und zu formulieren war, Günter machte das, und wie wir feststellten, auch sehr gerne.

Mittlerweise hatte ich mich dazu entschlossen Anfang des nächsten Jahres die Stelle zu wechseln, wohin, wusste ich aber noch nicht. Günter akzeptierte meinen Wunsch, weil er auch der Meinung war, dass jeder Konditorgeselle nach einiger Zeit sich anderen Wind um die Ohren wehen lassen sollte. Ich hatte natürlich spezielle Vorstellungen, worüber wir oft sprachen. Auf keinen Fall wollte ich wieder in einer sogenannten Quetsche arbeiten. Also kein Kleinbetrieb mehr, denn dort konnte ich ja nichts neues lernen, ein größerer Betrieb musste her, aber keine Kuchenfabrik. Ich wollte auch in einer größeren Stadt arbeiten, Köln, Düsseldorf oder Dortmund hatten es mir angetan.

Günter machte es Spaß, das alles mit mir gemeinsam zu erörtern. Er bestellte Fachzeitungen oder organisierte Informationen von

Stadtverwaltungen. Es wurden bekannte Fachbetriebe angeschrieben, und er holte von Bekannten Meinungen ein. Es juckte ihn in den Fingern, und ich spürte manchmal, wenn es seine Gesundheit zugelassen hätte, wäre er mit mir durch die weite Welt gezogen. Es kam die Weihnachtszeit. Ich merkte, dass seine Krankheit ihm neue Probleme machte. Er versuchte mit allen Mitteln, sich nichts anmerken zu lassen. Dann kam die Einladung, mit mir ins Siegerland zu kommen. Meine Eltern würden sich sehr freuen, wenn wir gemeinsam siegerländische Weihnachten feiern könnten. Er sagte zu. Zu dieser Zeit waren es noch zwei Stunden Bahnfahrt bis zu mir nach Hause. Er genoss zusehends die kleinen Ortschaften, auch den ersten Schnee konnten wir unterwegs schon bestaunen. Meine Mutter gab sich große Mühe, unsern Aufenthalt so gut und so schön wie möglich zu machen. Heilig Abend, bzw. Heilige Nacht gingen wir um 24 Uhr gemeinsam in die Christmette. Fast alle Leute im Dorf waren katholisch. Günter war zwar evangelisch, aber er legte großen Wert auf das große, weihnachtliche Ereignis in Niederfischbach. Die Viertelstunde Kirchgang machte ihm fast nichts aus, obwohl es draußen sehr kalt und ungemütlich war. Wieder zu Hause hatte sich das Wohnzimmer in ein Weihnachtszimmer mit Weihnachtsmusik verwandelt. Jeder bekam ein kleines Geschenk. Auch Günter bemerkte ein weihnachtlich verpacktes Buch auf dem Gabentisch mit der Aufschrift: „Für Günter Morgenbrot". Damit hatte er nicht gerechnet. Ich spürte, dass er den Freudentränen schon nahe war. Jedenfalls umarmte er meine Mutter und lies sie vor Glück und Begeisterung lange nicht mehr los.

Zwei Tage später machten wir uns wieder auf den Weg nach Iserlohn. Meine Mutter nahm mich an die Seite und sagte: „Dein Freund sieht mir gar nicht gut aus". Sie gab uns noch einen Siegerländer Stollen und zwei Gläser selbstgemachte Marmelade mit auf den Weg und wünschte uns beiden alles Gute.

Im Sauerland angekommen blieb Günter fast immer auf seinem Zimmer. Dann ging es ihm wieder etwas besser und wir trafen uns weiterhin mit unserem Freunden im vertrautem Kreis.

Die Zeit verging. Mittlerweise hatte ich im Februar eine neue Stelle am Niederrhein angetreten, natürlich noch mit Günters Hilfe.

Nach drei Wochen kam der Anruf, dass es Günter sehr schlecht gehe. Ich nahm mir einen Tag frei und fuhr sofort los. Als ich dort ankam sah ich es schon an den Gesichtern unserer Freunde. Günter lebte nicht mehr. Eine Stunde war ich zu spät. Seine Schwester sagte zu mir: „Er suchte dich die ganze Zeit mit seinen Augen". Es gab eine große Beerdigung. Günter hatte viele Freunde, er war nur 21 Jahre alt geworden.

Diese zwei Jahre in Iserlohn sind nach 60 Jahren noch immer so im Gedächtnis als wäre es vorige Woche gewesen. Ich hatte einen guten Freund verloren, welcher mir viel gegeben hat.

## 30   Der verunglückte Baumkuchen (1956)

Fünfzehn Konditoren waren wir in einem größeren Betrieb am Niederrhein. Eines Mittags kam der Backstubenleiter auf mich zu und verkündigte mir, dass ich ausersehen sei, mit noch drei weiteren Kollegen zur Konditorei-Ausstellung nach Brüssel zu fahren. Als 24jähriger war ich stolz auf diese Auszeichnung. Ich freute mich auf das viele Neue, welches auf mich zu kam, auf neue Maschinen und Geräte. Aber am meisten interessierten mich neuartiges Konditorei-Sortiment, wie Hochzeitskuchen und Festtagstorten, aber auch Marzipan- und Karamellkunstwerke, sowie Pralinen und Tagesspezialitäten. Darüber hinaus hatte sich herumgesprochen, dass sich in Halle 2 ein guter Gastronom nieder gelassen hatte mit gutem Frühstück und erstklassigen Mittagessen.

Wir fuhren also gegen $6^{00}$ Uhr mit unserem Firmenwagen los, welcher auch im Betrieb als Tortenkutsche bekannt war, los. Nach zwei Stunden wurde an einer Raststätte Halt gemacht. Enttäuschend für mich war, dass der Backstubenleiter einen großen sauberen Eierkarton aufmachte und zum Vorschein kamen außer Kaffee, gekochte Eier und jede Menge Stullen. Es war also nichts mit Frühstück und gehobenem Mittagessen.

Als wir dann endlich in Brüssel-Mitte in der Fachausstellung ange-kommen waren, war ich zunächst erschlagen von der beispiellosen Vielseitigkeit der Ausstellungsstücke, aber auch von den vielen Menschen. Für mich als junger Konditor war vieles anders und fast alles neu. Nach dem zweiten Weltkrieg war auch im Jahre 1956 in Deutschland noch vieles ungewöhnlich, speziell in meinem Hand-werk. Auch mein Opa frug mich damals doch tatsächlich, ob man dann nur vom Kuchenbacken leben könne. Er hielt jedenfalls nichts von meinem schönen Beruf.

Nun ging ich mit meinen drei Kollegen langsam durch die erste Halle. Alles interessierte mich, die wunderbaren Festtorten in allen Variationen, die großen und kleinen Spekulatiusmaschinen und die vielen modernen Konditorbacköfen. Aber auf einmal hatte ich mich festgebissen an einem großen Baumkuchenapparat, welcher jetzt in Aktion war. Ich blieb stehen, obwohl meine Kollegen lang-sam weitergingen. Mich interessierte das Baumkuchenbacken im öf-fentlichen Raum ungemein. Allerdings war das Baumkuchengerät nicht das Allerneueste, die Walze musste immer noch mit der Hand gedreht werden, also fast das gleiche Gerät, welches wir in Mön-chengladbach auch benutzten. Die neuesten Baumkuchenmaschi-nen wurden automatisch gedreht, waren aber noch sehr teuer.

Ich guckte mir eine Zeitlang das Spiel dort an und beobachtete, dass der Lehrling, welcher die Aufgabe hatte, immer gleichzeitig die

Walze zu drehen, nicht so richtig bei der Sache war. Er guckte mehr durch die Gegend, als auf die Gleichmäßigkeit der Walze. Das Drumherum in der Halle war auch für ihn neu und interessant. Der Geselle, welcher die Baumkuchenmasse auftrug, rief ihm manchmal etwas zu und dann klappte es auch wieder eine Zeit lang. Anscheinend hatte dieser aber auch den Ehrgeiz einen sehr saftigen Baumkuchen herzustellen, das hatte zur Folge, dass die einzelnen Schichten nur schwach ausgebacken werden durften. Schicht um Schicht trug nun der Geselle die flüssige Masse auf die rotierende Walze auf. 15 Schichten hatte er mittlerweile schon aufgetragen, und nur noch ein kleiner Rest Baumkuchenmasse lag noch in der Wanne. Er sagte dem Lehrling, er solle jetzt aber noch gleichmäßig weiterdrehen. Allerdings konnte ich die Anweisungen nicht genau verstehen, denn er sprach nur französisch. Jedenfalls, nach fünf Minuten weiterdrehen, hatte der 1m lange Baumkuchen die goldgelbe Farbe erreicht, und der König aller Kuchen strahlte in seiner ganzen Schönheit und Pracht. Aber dann passierte es. Der noch heiße Baumkuchen löste sich von der Walze und landete so nach und nach im unteren Teil der Wanne, und das alles vor ca. fünfzehn Fachbesuchern. Eine Blamage ohne Grenzen, und die Fachleute, die das sahen, schmunzelten vor sich hin. Schnell wurde als Sichtschutz ein Vorhang heruntergelassen, aber in der Aufregung hatten die Verantwortlichen vergessen, dort den Firmennamen auf dem Sichtschutz weg zu lassen. Jeder wusste jetzt welche Konditorei dieses Pech hatte. Auf der

Heimreise wurde nur noch über diese Panne diskutiert. Wir vier waren uns einig, dass beide Schuld hatten, der Geselle hätte besser ausbacken müssen, und der Lehrling musste nach dem Ausbacken noch zwanzig Minuten gleichmäßig weiterdrehen. Meine drei Kollegen haben zwar mehr gesehen in den Messehallen, aber ich hatte ein Erlebnis, welches mir fachlich viel gebracht hatte, und wo ich heute noch oft dran denke. Im Geiste tröstete ich die zwei jungen, französischen Konditoren. Mein Lehrmeister, welcher oft für mich Verständnis hatte, sagte: „Wer noch keine Fehler gemacht hat, hat auch noch nichts Gutes gemacht."

## 31  Mein erster Tag im Ausland (1956)

Ich hatte einen Arbeitsplatz am Niederrhein. Es war das Jahr 1956, also die Zeit, als die Deutschen so langsam den Mut fanden, endlich mal wieder ein fremdes Land zu besuchen. Ich war einundzwanzig Jahre alt und bis zu dieser Zeit noch nie in einem anderen Staat gewesen. Als ich die Anzeige las, dass einmal wöchentlich ein Bus nach Holland fährt, reizte mich diese Möglichkeit sehr, mitzufahren. Es fiel mir jedoch schwer, acht Jahre nach Kriegsende, mich zu der Busfahrt anzumelden.

Irgendwie hatte ich noch nicht den Mut, oder auch Angst, es könnte mir als Deutscher, etwas zustoßen. Man hörte ja bei vielen Gesprächen, wir wären wegen der Grausamkeiten des Krieges, im Ausland nicht beliebt. Es herrschte auch bei mir Beklemmung und Ungewissheit.

Meine Gedanken waren: Wie werden uns die Leute in Holland behandeln? Werden sie uns die Autoreifen zerstechen, oder uns gar bespucken? Aber eines Tages sah ich das Plakat wieder im Schaufenster mit der Aufschrift: Tagesfahrt nach Venlo.

Also, das war ja nicht so weit, das konnte ich doch wagen. Es kribbelte mir zwar immer noch in den Gliedern, aber nun meldete ich mich doch endgültig an. Lieber wäre es mir zwar gewesen, wenn mein Freund und Arbeitskollege Herbert noch mitgekommen wäre, aber er bekam an diesem Mittwoch keinen freien Tag. Ich saß nun in einem älteren Omnibus und fuhr Richtung Grenze.

Als erstes fiel mir auf, dass der Bus nur zu zweidrittel besetzt war. Natürlich war ich sofort der Meinung, dass andere Leute auch die gleichen Befürchtungen hatten und dem Frieden noch nicht trauten. Alles war ja noch neu und ungewohnt. Aber nun ging es los.

Jeder hatte schon seinen gültigen Ausländerpass in der Hand, denn wir wussten, in dreißig Minuten sind wir schon am Schlagbaum.

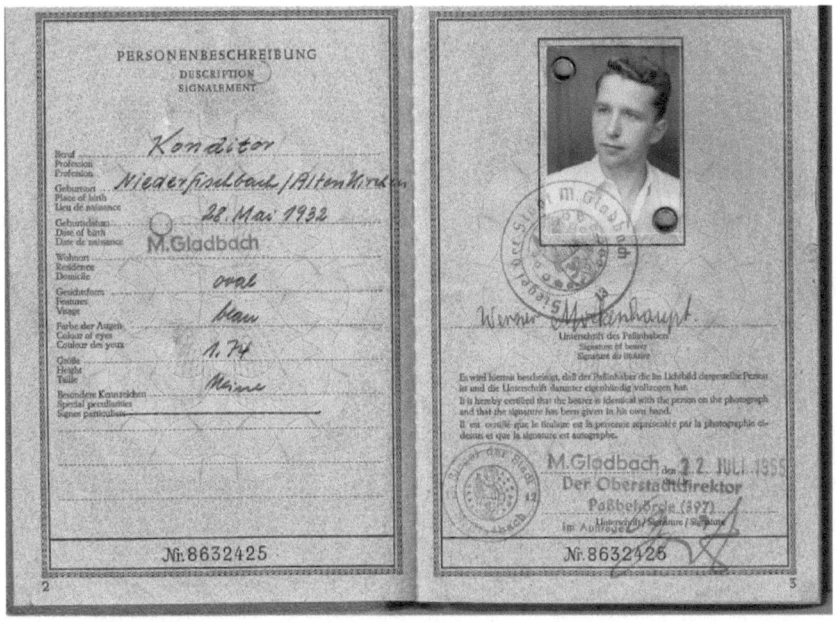

Die Grenzpolizisten kontrollierten auch sehr kleinlich. Jedes Gesicht wurde ganz genau mit dem Passagierschein verglichen. Das

143

war schon alles sehr beunruhigend für mich. Obwohl ich Ende des Krieges erst dreizehn Jahre jung war, fühlte ich mich so, als wäre ich noch selbst mit schuld gewesen an dem schlimmen Krieg. Ich kauerte mich tief in meinen Sitz und wartete nun, was auf mich zu kommt.

Wir fuhren jetzt durch Venlo. Ich sah Bankgebäude, das große Rathaus und vor allen Dingen viele, viele Radfahrer. Auch schöne Geschäfte waren da und gut gekleidete Leute in sauberen Straßen. Die Häuser hatten eine andere Bauart. Mir fiel auf, dass auch an vielen Wohnungen die Gardinen fehlten, warum das in Holland so war, wusste auch keiner in unserem Bus.

Nach drei Stunden gab es eine Pause. Alle verschwanden in einer Art Bahnhofsgaststätte. Die meisten aßen Fritten und tranken holländisches Bier. Ich hatte auch Gulden dabei und versuchte es mit Blätterteigteilchen. Aus Berufsgründen wusste ich, dass der holländische Blätterteig sehr gut sein sollte. Er war es aber nicht, es war zu viel Ziehmargarine verarbeitet worden. Das ist zwar einfacher zum Herstellen, aber die Teilchen schmeckten nicht so gut. Ich merkte es an dem bitteren und höheren Schmelzpunkt auf der Zunge.

Dafür war der Kaffee aber gut. Ich sah aus dem Busfenster auch auf einem schönen und sehr großen Gemüse- und Obstmarkt, mitten in der Stadt. Wir sind dann auch ausgestiegen und schlenderten gemeinsam und langsam über diesen sehr geschmackvoll eingerichteten Handelsplatz. Es war ein ganz besonderes Erlebnis, weil es bei uns noch nicht so große Märkte gab. Aber das Überraschende für mich war, dass alle Verkäuferinnen und Verkäufer freundlich zu mir waren, obwohl ich mich nur in Deutsch verständigen konnte. Alle siebenundzwanzig Busreisende blieben wie verabredet nahe zusammen, keiner hatte den Mut, auf eigene Faust etwas zu unternehmen.

Dann passierte es aber doch. Herr Ellrich aus der ersten Reihe fehlte beim Nachzählen. Er war nicht da und auch weit und breit nicht zu sehen. Einige von uns schwärmten aus und waren auch zehn Minuten später wieder im Bus, aber keiner hatte ihn gesehen.

Unser Reiseleiter war sehr nervös, zumal wir jetzt mit dem Bus, laut Polizei, an eine andere Stelle, nämlich achthundert Meter weiter parken mussten. Der findet uns nie, sagte eine Mitfahrerin, außerdem hatte er auch nur noch zehn Gulden in der Tasche. Woher die Frau das wusste, ist mir ein Rätsel geblieben.

Ich verdrückte mich wieder in meine Ecke und war froh, dass ich mich in unserem Bus wieder ein bisschen wie zu Hause fühlen konnte. Nun blieben alle stillsitzen und warteten. Nur der Reiseführer, welcher holländisch sprach, ging immer langsam um den Bus herum. Gefühlte Stunden später tauchte der verlorene Sohn endlich wieder auf. Er hatte uns in der Masse verloren und war froh und erleichtert wieder bei uns zu sein.

Ein Aufatmen ging durch den Bus, und es wurde laut geklatscht. Nun ging es aber endlich ab nach Hause. Meine Bedenken wegen der Fahrtüchtigkeit des Busses bewahrheitete sich. Kurz vor der Grenze gab der Bus seinen Geist auf. Bei einer kleinen Steigung setzte der Motor aus und sprang auch nicht wieder an. Außerdem wurde es auch schon dunkel.

Der Fahrer machte die Motorhaube auf und versuchte mit einer Taschenlampe den Fehler zu finden. Nach fünf Minuten sagte ein Mitfahrer, „der Mann hat keine Ahnung". Aber der Kritiker anscheinend auch nicht. Der Reiseführer lief dann zum nächsten Haus, und Gott sei Dank, gab es dort ein Telefon, welches er auch dann sofort benutzen konnte.

Nach weiteren dreißig Minuten kam dann ein holländischer Monteur auf einem Motorrad. Schnell hatte er den Fehler gefunden, und wir konnten wieder getrost weiterfahren. Schon wieder musste ich meine bisherige Meinung korrigieren, dass ein freundlicher, holländischer Autoschlosser einem deutschen Reisebus aus der Klemme half, war für mich schon erstaunlich. Jetzt waren wir aber froh, endlich wieder in heimatliche Gefilde angekommen zu sein. Es war ein aufregender, aber schöner Tag.

Keiner war von den Holländern gekränkt worden. Alle waren positiv überrascht von der Freundlichkeit uns Deutschen gegenüber. Ich war der jüngste Teilnehmer im Bus und jetzt stolz, dabei gewesen zu sein.

## 32   Ein Tag in den Schweizer Alpen (1956)

Der Vierwaldstätter-See lag noch im morgendlichen Nebel. Es war sieben Uhr, und es schien ein sonniger Tag zu werden. Ich war dreiundzwanzig Jahre alt und befand mich auf dem Weg von Luzern nach Vitznau. Zu dieser Zeit waren schon viele junge Leute auf dem Weg zu ihren Arbeitsstellen. Das kleine, schnellere Linienschiff nannte man nur den Wasser-Omnibus, weil fast nur berufstätige Leute zu dieser frühen Stunde unterwegs waren. Die nächsten Haltestellen waren Meggen, Weggis und dann kam schon Vitznau.

Ich hatte seit einem Jahr eine Arbeitsstelle in Luzern angenommen. Ein befreundeter Kollege hatte mich gebeten, wegen eines Trauerfalls in der Familie, ihn für einen Tag zu vertreten. Sein Arbeitsplatz war auf dem 1470 Meter hohen Berg Rigi, auch genannt: „Die Königin der Berge". Ich hatte meinen freien Tag und habe auch sofort zugesagt, zumal mir Robert versicherte, "mit dem dortigen Kollegen wirst du gut auskommen".

Jetzt, nach einer Schifffahrt hieß es umsteigen auf die Zahnradbahn nach oben bis Rigi-Kulm. Diese Bergbahn wurde schon 1871 in Betrieb genommen und war die erste Zahnradbahn in der Schweiz. Robert versicherte mir, dass alle Schweizer Bergbahnen absolute sicher wären. Die Fahrt nach oben dauerte eine halbe Stunde. Aber die Schönheit der unzähligen Gipfel im Sonnenschein, und die tiefen Abgründe direkt neben der Bahn konnte ich leider nicht genießen. Ich merkte bald, dass ich nicht schwindelfrei war und habe meinen schönen Fensterplatz dann auch nach einigen hundert Metern gegen einen Platz in der Mitte getauscht.

Dennoch fühlte ich mich dann, trotz enger Kurven und starker Steigungen besser aufgehoben.

In einer halben Stunde war die Endstation Rigi-Kulm erreicht, und ganz in der Nähe sah ich schon das Gipfel-Café. Das Panorama hier oben im Sonnenschein, was die Rigi so bekannt gemacht hat, war für mich ein Erlebnis. Nur die vielen Seen im Tal waren noch nicht alle zu sehen, weil der Morgennebel sich unten noch nicht ganz verzogen hatte. In dem dortigen, einzigen Café ging es nach einer kurzen Begrüßung sofort los mit der Arbeit.

Es war die Erdbeerzeit und es wurden heute auch fast nur Erdbeertorten gemacht. Ich staunte, denn das Geschäft lief sehr gut hier oben. Regelmäßig, nach neunzig Minuten kam in den Spitzenzeiten eine weitere Bahn nach oben und die vorhergehende fuhr dann wieder nach unten. Fast alle Touristen kamen auch ins Café, tranken Kaffee und jeder vertilgte durchschnittlich eineinhalb Stück Kuchen. Mit dem älteren Kollegen konnte ich gut zusammenarbeiten, und wir zwei Konditoren waren auch den ganzen Tag ausgelastet. Dann kam gegen 16$^{00}$ Uhr der Anruf von unten, dass soeben die Bahn mit siebzig Personen auf dem Weg zum Gipfel unterwegs wäre.

„Dann müssen wir uns sputen, wir machen noch schnell zehn Erdbeertorten", sagte der Kollege, denn normalerweise kamen um diese Zeit nicht mehr so viele Leute nach oben. In ca. dreißig Minuten mussten die Torten in der Theke stehen, wenn möglich schon in je zehn Stücke geschnitten.

Dann kam auch schon die Bahn und ca. siebzig Personen bevölkerten den Platz, die Wege und alle Parkbänke. Auch die vier Standfernrohre, welche für fünfzig Rappen benutzt werden konnten, waren immer in Betrieb. Aber dann lungerten fast alle so herum, guckten durch die Gegend und unterhielten sich. Nur ganz wenige kamen ins Café und die wollten keine Erdbeertorte, jedenfalls wurde nur noch eine Torte verkauft. Wir ärgerten uns sehr und wollten wissen, wie das möglich war. Eine Verkäuferin versuchte den Grund zu erfahren, hatte aber keinen Erfolg. Einige waren sehr wortgewandt, aber wir konnten leider die asiatische Sprache nicht verstehen.

Jedenfalls saßen wir auf neun stehengebliebenen, schönen frischen Erdbeertorten, die auch zu allem Übel schon geschnitten waren. Wir haben die Erdbeeren dann vorsichtig abgenommen und zu Erdbeermarmelade verarbeitet. Mein Arbeitstag endete um 19 Uhr und mit der letzten Bahn fuhr ich wieder nach unten. Es war eine wunderbare Talfahrt, die ich sehr genossen habe. Aber unten in Vitznau angekommen musste ich für meine Trödelei Nachteile auf mich nehmen, denn von dem sogenannten Wasser-Omnibus sah ich nur noch die Rücklichter. Jetzt musste ich den letzten Teil meiner Reise mit dem teuren Taxi bewältigen. Obwohl ich nur einen Tag auf der Rigi war, und arbeitsbedingt sehr angespannt war, habe ich viele neue Eindrücke gewonnen.

## 33  Begegnung am Berg (1956)

Morgens, in aller Frühe saß ich in der Straßenbahn auf dem Weg nach Kriens, dem Ausgangspunkt meiner ersten Bergbesteigung. Der Weg nach oben war gut zu finden. Die Septembersonne huschte mit hellen Strahlen durch die Lücken der Baumkronen. Heute Morgen war ich trotz allem gut aufgelegt. Das war in den vergangenen vier Wochen nicht immer so gewesen.

Zwölf Jahre nach dem zweiten Weltkrieg hatte es mich beruflich nach Luzern verschlagen, und ich merkte, dass ein Deutscher noch nicht bei allen Schweizer Bürgern hoch willkommen war. Ich fühlte die Reserviertheit bei manchen Kollegen, sowohl im beruflichen als auch im privaten Bereich.

Nun marschierte ich bei erträglichen Temperaturen frisch und munter durch die Natur. Den Berggipfel vor Augen dachte ich über Gott und die Welt nach, und wie mein Leben weiter verlaufen sollte. Mit dem sachten ansteigenden Weg wurde ich richtig euphorisch. Ist doch alles halb so schlimm, sieh nicht so schwarz, es wird schon wieder. Solche Gedanken wirbelten mir durch den Kopf. Leise summte ich das Lied vom Wandersmann. Alles sah wieder positiver aus, alles war wieder offen.

Die Baumgrenze in 1800 Metern Höhe war fast erreicht, da erblickte ich eine leibhaftige Sennerin und rief "Hallo, guten Tag!" "Grüezi," sagte sie freundlich. "Sagen Sie, wo geht hier der nächste Weg zum Gipfel?" "Jaaa", erwiderte sie und sah mir dabei prüfend ins Gesicht. "Sind sie schwindelfrei?" "Ja", sagte ich mit felsenfester Überzeugung. "Dann gehen sie über das Band, das ist eine Route, die führt spiralförmig nach oben." Sie zeigte mit ausgestrecktem Arm direkt die Richtung an. Nun ging ich den gezeigten Weg, nein es war kein Weg, es war nur ein schmaler Pfad. Die Route war steinig, hier und da sausten auch kleinere und größere Geröllmassen geräuschvoll den Abhang hinunter. Manchmal mussten auch 10-20 Meter breite Rinnen durchquert werden, die mit kleinen und großen Steinen bedeckt waren. Dann kamen Strecken, wo links nur eine steil nach oben ziehender Felswand den Weg begrenzte, und rechts war nichts, nur noch Abgrund und Leere. Tief unten waren nur noch einige verkrüppelte Tannen zu sehen. Nach einiger Zeit kapierte ich nun auch warum die Sennerin nach der Schwindelfreiheit gefragt hatte, denn der Pfad wurde bald ein Pfädchen. Mir wurde es etwas kribbelig und mulmig zu Mute. Dann betrog ich mich selber, in dem ich das Lied "*heut sind wir fidel*" vor mich hin pfiff.

Mit diesem aufgesetzten Optimismus sollte die aufkeimende Angst verscheucht werden. Je öfter ich nun nach unten schaute, desto unangenehmer wurde es mir in der Magengegend. Als läge unten ein großer Klumpen Gold, zog es meine Augen aber immer wieder nach rechts in die Tiefe.

Nach zwanzig Minuten kam dann aber der Hammer. Blitzartig passierte es. Ein Schwindelgefühl, dem ich nicht gewachsen war, überkam mich. Mit ausgebreiteten Armen presste ich mich fest an den Felsen. Das Gesicht hatte ich in einer Spalte vergraben und wagte mich nicht zu bewegen. Die panikartige Angst war fürchterlich. So eine Situation hatte ich noch nicht erlebt. Jedes Selbstbewusstsein war weg, einfach weg, als hätte ich diese Eigenschaft nie besessen. Wenn du hier fünf Stunden am Fels kleben bleibst, bist du verloren. So, oder so ähnlich, schlingerten meine Gedanken durch den Kopf. Nach einer halben Stunde aber kam wieder rationelles Denken und notgedrungenes Handeln zum Durchbruch. Die Augen fest auf den Boden gerichtet marschierte ich los. Das wäre doch gelacht, du schaffst das schon, redete ich mir ein. Aber nach vier Schritten machte ich den Fehler, wieder eine Sekunde nach tief unten zu schauen. Und schon war es passiert. Die Schwindelanfälle und die Angstzustände stellten sich auf der Stelle in voller Stärke wieder ein. Zurück, zurück, denken und zurückgehen war ein und derselbe Akt. Ich nahm denselben Platz, dieselbe Stellung an der Felswand wieder ein und versuchte mich selbst zu beruhigen. Für mich stand nun fest; ich würde nach Deutschland zurückfahren, sollte ich je wieder heil herunterkommen.

Nach zehn Minuten, die schlimme Situation hatte sich etwas gelegt, wagte ich den Kopf kurz aus der Spalte zu lupfen. Nichts zu machen, die Schwindelattacke stellte sich augenblicklich wieder ein. Jetzt kann nur noch ein Wunder helfen, ging es mir durch den Kopf und wusste einfach nicht, wie es weitergehen könnte. Ich schloss die Augen, versuchte mich zu beruhigen und atmete tief ein und aus. Nach zehn Minuten glaubte ich nur noch auf einem kleinen Felsvorsprung zu stehen. Rechts und links tiefer Abgrund. Ich war nicht mehr in der Lage, mich zu bewegen. Nun hing ich schon 40 Minuten in der steilen Wand und träumte von meinen Eltern, den Geschwistern und von meiner Freundin in Deutschland. Ich hörte im Dämmerzustand meinen Onkel Alois mit der tiefen Stimme etwas murmeln. Verstehen konnte ich ihn nicht, alles war so undeutlich und weit, weit weg. Blitzartig aber waren meine Gedanken wieder in der Wirklichkeit. Denn die Stimme wurde lauter, sie war wahrhaftig und kam von unten. Auf der Stelle rief ich laut und durchdringend: "Hilfeee" Nach einigen Minuten standen dann auch zwei Männer, noch schwer atmend vom Aufstieg, neben mir. Zunächst war ich sehr erleichtert. Die beiden Schweizer zeigten sich als freundliche, höfliche, vor allen Dingen aber hilfsbereite Menschen. Beruhigend redeten sie auf mich ein. Sie stellten sich hinter mich und nahmen mir die lähmende Erstarrung. "Schauen Sie nicht nach unten", forderten sie mich immer wieder auf. Obwohl ich immer noch vor Angst zitterte, spürte ich, dass die beruhigenden

Worte von Berni die Wirkung nicht verfehlten. Ich neigte den Kopf auf den Boden und stellte überraschend fest, dass der Pfad an dieser Stelle fast ein Meter breit, eben und fest war. Sepp zottelte ein Seil aus Bernis Rucksack und schnallte es dem in Not geratenen Deutschen um die Taille. Berni befestigte diesen mit seinen feingliedrigen Händen an das Seil, womit sich die Helfer gegenseitig sicherten. Nun war ich der dritte Mann am Seil. Sehr ängstlich war ich aber immer noch. Als ich merkte, dass es weiter nach oben gehen sollte, rief ich "bitte, bitte nach unten" in die vermeintliche Sicherheit. Und wieder trat der freundliche Bankangestellte als Psychologe in Aktion. Ich sei auf alle Fälle bei ihnen sicher. Von oben könne man gut und einfach mit der Bergbahn wieder nach unten fahren. "Jetzt nur nicht aufgeben, das wäre die falsche Entscheidung." Die überzeugende Art, die Tonlage in der Stimme, machte mich empfänglich für die Aufforderung, mich langsam, im Seil gesichert, Schritt für Schritt nach oben zu bewegen. Nach 400 Meter hatte sich mein Zustand fast wieder normalisiert und nach einer halben Stunde erreichten alle drei wohlbehalten den Gipfel. Und siehe da, die zwei Bergsteiger gratulierten mir zu der ersten Gipfelbesteigung. Ich war nun richtig stolz, hatte ich es nun doch noch geschafft. Sepp zeigte in die Ferne auf die anderen, schneebedeckten Gipfel. Seine Begeisterung für die Berge war ansteckend. Ich hörte die Erklärungen von Berni, sah den ausgestreckten Arm von Sepp, aber aufnehmen konnte ich das alles noch nicht. Schweigend stand ich im knöchel-tiefen Schnee und staunte und staunte. Die Arbeitswelt und alle Sorgen schrumpften zur Bedeutungslosigkeit. In einer Berghütte holten die beiden Lebensretter noch Kaffee, Milch und Käsestullen aus ihren Rucksäcken. Wie selbstverständlich wurde alles geteilt. Ich fühlte mich sehr wohl bei diesen alteingesessenen Schweizer Bergsteigern. Sie waren es auch, die mich aufheiterten und motivierten, weiter auf die Berge zu steigen. Ich bin den Männern von Herzen dankbar, dass sie mich mitgeschleppt haben auf den 2160m hohen Gipfel des Pilatus. Wieviel Schönes hätte ich sonst verpasst. Aber auch im beruflichen Bereich überzeugten sie mich von den Chancen und Möglichkeiten, die hier in der Schweiz auf mich warten würden. Die Unterhaltung fand in einer liebenswürdigen Atmosphäre statt. Mich beeindruckte die offene Art mit der sich die zwei Schweizer mit einem fremden Deutschen, zwölf Jahre nach Kriegsende, so ungezwungen unterhielten.

Dieser Tag war ausschlaggebend für weitere persönliche Entscheidungen. Ich blieb noch eineinhalb Jahre in diesem schönen Land.

## 34  Ski - Lehrgang in der Schweiz (kurz) (1957)

Skifahren - leider bin ich in dieser schönen Sportart nie ein Könner gewesen, aber wie gerne wäre ich es geworden. In jungen Jahren fehlte mir immer die Zeit und die Möglichkeit, mich mit diesem Sport zu beschäftigen. Hinzu kam, dass mir das Selbstvertrauen fehlte und ich mich für völlig unbegabt hielt. Später änderte ich diese Meinung.

Als 25jähriger arbeitete ich in der Zentralschweiz. Ab November entstanden große, weiße Schneelandschaften vor meinen Augen. Die Sehnsucht stieg, es den vielen Schweizer Bürgern und Wintertouristen gleich zu tun, nämlich lustig über die weißen Hügel und Hänge zu gleiten.

Ich lernte Sepp, einen Berufskollegen kennen. Wir verstanden uns gut und freundeten uns bald an. Er kam aus einem Dorf in den Bergen. Ski fahren war sein Leben. In den Wintermonaten ging er oft seinem Nebenberuf nach und verdiente sich einige Franken als Skilehrer. Für mich ergab sich dadurch die Gelegenheit, dieser Freizeitbeschäftigung näher zu kommen. Jetzt oder nie, sagte ich mir und drängte Sepp, mich gemeinsam mit einer Anfängergruppe zu unterrichten. Er sagte zu, erkundigte sich aber noch nach meinen Vorkenntnissen: „Bist du schon mal eine leichte Abfahrt gelaufen?" - „Macht es Schwierigkeiten, die Richtung zu ändern oder kleine Sprünge zu machen?" - „Wie sieht es mit dem Langlauf aus?" - „Und macht das Grätschen am Steilhang Probleme?"

Ich erzählte ihm von meinen Schwierigkeiten in der Kriegs- und Nachkriegszeit in Deutschland:

Ich war 13 Jahre alt, als ich meine ersten Skibretter in den Händen hielt. Nur oben abgerundet, aber nicht gebogen. Dann habe ich diese unfertigen Skier zwei Stunden in Wasser gekocht, danach waren die Birkenholzbretter weich und ich konnte sie auf einer Leiter so einklemmen, dass die Spitzen sich krümmten, ohne zu brechen. Mit Holzschrauben und Schnüren klappte es auch mit der Befestigung. Das war alles, was ich an Erfahrung vorweisen konnte. Sepp verstand mich sofort und nannte mir die Termine für das nächste Kurzseminar.

Nun stand mir die Anprobe noch bevor. Er schloss ein großes Scheunentor auf und zeigte mir seinen ganzen Stolz. Es waren neun Paar Skier, welche in Reih und Glied an der Wand standen. Schöne, dünne, federleichte Sportgeräte und alle mit Sicherheitsbindung. Eine wahre Pracht für mich Neuling.

„Nein, diese nicht", sagte er. „Das sind spezielle Abfahrtsskier." Die nächsten waren zu lang. Wir einigten uns auf die etwas Breiteren, Grünen, welche aber noch gewachst werden mussten. Herrlich, dachte ich, und stellte mir vor, wie ich mich mit dieser schönen, sicheren Ausrüstung draußen im Schnee bewegen würde.

In der zweiten Dezemberwoche traf ich mit meinen Mitschülern zusammen. Sieben Männer und drei Frauen wollten den weißen Sport von Sepp erlernen. Stehen, gehen, bücken, und dann die ersten fünf Meter laufen, wenn möglich, ohne Hinfallen. Die ersten Übungen hatten wir bald hinter uns. Dann ging es weiter mit der Anweisung, während der Fahrt eine Richtungsänderung vorzunehmen. Das Abbremsen haben wir auch intensiv trainiert. Die Hügel wurden länger und die Abfahrten steiler. „How do you do", rief mir Andrew, der englische Senior unserer Gruppe, zu, als ich fünf Meter neben ihm zum Stehen – bzw. zum Liegen kam. Die etwas knubbelige Marianne aus Deutschland lief total in die falsche Richtung und konnte sich nur noch durch Hinsetzen selber abbremsen. Eddi, der sechzehnjährige Kochlehrling, machte uns neidisch, weil er schon so viele Extras ausführen konnte und von Sepp immer als gutes Beispiel angeführt wurde.

Dann, nach zwei Wochen, war es so weit. Die letzte Stunde unseres kurzen Seminars war angebrochen. Unsere Gruppe stand auf einem Berg, mit mittelschwerer, aber langer Abfahrt. Eine kurze Zeit verweilte ich noch auf der Anhöhe und genoss die Weite, den pulvrigen Schnee und die Sonne, welche aus den Wolken hervorkam. Vor allen Dingen aber die Gewissheit, dass ich mich nun einigermaßen auf Skiern bewegen konnte. Ich war stolz, freute mich und träumte.

Dann nahm ich meine Gruppe wieder wahr. Ich sah, wie jeder einzelne sich löste, den Berg hinunterfuhr, und ganz tief unten als kleines Pünktchen verschwand.

Als Letzter stieß ich mich ab, der Fahrtwind blies mir ins Gesicht und die Anspannung stieg.

Nach kurzer Zeit überwältigte mich ein Glücksgefühl, eine Freude, welche ich laut hinausschreien wollte. Ohne Blessuren kam ich unten an. Meine Freunde warteten und klatschten Beifall.

Nach einer anschließenden Feier gingen die schönen Tage zu Ende. Sie war weg, die Tasche.

## 35   Die weihnachtliche Skifahrt (lang) (1957)

Leider bin ich in dieser schönen Sportart nie ein Könner gewesen, und wie gerne wäre ich es geworden. In jungen Jahren fehlten immer die Zeit und die Möglichkeit mich mit Skifahren zu beschäftigen. Hinzu kam, dass ich mich für völlig unbegabt hielt. Später änderte ich diese Meinung.

Ich arbeitete als fünfundzwanzigjähriger in der Zentralschweiz. Ab November entstanden große weiße Schneelandschaften vor meinen Augen. Die Sehnsucht stieg, es den Schweizer Bürgern und den vielen Wintertouristen gleichzutun, nämlich lustig über die weißen Hügel und Hänge zu gleiten. Ich lernte Sepp, einen Berufskollegen kennen. Wir verstanden uns gut und freundeten uns bald an. Er kam aus einem kleinen Dorf in den Bergen, wo die Eltern einen Bauernhof bewirtschafteten. Ski fahren war sein Leben: In den Wintermonaten ging er sehr oft seinem Nebenberuf nach, und verdiente sich einige Franken als Skilehrer dazu. Für mich ergab sich die Gelegenheit, dem schönen Sport näher zu kommen. Jetzt oder nie, sagte ich mir, und drängte Sepp mich, gemeinsam mit einer Anfängergruppe, zu unterrichten. Er sagte zu, wollte aber vorher noch meinen Kenntnisstand in diesem Sport erfahren.

Wir saßen in der gemütlichen Luzerner Gaststätte „zum Stiefel" und unterhielten uns ungezwungen über den Winter in den Schweizer Bergen. Nach einer halben Stunde aber, kam Sepp zur Sache. „Hast du schon mal eine leichte Abfahrt gelaufen? Macht es dir Schwierigkeiten die Richtung zu ändern oder kleine Sprünge zu machen? Wie sieht es aus mit Langlauf und macht dir das Grätschen am Steilhang Probleme?" Die Fragen prasselten plötzlich auf mich nieder, welche klangen, wie das rhythmische Stampfen der Teigmaschine in der Backstube. Ich entschloss mich, alles zu erzählen, wie das im Siegerland so war:

In der Nachbarschaft existierte ein kleiner Schreinereibetrieb. So begann ich mit meiner Darstellung. Der Betrieb bestand aus Meister, Geselle und Lehrling. Der Meister fluchte den ganzen Tag. Der Lehrling lief mit gesengtem Kopf durch die Werkstatt und hatte anscheinend dauernd ein schlechtes Gewissen. An einem Samstag, ich war dreizehn Jahre alt, wagte ich es, den schlecht gelaunten Meister anzusprechen. „Ich möchte Skibretter wie die anderen Jungs im Ort". Meister Breidenbach stellte tatsächlich die lärmende Maschine ab und kratzte sich in den Haaren. „Meine Mutter ist einverstanden. Das Geld liegt in der Schublade," schob ich noch nach. Er wusste, dass mein Vater in Russland war. Wortlos stellte der Meister die Maschine wieder an und arbeitete weiter.

Eine Woche später konnte ich die Bretter abholen. Schön sahen sie aus, und wenn ich sie hinstellte, überragte die Spitze meinen Haarschopf. Aber es waren einfach nur gehobelte Bretter, vorne abgerundet, nicht gebogen und noch keine Möglichkeit, die Schuhe zu befestigen. Am nächsten Tag nach der Schule ging ich in die Waschküche. Der große Kessel wurde mit Wasser gefüllt und schnell mit Feuerholz zum Kochen gebracht, die neuen Skibretter senkrecht mit der Spitze nach unten hinein, und zwei Stunden gekocht. Danach waren die Birkenholzbretter weich und ich konnte sie auf einer Leiter so einklemmen, dass sich die Spitzen krümmten, ohne zu brechen. Am nächsten Morgen sahen sie schon fast profihaft aus. Mit Holzschrauben und Schnüren klappte es auch mit der Befestigung. Ja und dann fiel zu wenig Schnee, und wenn es dann doch schneite, kam die Arbeit dazwischen. Es führte dann dazu, dass ich oft bei ausreichender Schneehöhe die Skibretter an gleichaltrige Jungs verliehen habe, weil ich selbst zur Arbeit musste. Immerhin habe ich auf diesem Weg auch wieder neue Freunde gewonnen.

„Also lieber Sepp," referierte ich weiter, „behandle mich bitte als einen totalen Anfänger, welchem du viel Verständnis entgegenbringen musst". Nun stand mir die Anprobe noch bevor. Sepp schloss ein großes Scheunentor auf und zeigte mir seinen ganzen Stolz, es waren neun Paar Skier, welche in Reih und Glied an der Wand standen. Schöne dünne, federleichte Sportgeräte und alle mit Sicherheitsbindung. Eine wahre Pracht für mich Neuling. „Nein diese nicht, das sind spezielle Abfahrtsski". Die nächsten waren zu lang. Wir einigten uns auf die etwas breiteren grünen, die aber noch gewachst werden mussten. Herrlich, dachte ich und stellte mir vor, wie ich mich mit dieser schönen, sicheren Ausrüstung draußen im Schnee bewegen würde.

In der zweiten Dezemberwoche traf ich mit meinen Mitschülern zusammen. Sieben Männer und drei Frauen wollten den weißen Sport von Sepp erlernen. Stehen, gehen, bücken und dann die ersten fünf Meter laufen, wenn möglich ohne Hinfallen. Die ersten Übungen hatten wir bald hinter uns. Dann ging es weiter mit der Anweisung, während der Fahrt eine Richtungsänderung vorzunehmen, und das Abbremsen haben wir auch intensiv trainiert. Die Hügel wurden länger und die Abfahrten steiler. „How do you do"? rief mir Andrew, der englische Senior unserer Gruppe zu, als ich fünf Meter neben ihm zum Stehen bzw. zum Liegen kam. Die etwas knubbelige Marianne aus Deutschland lief total in die falsche Richtung und konnte sich nur noch durch Hinsetzen, selber abbremsen.

Eddi, der sechzehnjährige Kochlehrling aus Österreich machte uns neidisch, weil er schon so viele Extras ausfuhren konnte und von Sepp immer als gutes Beispiel angeführt wurde. „So, für heute genug", sagte Sepp jeweils nach zwei Stunden. „Jetzt trinken wir zuerst noch einen Obstler", verkündete Heinz aus Basel, und in der Berghütte spendierte uns Sepp einen Wurst-Käsesalat. Und dann war es soweit, die letzte Stunde unseres kurzen Seminars war angebrochen. Unsere Gruppe stand auf einem Berg mit mittelschwerer, aber langer Abfahrt. Es war genau die Stelle, wo am späten Abend des gestrigen ersten Weihnachtstages, die Lichterfahrt des hiesigen Skiverbandes startete. 64 Läufer, alle mit bunter Kopfbeleuchtung, gleiteten, nein sie schwebten, in großen, sanften Schleifen die Strecke hinunter. Eine kurze Zeit verweilte ich noch auf der Anhöhe und genoss die Weite, den frisch gefallenen, pulverigen Schnee, die Sonne, die aus den Wolken hervor kam, vor allen Dingen aber die Gewissheit, dass ich mich nun einigermaßen sicher auf Skier bewegen konnte. Ich war stolz, freute mich und träumte. Dann nahm ich meine Gruppe wieder wahr. Ich sah wie jeder Einzelne sich löste, den Berg hinunterfuhr und ganz tief unten als kleines Pünktchen verschwand. Als Letzter stieß ich mich ab. Der Fahrtwind blies mir ins Gesicht, die Anspannung stieg.

Nach kurzer Zeit aber überwältigte mich ein Glücksgefühl, eine Freude, welche ich laut hinausschreien wollte. Ohne Blessuren kam ich unten an, meine Freunde warteten und klatschten Beifall. Nach einer anschließenden, vergnüglichen Feier ging ein wunderbarer Tag zu Ende.

## 36    Die Theorie machte ihm Schwierigkeiten (1957)

Sieben Gesellen waren wir in der Backstube. Alle im Alter von 19 bis 27 Jahren. Jeder kam aus einer anderen Stadt, und jeder war beruflich sehr interessiert. In diesem Betrieb konnten wir alle noch viele neue und spezielle Kenntnisse erwerben. Ein Zeugnis von dort war für spätere Bewerbungen viel Wert.

Was mir von Anfang an auffiel, war das gute Klima. Alle hatten Lust an der Arbeit, keiner motzte rum, und einer half dem andern, soweit das möglich war. Auch unsere Freizeit verlebten wir oft gemeinsam.

Das war in den 1950iger Jahren, es gab kein Fernsehen, wenig Autos, aber lange Arbeitszeiten. Im Sommer gingen wir oft ins Schwimmbad, im Winter ins Kino.

Ich kann mich noch gut erinnern als wir in der Weihnachtszeit um 22 Uhr, gleich nach Feierabend, eine Kino Spätvorstellung besuchten, wir erschienen in der Berufskleidung und setzten uns auch noch prompt in die erste Reihe. Nach einiger Zeit vermissten wir Eduard, genannt Edi, bei unseren gemeinsamen Unternehmungen.

Da wir unsere Zimmer alle nahe beieinanderhatten, fragte ich ihn, warum, wieso und weshalb er mit unseren Kollegen nicht mehr bei unserer gemeinsamen Freizeit mitmachte. Es war von seinem Opa eine Erbschaft angekommen, von welcher er sich dann Knall auf Fall einen VW Käfer gekauft hatte.

Das hätte ich natürlich auch sofort so gemacht. Ein eigenes Auto zu haben, das war für uns junge Leute in dieser Zeit absolute Spitze, denn auch unsere Verkäuferinnen, Serviererinnen und Lehrmädchen rissen sich darum mit Edi in dem schönen, neuen Auto, mit offenem Verdeck, durch die Gegend gefahren zu werden. Er hatte plötzlich also jede Menge Chancen, obwohl er nicht unbedingt eine Schönheit war. Er war übergewichtig, die wenigen Haare wuchsen nur noch am Hinterkopf, und ein guter Unterhalter war er schon gar nicht. Er kam aus dem Schwabenland und hatte eine eigenartige Sprache, welche wir nicht immer verstehen konnten. Aber auf seine Heimat war er sehr stolz. Oft mussten wir uns Wörter anhören wie Äpfeli, Wegli, Zückerli, Bähnli, Küchli oder Stöckli. Im Betrieb hatte er den wichtigen, sogenannten Tortenposten. Er war dafür zuständig, dass die von uns schon vorgefertigten Torten garniert, also fertiggemacht wurden und gab ihnen sozusagen den letzten Schliff. Edi war nicht nur der von allen anerkannte Fachmann, er war auch ein Künstler, wenn er bei Hochzeits-, Form- oder Etagentorten seinen Ideen freien Lauf ließ. Manchmal bekam er sogar von uns Kollegen offenen Applaus. Natürlich legte er großen Wert darauf, dass seine Torten mit großer Sorgfalt transportiert wurden.

Sogar die tagtäglichen Anschnitt Torten mussten auf speziellen Unterlagen weitergereicht und höchstens zwei Stück von den Verkäuferinnen getragen werden. Als Charlotte eine Torte auf den Boden fallen ließ, die nicht mehr zu gebrauchen war, schimpfte er wie ein Rohrspatz, Edi war geladen. Seine Torten waren sein Heiligtum. Charlotte kam aus Norderney, sie wollte sich hier auf dem Festland noch weiterbilden. Zu Hause hatten ihre Eltern eine kleine Konditorei. Jetzt tat sie mir leid. Sie vergoss Tränen und verzog sich, ohne auch nur eine Torte mitzunehmen.

Nach einiger Zeit erklärte uns Edi, dass er die Absicht habe, die Meisterprüfung zu machen. Er war jetzt 27 Jahre alt, die Befähigung dazu hatte er auf alle Fälle, zumindest im praktischen Bereich. Wir freuten uns mit ihm, trainierten und unterstützten ihn soweit wir das konnten. Eberhard war gut in Blätterteig und Plunderteig, Hans-Josef konnte wunderbare Pralinen machen und Friedrich war ein Karamell-Spezialist. Kurt konnte gut rechnen und hatte auch noch die gesamte Fachkunde aus der Gesellenprüfung im Kopf. Der praktische Teil des Examens beträgt 50%, die anderen 50% sind theoretische Aufgaben, nämlich kaufmännische Buchführung, Fachkunde, Verhandlungsgeschick und-und-und. Vier Monate dauerte so ein Lehrgang in Wolfenbüttel.

Nun wünschten wir alle unserm Freund viel Erfolg und verabschiedeten ihn in unserer Stammkneipe feucht und fröhlich.

In der nächsten Zeit hörten wir wenig von ihm, denn keiner von uns hatte Telefon, und Handys gab es noch keine.

Die Zeit verging und eines Morgens stand Edi wieder in der Backstube als wenn nichts gewesen wäre. Er hatte mit dem Chef vereinbart, dass auch weiterhin ein Arbeitsplatz im Betrieb für ihn bereitstand. Der älteste Lehrling kam schon mit einem Blumenstrauß und wollte ihm gratulieren. Aber ich merkte schon an seiner Miene, dass etwas schiefgelaufen war. Er grummelte etwas, das die Theorie nicht so gut gelaufen wäre. Da wussten wir alle sofort, dass die Meisterprüfung im Eimer war, also durchgefallen.

In den nächsten drei Wochen war er schlecht gelaunt, unzufrieden, mutlos, missmutig und sehr enttäuscht. Er ließ sich kaum noch nach Feierabend sehen. Die Blamage ging ihm anscheinend unter die Haut. Er hatte keine Lust mehr, den Beruf noch auf Dauer auszuüben.

Nun kam aber eine unerwartete Wende, die ich wohl nie vergessen werde. Fünf Freunde setzten sich zusammen und überlegten, wie Edi wiederaufgebaut werden könne. Einige schleppten ihm in lustige Filme, andere gingen mit ins Schwimmbad und ein Hobby-Psychologe von uns machte mit ihm stundenlange Waldspaziergänge. Jedenfalls war meistens einer von uns bei ihm, um ihn aufzumuntern. Nach drei Wochen konnte er auch schon wieder lachen, wenn ein fröhlicher Mensch witzige Geschichten erzählte. Nach zwei Monaten sprach er schon wieder von der Meisterprüfung. Er brauchte ja nur noch die Theorie nachzuholen. Die praktische Prüfung hatte er ja bestanden.

Nach sechs Monaten hatte er auch dieses Examen hinter sich und endlich das wichtige Diplom in der Tasche. Es gab ein großes Fest, und er bedankte sich nochmals bei jeden einzelnen für die Unterstützung. Danach aber verließ er uns Er ging zurück in seine Heimat, dort bekam er seine erste Meisterstelle.

Nach einem Jahr bekamen wir zu unserer Überraschung, einen freundlichen Gruß aus Norderney, unterschrieben von Edi, aber auch von Charlotte, die noch vor eineinhalb Jahren eine seiner geliebten Torten auf den Boden fallen ließ. Anscheinend war aber jetzt wieder alles in Butter.

# Meisterbrief

## Werner Mockenhaupt

geboren am 28. Mai 1932 zu Niederfischbach u.
hat am 8. 11. 1957 die Meisterprüfung im

## KONDITOREN-HANDWERK

bestanden und damit die Berechtigung zur Führung des Meistertitels und zur Anleitung von Lehrlingen in diesem Handwerk erworben

Die Meisterprüfungskommission
für das Konditoren-Handwerk
im Bezirk der Handwerkskammer Braunschweig

## 37 Braunschweiger Tage (1957)

Die schöne, neue, schwarze Nappaledertasche mit den wichtigen Zeichnungen und den neuen, ausprobierten Rezepten. Jetzt, neun Tage vor der Meisterprüfung, eine Katastrophe. Wochenlang hatte ich am Entwurf meines Meisterstückes gearbeitet. Viele Ideen skizziert, verbessert und wieder verworfen. Andere neu erdacht, geformt und erneut beiseitegelegt. Endlich und endgültig hatte ich mich nun für eine Variante entschieden und alle anderen früheren Arbeiten vernichtet. Das Meisterstück sollte ein stilisierter Baumkuchen werden. Nein, nicht auf offener Flamme, Schicht um Schicht gebacken, sondern ein aus Karamell gegossenes Schaustück. Es war ein sehr schwieriges Stück, aber neu in der Idee und sehr modern. Ich konnte viele Punkte damit einheimsen.

Aufgeregt ging ich am Montagmorgen im Zimmer auf und ab. "Wo kann sie sein? Um Gottes Willen, wo hatte ich die Tasche zuletzt gesehen?" Sagte ich mir immer wieder. Ich zermarterte mir den Kopf. Vier Monate Vorbereitungs-Unterricht, vier Monate kein Geld verdient, das Ersparte weg und nun alles umsonst.

28 Aspiranten hatten sich zu einem Seminar der Bundesfachschule für Konditoren in Wolfenbüttel zusammengefunden, mit dem Ziel, das vorhandene, fachliche Wissen zu intensivieren, auszubauen und

auf den neuesten Stand zu bringen. Am Ende stand die Meisterprüfung. Dieser wichtige Meilenstein in meinem Leben war geistig schon im Eimer.

Abends vorher hatte ich mich nach dem Unterricht mit Kollegen an einer feuchtfröhlichen Geburtstagsfeier beteiligt. Was war passiert? Doch, ich war ganz sicher, im Paulaner -Bräu stand die Tasche immer in meinem Blickfeld. Immer? Wirklich? Einmal hatte ich den Platz gewechselt. Und danach? Wo war sie da?

Wie ein rasender Reporter eilte ich morgens um halb acht durch die Straßen. Mit einem "Hallo, schönen guten Morgen", begrüßte mich die freundliche Putzfrau in der Gaststätte. "Nein, eine Tasche habe ich nicht gesehen", sagte sie. Diese sieben Worte trafen mich wie Hammerschläge. Meine Stimmung sank auf den Nullpunkt.

"Wie siehst du denn aus," mit diesen Worten begrüßte mich Gabriel, ein Kollege aus Friedrichshafen, auf dem Schulgelände. Ich erzählte ihm kurz mein Dilemma. Otto aus Marl, der ewige Optimist versuchte mich zu beruhigen. "Die findet sich," war sein Kommentar". Vielleicht hast du das wertvolle Ding im Bus liegen lassen" mischte sich nun auch der vorwitzige und stets zynische Klaus mit ein. Der Unterton in seiner Stimme verriet Schadenfreude. Gott sei Dank, interessierte mich seine Meinung wenig, denn in der Beliebtheitsskala stand Klaus weit unten. Er duldete keinen Widerspruch, redete meistens sehr laut und wusste alles besser. Er strotzte vor

Selbstbewusstsein, eine Tugend, die bei mir nicht gut ankommt. Mittags saß Otto am Nebentisch und fixierte unauffällig Karl-Heinz, einen Mitschüler aus Dortmund. Langsam kam er zu mir rüber. "He, du Karamellspezialist," ich gehe heute noch mal rüber in die Gaststätte, es gibt da einen Verdacht," nuschelte er vielsagend. "Und was für einen?" Flüsterte ich. "Kann ich noch nicht sagen," lächelte er und machte geheimnisvolle, aber nichtssagende Schulterbewegungen. Abends berichtete er mir folgendes: "Also, Ursula, welche bei der Geburtstagsfeier mit bei uns am Tisch saß, war bis vor acht Monaten mit dem schwarzhaarigen Karl-Heinz vom Nebentisch liiert. Dieser fiel mir an dem Abend auf, weil er laufend Ursula und ihren neuen Freund Horst, unsern temperamentvollen Unterhalter am Tisch, beobachtete. Von dem Wirt weiß ich, dass die schöne Ursula von Dortmund nach Braunschweig verzogen ist, just in die Nähe unseres Mitschülers Horst". "Und was schließt du daraus?" war meine Frage. "Einen Racheakt von Karl-Heinz an seinen Nebenbuhler. Er hat die Tasche in einem günstigen Augenblick an sich genommen in der Meinung, diese gehöre Horst. Die Vermutung ist auch deshalb glaubhaft, weil der Wirt zu vorgerückter Stunde die glänzende Ledertasche unter unserm Tisch unbeaufsichtigt liegen sah".

Ich bedankte mich bei Otto für die gute Detektivarbeit. Später musste ich leider feststellen, dass auch diese lobenswerten Bemühungen keine handfesten Beweise waren. Wir kamen nicht weiter. In sechs Tagen war schon der Prüfungstermin vor der Meisterkommission aus Braunschweig.

Zu Hause im Treppenhaus begegnete mir meine Zimmerwirtin. Frau Rudolph schätzte ich auf 50 Jahre. Sie war eine große, schlanke Frau und hatte ein edles und würdevolles Auftreten. Auch im werktäglichen Arbeitskittel hatte sie noch eine positive Ausstrahlung. Kleinlich bis penibel war sie. Selbst die Briketts, die neben meinem Zimmerofen sauber aufgestapelt lagen, waren einzeln in Zeitungspapier eingewickelt. Ihr Mann war in Russland vermisst. Ich glaube, sie war auf meine monatliche Miete angewiesen.

Auf die Frage, alles in Ordnung, versuchte sie meine Unruhe zu ergründen. Ich erklärte ihr, dass sehr wichtige Unterlagen mitsamt Tasche verlegt oder verloren waren. "Ich werde ihnen helfen", tröstete sie mich, denn ich kenne viele Leute in Wolfenbüttel und die Ohren und Augen werde ich weit aufmachen.

An der Schule traf ich Gabriel. Er erkundigte sich nach den gesuchten Unterlagen. Die meisten Freunde waren in diesen letzten Seminartagen mit sich selbst beschäftigt. Jetzt war ich dankbar, dass sich noch einer für meine Sorgen interessierte. Gabriel war ein Leisesprecher und hatte die Gabe zuzuhören. Sein Wesen, sein zurückhaltendes Auftreten lag, ganz auf meiner Linie. Außerdem war der Kollege vom Bodensee der fähigste Seminarteilnehmer, sowohl auf praktischem als auch auf theoretischem Gebiet. Gemeinsam analysierten wir noch mal meine verflixte Situation. "Heute Abend setzen wir uns zusammen und überlegen, wie du aus dem Schlamassel rauskommst", war sein Vorschlag. Mir fiel ein Stein vom Herzen; denn nun wusste ich, dass noch einer da war, der mir aufrichtig helfen wollte.

Die Suche nach den Unterlagen verlief nach wie vor ergebnislos. "Auch Stammgästen ist die schöne, schwarze Tasche mit den Silberschnallen aufgefallen," berichtete nun auch meine Zimmerwirtin. War es ein Diebstahl, hatte ich Feinde, Neider? Hatte jemand Spaß an der Tasche? Oder war sie unbeabsichtigt vertauscht worden? Schließlich waren an dem betreffenden Abend zirka 50 Gäste im Lokal. Vielleicht tauchten heute wenigstens die Unterlagen wieder auf. Verhaltener Optimismus machte sich bemerkbar.

Am Abend resümierte Gabriel, "wir müssen den Lehrer mit einbeziehen". Herr Bastians war für mich eine unnahbare Autoritätsperson. Er forderte nicht nur Fleiß, Einsatz und Durchhaltevermögen, sondern vor allen Dingen kreatives Denken und eigenverantwortliche Selbständigkeit. Diese Tugenden hatten für ihn allerhöchste Priorität.

Ich merkte, die Schilderung von mir gefiel ihm nicht. Er war skeptisch. Ich hatte wahrscheinlich nicht die richtigen Worte gewählt und fühlte mich nun wie ein armer Sünder vor dem Richter. Das Erklären und Vortragen war schon immer mein Schwachpunkt. Aber da war noch Gabriel. Seine geschliffene Rhetorik öffnete die Ohren des Lehrers und weckte Interesse an diesem außergewöhnlichen Fall. Seine Zweifel aber blieben, ob ich es schaffen würde die strenge Prüfungskommission von meinen Qualitäten zu überzeugen. "Ein hartes Stück Arbeit für Sie," brummte er. "Es muss alles auch wieder zu Papier gebracht werden; denn auch die Zeichnung ist ein wichtiger Teil der Prüfung. Und dann die praktische Ausführung, diese muss geübt und immer wieder geübt werden. Die Zeit dafür ist nicht mehr da, ich werde aber dafür sorgen, dass Ihnen bis 23 Uhr der Übungsraum zur Verfügung steht".

Noch vier Tage. Die Aussicht für mich war mäßig, aber ich hatte den Eindruck, in seinen Augen Wohlwollen und Verständnis aufblitzen zu sehen. Jetzt wusste ich, er würde mir helfen.

Ich bestand die Prüfung mit einer guten Durchschnittsnote und war nun doch ein stolzer Konditormeister.

Eine Woche später kam ein Anruf aus der Stammkneipe in Wolfenbüttel. Alle Papiere seien anonym abgegeben worden.

Von der Tasche fehlt jede Spur.

## 38  Berufs- und Jugendjahr (1958)

Es roch nach Großstadt. Als ich den Bahnhofsvorplatz betrat, war ich überwältigt. Der quirlige, lärmende Verkehr, die vielen Menschen, die großflächige Kinoreklame, das neue Hochhaus auf der gegenüberliegenden Seite, all das Neue betrachtete ich als ein weiteres Stück Freiheit in meinem noch jungen Leben.

Fernab von dem kleinen Dorf im Siegerland, behagte mir, dem 24jährigen Konditorgesellen, die Umgebung mit dieser Atmosphäre vom ersten Augenblick an. Auch der erste größere Handwerksbetrieb mit drei Meistern, zwölf Gesellen und sechs Lehrlingen (heute würde man Auszubildende sagen) in der Backstube war genau die richtige berufliche Herausforderung, die ich suchte. Es wurden mir schon nach einer kurzen Einarbeitung verantwortungsvolle Aufgaben übertragen. Mein Ansehen im Betrieb stieg Stufe um Stufe.

Mit der Zeit trug ich auch den Kopf etwas höher. Ich lief Gefahr, mich zu einem übertrieben selbstbewussten Menschen mit einem Mangel an Bescheidenheit zu entwickeln. Mit dieser Einstellung begegnete ich auch den vielen netten weiblichen Angestellten von Café und Laden.

Besonders die acht Jahre jüngere Verkäuferin Henny war meine Favoritin. Sie war fachlich versiert, sah gut aus und war immer 100%ig bei der Sache. Ob sie für größere Festlichkeiten Kunden beriet, oder am Sonntag die Kuchenpakete einpackte, es war ein Genuss, ihr zuzusehen. Ihr stets gepflegtes Äußere, ob dienstlich oder privat, war immer tipptopp. Henny hatte viele Verehrer, aber sie benahm sich sehr reserviert bis abweisend. Die Kollegen nannten sie auch „Kräutchen rühr mich nicht an." Aber siehe da, als ich sie nach einiger Zeit zu einem gemeinsamen Kinobesuch einlud, kam tatsächlich und unerwartet ein zaghaftes „Ja" aus ihrem Mund.

In der Folge zog ich alle Register, damit aus dem gemeinsamen Kinobesuch „mehr" wurde. Es entstand eine lockere Freundschaft und ich setzte alles dran, meinem inneren Gernegroß die Zügel anzulegen.

Nun war es in den 50er Jahren schwierig, in mittelständigen Handwerksbetrieben unter einem gemeinsamen Chef Freundschaften zu pflegen. Jedenfalls wurde die Vertrautheit zwischen Mann und Frau nicht gerne gesehen. Es spielten aber auch noch religiöse Gründe eine Rolle. Jedenfalls war ein gemeinsamer Urlaub nicht drin.

Ich fuhr als erster in Ferien. „Rufst du auch mal an?" fragte Henny.

„Ich möchte wissen, wo du hinfährst". Ein festes Ziel stand nämlich noch nicht fest.

An einem regnerischen Tag in der ersten Urlaubswoche erreichte Henny der ersehnte Telefonanruf aus einer Telefonzelle im Siegerland: „Hallo, wo bist du", war die erste Frage, die ich nun beantworten sollte. Schon bekam das Imponiergehabe bei mir wieder die Oberhand. „Ich habe dir schon eine Ansichtskarte geschrieben", log ich. „Hier ist strahlend blauer Himmel und die Palmen stehen hier bis vor die Telefonzelle. Gestern habe ich eine traumhafte Bootsfahrt bei Vollmond gemacht."

„Das hört sich aber für mich nicht gut an, wieviel Mädchen waren denn dabei?" fragte Henny. Ihre Stimme war plötzlich sehr förmlich und kurz angebunden. „Ach, nicht so, wie du denkst. Ich bin mit vier Freunden hier. Wir faulenzen und besichtigen Sehenswürdigkeiten."

„Kannst du dir denn das alles leisten?" war die nächste Frage meiner Freundin. „Einmal im Jahr muss ich einfach für 14 Tage so richtig in die Sonne und meine Eltern unterstützen mich Gott sei Dank noch", flunkerte ich.

„Wirst du jetzt auch schön braun?", fragte Henny, „du hast doch so eine helle Haut."

„Ach, wer will denn heute noch braun werden", behauptete ich, ohne zu überlegen, dass in der Nachkriegszeit ein brauner Körper bei fast allen Menschen am meisten Bewunderung auslöste.

Die kluge Henny muss mein Aufschneiden bemerkt haben, denn dieses Detail des Telefongespräches wurde nie mehr erwähnt.

„Ich muss jetzt Schluss machen, es steht schon jemand vor der Zelle", sagte ich nun kurz und bündig. „Komm heil wieder hier nach Mönchengladbach" und „ich liebe dich", flötete sie noch in die Sprechmuschel.

Noch in der Zelle bekam ich einen roten Kopf und ich ärgerte mich wegen der Unklugheit und dem Märchen, das ich aufgetischt hatte, und dass mir das alles so rausgeflutsch war. Verdammt, das war ja nun doch etwas happig, ging es mir durch den Kopf, als ich den Hörer auflegte.

Auf einmal hatte ich auch keine Lust mehr auf Ferien. Es zog mich wieder in die große Stadt am Niederrhein. Dort angekommen spürte ich, dass nun die Wahrheit auf den Tisch musste. Die nächste Verabredung nach diesem Gespräch war für Sonntag $17^{00}$ Uhr am Krickenbecker See vorgesehen.

Ich war schon zehn Minuten eher am Treffpunkt „Große Eiche" eingetroffen und wartete und wartete und wartete. Viele Spaziergänger kamen vorbei, aber keine Henny in Sicht.

Zwölf Schritte nach rechts, zwölf Schritte nach links, nichts geschah. Das gibt es nicht. Henny hält immer Wort, das hatte sie immer getan. Oder diesmal absichtlich nicht? Diese und ähnliche Gedanken wirbelten mir durch den Kopf.

Dann endlich, mit zehn Minuten Verspätung erschien Henny frisch und fröhlich und so schön wie nie im äußerst attraktiven Sonntagsstaat.

Nach dem Begrüßungskuss entschuldigte sich Henny für das Zuspätkommen. Den Grund nahm ich nicht mehr wahr, so freute ich mich darüber, dass sie endlich da war.

Auf der folgenden einstündigen Bootsfahrt rückte ich dann schweren Herzens mit der Wahrheit heraus und berichtete, dass ich nur in meiner Heimat die freien Tage verbracht hatte

Zwei Jahre später wurde geheiratet.

Die Ehe hält auch heute noch, nach über sechzig Jahren.

## 39  Karneval und der geklaute Schlüssel (1958)

Einige Monate war ich nun schon in der neuen Arbeitsstelle, da merkte ich schon, dass auch in Mönchengladbach der Karneval hoch im Kurs stand. Ein Arbeitskollege überredete mich, am nächsten Donnerstag mit ihm zum Möhnenball zu gehen, um kräftig zu feiern. Zwei runde Karnevalshüte hatte er schon organisiert mit der Aufschrift: Mein Gott Walter. In dem rauchgeschwängerten, mittelgroßen Saal fiel mir auf, dass die meisten Möhnen nicht nur in prachtvollen Kleidern tanzten, sondern auch noch hübsche Masken vor dem Gesicht befestigt hatten. Einige waren auch als Hexen und Teufel kostümiert. Die Nachbarn an unserem Tisch meinten, in Wirklichkeit wären das die attraktivsten und schönsten Frauen. Wir hatten großen Spaß, haben gelacht, getanzt und „Halt Pohl" geschrien. Die Kölner rufen stattdessen „Alaaf". Danach ging es weiter in eine größere Pinte, dort ging es schon frühzeitig hoch her. Mit der Zeit merkte ich aber, dass das Klima hier nicht das Richtige war. Man wurde öfters angepöbelt, und die meisten hatten schon etwas zu viel Altbier getrunken und deshalb keine guten Manieren. Ich habe das auch einigen gesagt, aber das war nicht gut, denn nun hatten mich einige auf der Schippe. Ich sagte zu meinem Freund, ich haue ab, das ist mir hier zu brenzlich. Er war auch einverstanden und ging mit, obwohl er noch gerne die

Demaskierung der Damen miterlebt hätte, denn um 24 Uhr war das Pflicht. Das Haus in der Oberstadt, wo wir junge Gesellen wohnten, war nicht weit entfernt von der Kneipe. Aber bald merkte ich, dass zwei Typen hinter uns her waren. Wir gingen schneller, aber die beiden gingen dann auch schneller, sie hielten einiger maßen Abstand. Als wir dann um die Ecke in unsere dunkle Straße einbogen versuchten wir im Laufschritt unser Haus zu erreichen. Die beiden waren schnell und viel größer und kräftiger als wir. Ich konnte nur noch die Haustüre aufschließen, meinen Freund rein lassen und die Türe zuschlagen. Wir waren gerettet. Es kamen auch schon einige Bewohner aus dem Haus und wollten wissen, was hier los war. Aber gerettet waren wir noch nicht, denn in der Eile hatte ich vergessen, den Schlüssel draußen von der Türe ab zu ziehen. Die beiden Typen hätten zwar ins Haus kommen können, sie taten es aber nicht. Sie zogen den Schlüssel ab und gingen ihres Weges. Jetzt saß ich der Falle. Ich hätte den Schlüssel vom Kollegen ja nachmachen können, aber der Schlüsseldienst sagte mir, nur mit einem Ausweis des Hauseigentümers, und das war unser Chef. So musste ich nun diesen unangenehmen Schritt gehen und mich im Büro anmelden. Ganz kleinlaut habe ich ihm die ganze Geschichte erklärt. „Weißt du eigentlich, was das kostet, für sechs Parteien muss alles neu gemacht werden", brummelte er vor sich hin. Aber nach zwei Minuten hatte er schon die Lösung parat. „Ich bezahle alles, was du bezahlen müsstest, aber du gehst heute noch zur Polizei und denen erzählst du alles, was du mir jetzt auch erzählt hast". Das habe ich auch dann getan, obwohl ich noch nie etwas mit der Polizei zu tun hatte. Jetzt hatte ich das Gefühl, dass ich noch mal gut davongekommen war. Aber ganz so war es nicht. Ein halbes Jahr später flatterte mir eine Einladung vom Staatsanwalt ins Haus. Zweck Gegenüberstellung von zwei Männern, welche sich für viele große und kleine Straftaten schuldig gemacht hatten. „Kennen sie diese Personen", fragte mich der Richter? Ich kannte sie sofort und sagte das auch. Nun musste ich dann die Geschichte mit dem geklauten Schlüssel erzählen, die Polizei nickte nur und bestätigte alles. Ich war zu dieser Zeit ja noch sehr jung und sehr nervös, weil alles so genau und fast feierlich vonstattenging. Auf die Frage des Richters, wo der Schlüssel jetzt sei, erzählten die Angeklagten, der wäre in Köln im Rhein gelandet. Einer bekam eine Geldstrafe, der andere musste ins Gefängnis, weil er noch viele andere Straftaten begangen hatte. Als die Übeltäter raus geführt wurden, warfen sie mir einen vernichtenden und mir Angst einflößenden Blick zu.

Ich habe noch neun Jahre in Mönchengladbach gearbeitet und immer noch hatte ich Angst, einen der Männer zu begegnen. Aber das war nicht der Fall.

## 40 Weihnachten mit Komplikationen (1958)

Weihnachten ist das Fest der Familie. Auch im Siegerland ist es Brauch und Tradition, dass die Familie, auch wenn sie weitverzweigt lebt, am ersten Weihnachtsfeiertag zusammenkommt. Es wird nicht nur gut und ausgiebig gegessen, es wird auch viel geklönt und die gegenseitige Neugierde ist kaum zu zügeln. Es war im Jahre 1958, als ich den Weihnachtsbesuch zum Heimatort fest im Visier hatte. Diesmal wollte ich zum ersten Mal meine Freundin mitbringen. Ich hatte es meiner Mutter fest versprochen. Doch als der Tag näher rückte, wurde ich immer kribbeliger. Ich wusste, dass meine Mutter diese Möglichkeit nutzte, noch viele Onkels, Tanten, weitere Verwandte und Bekannte einzuladen, mit dem Hinweis: „Unser Werner kommt mit seiner Freundin".

Ich aber sorgte mich, ob der Besuch zu Hause auch seinen richtigen Verlauf nehmen würde. Aber es nutzte ja jetzt alles nichts mehr, da musste ich durch. Morgens um 8:00 Uhr erschien ich mit Henny in der Autoverleihfirma, in welcher ich für zwei Tage einen VW Käfer gemietet hatte. Frisch geputzt stand das Fahrzeug in der schwach geheizten Garage. Seit sieben Jahren hatte ich schon den Führerschein, war aber mangels eigenen Autos, kaum gefahren. Deshalb war ich schon mal zuversichtlich, als der Motor ohne Schwierigkeiten sofort ansprang. Als ich dann mit meiner Freundin auf dem Beifahrersitz ruhig und sicher auf die Straße rollte, waren alle Sorgen verflogen. Es war ein kalter, aber sonniger Wintertag. Glücklich und zufrieden fuhren wir los. 150 Km lagen vor uns. Da nur wenige Autobahnen fertig waren, ging der Weg fast immer über Landstraßen. Autos gab es noch wenige. Die Straßen waren an diesem schönen Weihnachtsmorgen für uns ganz alleine da. Nach nur fünf Km allerdings, wurde ich unruhig. Mit dem VW Käfer stimmte etwas nicht. Die Windschutzscheibe war trotz Scheibenwischer fast blind. Die Sicht wurde immer unschärfer. Ich fuhr fast wie in einem starken, undurchdringlichen Nebel. Schnell erkannte ich, dass das Heizsystem im Wagen total versagte. Jedenfalls kam aus den Heizungsöffnungen weder warme noch kalte Luft. Die Windschutzscheibe vereiste immer weiter. Nach 20 Km hielten wir an und versuchten das Eis mit Anhauchen und Taschentücher zu entfernen. Es ging dann auch wieder einige Kilometer gut, aber die Stimmung war auf dem Nullpunkt. Wir wurden immer nervöser, weil auch im ganzen Fahrzeug kein Eiskratzer zu finden war. Auch mein Allzweck-Taschenmesser hatte ich auf meiner Bude liegen gelassen. Wir konnten nur noch ganz langsam fahren, denn kilometerweit stand mir als Fahrer nur noch ein daumengroßes Guckloch in der

Sichtscheibe zur Verfügung. In einem Waldstück fand ich ein glattes Stück Holz. Endlich konnten wir mal richtig alle Scheiben frei kratzen. Die Zeit lief davon. Ich wusste, zu Hause waren viele Leute, welche uns gegen $11^{00}$ Uhr erwarteten, voller Unruhe. „Meine Mutter wird sich besonders viel Sorgen machen", sagte ich zu Henny, „denn sie nimmt sowieso immer das Schlimmste an". Handys gab es leider noch keine in den 60ziger Jahren. Drinnen im Auto war jegliche Unterhaltung abgebrochen. Wir waren beide hochkonzentriert, damit wir wenigstens auf der Fahrbahn blieben. Aber langsam kamen wir voran. Um 13:30 Uhr erreichten wir endlich unser Ziel. Bei meiner Freundin und mir kehrte endlich Entspannung und Erleichterung ein. Dann kamen viele Leute, eine große Begrüßung mussten wir über uns ergehen lassen. Es gab einiges Kopfschütteln, aber auch Frotzeleien musste ich über mich ergehen lassen. Das Weihnachtsessen wurde aufgetragen und dann wurde Henny, das neue Familienmitglied, herumgereicht. Nach einiger Zeit dachte ich aber schon sorgenvoll wieder an die Rückfahrt am nächsten Morgen, denn keiner von der ganzen Sippe konnte den alten VW Käfer reparieren. In der Nacht stieg aber das Thermometer wieder über Null, und am folgenden Nachmittag kamen wir wieder heil und zufrieden in Mönchengladbach an. Wir Beide waren jedenfalls erleichtert, dass wir dieses Weihnachtsfest doch noch einigermaßen unbeschadet überstanden hatten. Am nächsten Morgen rief ich zu Hause an. Neugierig war ich und wollte erfahren, wie denn meine Freundin bei der Verwandtschaft und den vielen Gästen so angekommen sei. Meine Mutter war am Apparat. Haarklein erzählte sie mir nun, wer, was, wo und warum gesagt hatte. Alle wären begeistert, machte sie mir klar. Nur die sehr begüterte, alte Tante Felizitas, welche nach außen sehr christlich lebte, hätte vor sich hin genuschelt: „dat Mädchen hat ja nix an de Fööß". Es war genau diejenige, welche in der Beliebtheitsscala unsere Familie nicht sehr hoch im Kurs stand. Aber trotzdem war ich wütend, wurde doch hier nur nach arm oder reich bewertet. Schnell hatte ich mir ihre Wohnadresse besorgt, um hinzufahren und ihr so richtig meine Meinung zu sagen. Leider wurde sie kurz nach Weihnachten sehr krank und starb schon im folgenden Jahr.

## 41  Die Schwiegermutter (1959)

Auf dem Weg zu ihr schlotterten mir die Knie. Es war der erste Besuch und ich war aufgeregt. Wie wird sie mich empfangen? Werde ich ihren Vorstellungen genügen? Immerhin geht es um das Nesthäkchen, die Jüngste ihrer sechs Töchter. Alle anderen waren schon aus dem Haus, aus einem Haus mit vielen kleinen Zimmern. Jetzt kam wieder ein Freier und wollte ihr Hennke, so nannte sie liebevoll meine Henny, auch noch wegnehmen. Ich hatte mir meinen besten Anzug angezogen und war auch gestern noch beim Frisör gewesen.

Der rechte Zeigefinger berührte die Haustürklingel. Meine Freundin nahm mich bei der Hand und führte mich direkt in die Küche, dem Lieblingsplatz der Mutter. Im Gehen registrierte ich noch den sauberen Geruch von Seife und Bohnerwachs. "Das ist Werner," sagte Henny und wartete genau wie ich ängstlich und neugierig auf die Reaktion. Sie reichte mir ihre abgearbeitete Hand und sah mir mit warmherzigen Augen freundlich ins Gesicht. "So, du bist also der Werner von welchem mir Hennke so viel erzählt hat." Neugier, aber auch Skepsis klang aus ihren Worten. "Setz dich erst mal hin", forderte sie mich auf. Sie beobachtete mich während sie einen ausgezeichneten Kaninchenbraten auf den Tisch stellte. Unsicher fühlte ich mich und wagte kaum mich zu bewegen. Sie redete wenig.

Wenn sie Fragen stellte, befürchtete ich, nicht in ihrem Sinne zu reagieren. Höllisch aufgepasst habe ich, um ja eine vernünftige Antwort hinzukriegen.

Ein Jahr später habe ich Henny geheiratet. Zwanzig Jahre war sie alt. Es war keine große Hochzeit, und die Schwiegermutter war immer noch sehr reserviert. Ihr Mann, Opa Heinrich war dagegen offener und humorvoller. Seine Frau Henriette sprach er nur mit "Jettche" an, was ich als sehr ulkig empfand. Das kleine alte Haus mit dem großen Garten, war das Reich meiner Schwiegermutter. Hier hat sie für ihre sechs Töchter gekocht, gewaschen, geputzt, gepflanzt, geerntet, eingeweckt und die Schulaufgaben überwacht. Darüber hinaus musste sie noch viele Jahre für ihren Mann und die im Haushalt lebende Mutter sorgen. Auch hat sie noch in der Nachkriegszeit bei einem Bauern auf dem Feld gearbeitet. Die zwei Flaschen Milch, welche sie abends mitbrachte, wurden schon von ihren Jüngsten getrunken, bevor sie die Haustüre aufgeschlossen hatte. Nie war sie missmutig oder schlecht gelaunt.

Immer war sie hilfsbereit, zuvorkommend und konzentriert. Trotz der vielen Arbeit blieb sie eine stolze, selbstbewusste Frau. Für mich war sie die Grande Dame der Steinstraße. Allein schon die Erscheinung flößte bei den Leuten Respekt und Anerkennung aus. Die große schlanke Figur, die nach hinten gekämmten silbergrauen Haare mit dem dicken Knoten, der aufrechte Gang, die Wachheit in ihren Augen, aber vor allen Dingen ihr faires, entschiedenes Auftreten machte sie auch für mich zur Herrin im Haus.

Wir machten uns selbstständig, zehn Kilometer entfernt in einer kleinen Stadt. Natürlich kam viel Arbeit auf uns zu, und Oma, wie ich sie nannte, wusste das.

Eines Vormittags im Januar klingelte die Ladentüre. Ehe ich mich versah, quetschte sich eine dick eingemummte Frau mit zwei großen Taschen hinter die Ladentheke und marschierte schnurstracks in Richtung unserer Wohnung neben der Backstube. Es war meine Schwiegermutter. Sie war die zehn km mit dem Rad gefahren mit zwei Taschen an der Lenkstange. Sie brachte uns unaufgefordert ein fertig angerichtetes Mittagsmahl mit Vor-und Nachtisch. Wir waren überrascht und im Vorhinein sehr begeistert, wussten wir doch, dass Oma eine ausgezeichnete Köchin war. Obwohl sie schon fast sechzig Jahre auf dem noch geraden Rücken hatte, kam sie von nun an dreimal in der Woche, und immer mit dem Fahrrad. Ihre Besorgtheit wurde uns nach einiger Zeit etwas peinlich, denn obwohl ihr eigener Haushalt nicht auf Rosen gebettet war, nahm sie niemals Geld oder Naturalien mit nach Hause. Natürlich wollten wir auch ihre Gesundheit nicht ruinieren. Sie hatte aus Zeitmangel nicht viele Bücher gelesen, aber sie war klug, liebevoll und weise. Nie war sie unzufrieden mit dem Schicksal und immer mit Gott im reinen. Meine Schwiegermutter hat mir Gelassenheit und Zuversicht mit auf dem Weg gegeben. Von ihrer Lebenserfahrung habe ich sehr profitiert.

Nach einigen Jahren zog es uns in eine weiter entfernte Stadt. Bis dahin konnte sie nun nicht mehr mit dem Fahrrad kommen. Ihr anspruchsloses, ruhiges Wesen, ihre Zufriedenheit und Hilfsbereitschaft vermissen wir, und manchmal auch die feinsinnige, aufmerksame Zuhörerin.

## 42 Der verlorene Schlittschuh (2011 & 1943)

Eisstadion stand da geschrieben. Dieses Hinweisschild ist mir oft im linksrheinischen Köln begegnet. Jedes Mal nahm ich mir vor, diese winterliche Sportstätte einmal selbst in Augenschein zu nehmen. Natürlich nicht mehr selbst aktiv, sondern einfach so aus Neugierde. Nach einer öffentlichen Besichtigung des Landgerichts am Reichenspergerplatz, saßen meine Frau und ich wieder im Auto und da sahen wir es wieder, das Hinweisschild: „Zum Eisstadion". Es lag ganz in der Nähe. Wir ent-schlossen uns, diese bekannte Kölner Sportstätte an Ort und Stelle zu besichtigen. Wir hatten großes Glück, denn erst vor zwei Wochen war der Neubau eröffnet worden. Jung und Alt tummelten sich auf zwei Ebenen auf den modernen Eisbahnen. Zuzüglich gab es auch noch die passende Musikuntermalung. Wir hatten den Eindruck, all diese Schlittschuh fahrenden Leute waren vergnügt und gut aufgelegt, für mich waren es beneidenswerte Menschen. Unwillkürlich dachte ich an meine eigenen Schlittschuhe vor 68 Jahren. Meine Mutter hatte diese gebrauchten Sportgeräte aus zweiter Hand ergattert. Meine Oma hatte sie noch poliert, und nun lagen sie am Weihnachtstag 1943 auf dem Gabentisch. Mit diesem wunderbaren Geschenk hatte ich nicht gerechnet. Schon morgens als es hell wurde, rannte ich nach draußen, denn schon seit vierzehn Tagen hatten wir Minustemperaturen, und der kleine zugefrorene Fluss war ganz in der Nähe. Einige Freunde aus der Nachbarschaft waren schon auf dem Eis, aber Schlittschuhe hatte bisher noch keiner. Jeder nahm sie einmal in die Hand und staunte. Ich war stolz und wollte das auch jedem zeigen, ich fühlte mich wie ein König. Erst gegen Mittag kamen noch einige Spielkameraden mit Schlittschuhen. Gemeinsam bohnerten wir die kleine Eisfläche frei, auf der wir dann Eishockey spielen konnten. Es zeigte sich dann aber, dass es mit meinen Sportgeräten Probleme gab, sie passten nicht. Die Stellschrauben der Kufen funktionierten nur bei größeren Schuhen. Zu dieser Zeit gab es bei uns noch keine Spezialschuhe mit eingebauter Gleitfläche. Ich musste mir also die größeren Lederschuhe meines zwei Jahre älteren Bruders stibitzen. Nachdem ich mir dann noch zuzüglich zwei Paar Baumwollsocken angezogen hatte, klappte das dann auch mit dem bombenfesten Anschrauben meiner Schlittschuhe. Jeden Nachmittag war Eishockey angesagt. Nur die Dunkelheit konnte uns von dort vertreiben. Manchmal hörte ich das Eis knarren und knirschen, dann hatte ich immer große Angst, dass es einbrechen würde und hielt mich deshalb mehr am Rand auf. Meinem Freund Günter allerdings machte das alles nichts aus, der jagte hin und her und auf und ab wie ein Wirbelwind. Aber mein Argwohn war berechtigt. Plötzlich stand ich mit beiden

Beinen, bis über den Knien im eiskalten Wasser. Ich buddelte mich wieder raus und schleppte mich auf die Uferwiese, welche schon eisfrei war. Gottfried rief mich wieder zur Besinnung indem er rief: „Wo hast du denn den rechten Schlittschuh"? Er war nicht mehr am Fuß und der dazugehörige Schuhabsatz auch nicht. Meine Freunde nahmen ihre Hockeyschläger, welche sie alle aus Kasta-

nienzweigen selbst angefertigt hatten und stocherten damit im Eis herum. Sie fanden nur eine leere Konservendose und eine ausrangierte Gasmaske, sonst kam aber auch nichts Vernünftiges zum Vorschein.

Die Temperaturen stiegen und eines Morgens war das Eis weg. Mit langen Bohnenstangen, mit Heugabeln und mit anderen Gartengeräten habe ich mit meinem Bruder noch lange versucht, meinen Schlittschuh im Wasser zu finden. Er blieb verschwunden. Erst im Sommer, als wir wieder mit Badehosen im Wasser waren, kam er wieder zum Vorschein. Wir hatten den kleinen Fluss mit Steinen und Holzbrettern zu einem Damm aufgestaut. Mein Freund Egon, welcher schon unter Wasser die Augen aufhalten konnte, hatte den Schlittschuh entdeckt. Er war sehr stolz, als er mir das angerostete Sportgerät überreichte, sogar der bombensichere Schuhabsatz war noch dran. Ich brachte ihn zum alten Kutscheid, welcher für uns Kinder ein Alleskönner war. Nach zwei Tagen sagte er mir, er könne zwar den Rost entfernen, aber die Befestigungsschrauben seien beschädigt und deshalb zum Eislaufen nicht mehr zu gebrauchen. Es blieb also mein einziger Winter mit Schlittschuhen. Jetzt ist das alles schon so lange her, aber immer noch denke ich an diese ereignisreiche Zeit.

## 43 Else wird 70 - Ein Brief

Hallo, liebe Schwester Else,

Ich kann mich gut entsinnen, Du konntest kaum laufen, da hatte ich Dich schon am Hals. Nur zu **mir** sagte unsere Mutter, nun pass mir gut auf deine kleine Schwester auf. Warum **fast nie** zu Hermann, das weiß ich heute eigentlich immer noch nicht. Ich muss aber auch im Nachhinein sagen: Du warst immer gut zu haben, hast nie gezetert, geschrien oder gequengelt. Du machtest alles mit, was unter uns Jungen möglich oder unmöglich war. Ich denke daran, als Du beim Schlitten fahren in der Siedlung im hohen Bogen aus dem Kinderwagen geflogen bist, weil dieser sich wegen der hohen Geschwindigkeit selbstständig gemacht hatte. Du warst ca. zwei Jahre alt und saustest mit hohem Tempo alleine, in dem alten, offenen Kinderwagen, den Berg hinunter. Wir dachten alle, Du seist schwer verletzt, aber die kurzen Sträucher und der weiche Schnee hatten Dir nichts angetan, Wir haben Dich wieder in den Kinderwagen gepackt und weiter ging es zur nächsten Abfahrt.

Du machtest Gott sei Dank einfach alles mit. Sogar Schwabs Günter und Müllers Gussi waren begeistert von Dir, weil es sogar oft danach aussah, dass auch Dir unsere wilden Jungen streiche und Faxen gefielen.

Später hat unser Vater dafür gesorgt, dass Du eine Sparkassenlehre machtest, denn Du warst immer ein kluges und pfiffiges Mädchen.

Wenn die Tür zu Deinem Zimmer aufstand, sah ich immer auf den eingerahmten Spruch an der Wand mit den zwei Worten, diese aber in großer Schrift: *Ich will*, stand darauf. Sonst nichts. Es hat lange gedauert, bis ich kapiert habe, was Du Dir da vorgenommen hattest. Du hast aber auch immer dafür gekämpft. Ich meine, das tust Du auch heute noch trotz der vielen Rückschläge, die Du hast einstecken müssen. Ich freue mich, dass es Dir heute wieder einigermaßen besser geht, trotz der vielen Schmerzen, worüber Du mir schon mal am Telefon erzählst. Aber Du warst früher schon zäh, und Du bist es auch heute noch. Ich bin aber auch froh, dass Du Freundinnen und Freunde gefunden hast, womit Du Dich austauschen kannst. Die Entfernung nach Köln ist ja manchmal doch weit, auch bist *Du* ja immer noch das Familienmitglied, welches alles zusammenhält, was Familie und Verwandtschaft anbetrifft. Dafür danke ich Dir von ganzem Herzen.

Ich wünsche Dir weiterhin die notwendige Gelassenheit, natürlich auch Gesundheit, Zufriedenheit, Freude und ein langes Leben.

An Deine vielen Freunde und Bekannte, besonders hier im Raum noch meine herzliche Bitte:

Passt gut auf meine kleine Schwester auf. Danke

## 44  Meine Schwester Martha

In der Kindheit war sie oft knatschig. Ich habe die Weinerei noch in den Ohren, wenn wir alle zusammen am Tisch saßen und die Mahlzeiten ein- nahmen. Nichts schmeckte ihr. Manchmal knäuelte und kaute sie minutenlang auf einen Bissen herum, so dass wir drei Geschwister sie oft mit üblen Ausdrücken beschimpft haben. Gott sei Dank hat sie uns das meistens nicht übelgenommen. Austeilen konnte sie aber auch. Mit mir hat sie oft Krach angefangen, weil ich angeblich ein unordentlicher Mensch sei.

Kurz nach der Schulzeit zog sie von zu Hause weg und wurde Säuglingsschwester. „Hier ist Schwester Martha," so meldete sie sich am Telefon. Manchmal habe ich sie irritiert, wenn ich mit „hier ist Bruder Werner" antwortete. In Düsseldorf, wo sie wohnt und arbeitet kennt sie viele kluge

und gescheite Leute. Bei gegenseitigen Besuchen spüre ich, dass meine Schwester immer auf der Höhe der Zeit ist. Vater verglich seine Tochter häufig mit seiner unverheirateten Cousine. Tante Anna, wie wir nannten, war eine gebildete Frau. Sie machte viel Urlaub und fuhr schon damals oft mit der Eisenbahn durch Deutschland. Unser Vater sagte dann in einem leicht abfälligen Ton, Anna sei am glücklichsten, wenn sie im Eisenbahnabteil saß und den Koffer im Gepäcknetz verstaut hatte. Meine Schwester Martha war ebenfalls unverheiratet, und eben auch eine Reisetante.

Ich erinnere mich darüber hinaus an einen schönen Sommertag allein mit meinen Eltern zu Hause. Mein Vater sah mich durchdringend an, und unvermutet kam die Frage: „Weißt du eigentlich, dass deine Schwester SPD wählt?" Ich habe zwei Schwestern, aber ich wusste sofort, dass Martha gemeint war. Für ihn war dieses Wissen eine bittere Feststellung. Sein Leben lang hatten doch alle Familienmitglieder nach seiner Pfeife getanzt. Jedenfalls war ich gefordert, Martha von diesem angeblichen Fehlverhalten abzubringen. Ich habe es erst gar nicht versucht.

Martha ist sehr stark sozial engagiert, versetzt sich in die Lage von Menschen, welche nicht auf der Sonnenseite des Lebens stehen und ist nach wie vor sehr diskussionsfreudig.

Zu unser aller Überraschung hat sie noch im Alter von 68 Jahren geheiratet. Ein pensionierter Beamter der Düsseldorfer Kriminalpolizei ist ihr Mann geworden, ein Mensch mit Bildung und viel Humor. Bei unseren regelmäßigen Treffen habe ich nun neuerdings den Eindruck, dass Martha verbindlicher geworden ist, und nicht mehr sofort für alles eine Lösung parat hat. Ihre Intelligenz beeindruckt mich dennoch immer wieder und manchmal bin ich richtig stolz auf sie.

## 45  Die Gouvernante (1960)

Immer noch ungewohnt klackerten die hochhackigen Schuhe neben mir auf dem Pflaster des Bahnhofvorplatzes. Meine Frau hatte sich eingehakt und wir freuten uns auf den nun beginnenden Feierabend. Die Geschäfte waren hell erleuchtet, und sie bewunderte die modernen Kleider in den Schaufenstern. Seit drei Monaten verheiratet, waren wir glücklich, zufrieden und träumten.

Zu Hause, in unserer Zweizimmerwohnung unter dem Dach, meldete sich aber bei mir der Alltag zurück. In meinem Gehirn jagten die Gedanken. Wann sage ich es ihr, oder sage ich es ihr überhaupt? Soll ich alles wieder abblasen?

Heute Mittag hatte ich die Zusage für ein sehr günstiges Übernahmeangebot erhalten. In zwei Monaten könnte es soweit sein. Wir würden uns selbstständig machen und unser erstes Fachgeschäft in einem kleinen Ort eröffnen.

Kann ich meiner Frau zumuten, sieben Tage in der Woche hinter der Theke zu stehen? Gerade jetzt, wo sie schwanger ist? Was ist, wenn sie krank wird, oder wenn es Komplikationen gibt? Mitarbeiter waren aus finanziellen Gründen nicht eingeplant. Wir zwei mussten es ganz alleine schaffen. Jahrelang hatten wir auf diesen Tag hingearbeitet, hatten alles abgewogen, geprüft, verworfen, neu überlegt, freiwillig Überstunden gemacht und weiter gespart. Es war und blieb für uns ein Sprung ins kalte Wasser. Meine Frau hatte eine sichere Stelle als Fachverkäuferin und ich als Meister in einer anderen Stadt. Ich spürte förmlich, wie sich meine bessere Hälfte mit der Neuigkeit innerlich auseinandersetzte.

Nun kam die Stunde der Wahrheit. Ich sah es ihr an. An das sauer verdiente Geld dachte sie, an das Risiko, an die neuen Möbel, die noch gekauft werden mussten, an die Umstellung und an hunderterlei Sonstiges.

Nach langem, gemeinsamem Abwägen entschieden wir uns für das Risiko.

Wir übernahmen ein Ladenlokal mit Backstube, einen uralten Backofen, die antike Ladeneinrichtung und eine Dreizimmerwohnung inbegriffen. Der frühere Besitzer war gestorben, und seine Frau konnte den Betrieb nicht alleine weiterführen.

Einige Tage vor der Eröffnung erschien Frau Eichlinger, die frühere Mitbesitzerin, und erklärte uns: "Ich kann in der Anfangsphase helfen und euch einführen in die Wünsche und Bedürfnisse der hiesigen Kundschaft". Wie der Engel Gabriel erschien sie uns. Hatten wir doch noch keine Erfahrung mit einem Spezialgeschäft am Rande einer kleinen Stadt. Die 60jährige, attraktive Frau Eichlinger erklärte sich auch sofort bereit, gegen eine Minimalentlohnung an fünf Vormittagen bei uns zu arbeiten. Mit ihr kamen auch jeden Morgen die so genannten guten Ratschläge. "Die Papierrolle muss weiter links befestigt werden, die neue Waage steht falsch, die Brötchen bitte auf die Rücktheke, die Pralinenpackungen und Schokoladentafeln müssen weiter nach vorne platziert werden". Im Umgang mit der Kundschaft sollten unbedingt die freudigen und traurigen Ereignisse angehört und mit großem, zeitlichem Aufwand auch kommentiert werden. Im Betrieb machte sie mir klar, welche Artikel ich ins Programm aufnehmen müsse. Frau Eichlinger diktierte, ja, sie kommandierte und wir hatten zu gehorchen.

Viel zu spät erkannten wir, dass nicht das ehrliche helfen wollen im Vordergrund stand, sondern die eigene Selbstdarstellung.

Wir waren vom Regen in die Traufe gekommen. Im eigenen Laden hatten wir nichts zu sagen. Meine Frau hatte Tränen der Enttäuschung und Bitterkeit in den Augen, als sie eines Abends sagte: "Los werden müssen wir sie, du musst ihr kündigen".

Ich übertraf mich selbst, als ich Frau Eichlinger Montagmittag, folgenden, wohl überlegten Satz, mutig offenbarte: „Ab nächster Woche brauchen sie nur noch stundenweise, nach vorheriger Vereinbarung zu kommen, meine Frau traut sich jetzt, dank ihrer Hilfe, schon mehr zu":

Die Antwort kam prompt. "Auf gar keinen Fall, das tue ich ihrer Frau nicht an". Sie funkelte mich mit ihren schwarzen Augen an, als sei ich ein verbrecherisches Ekel. Sie kam wie immer am Montagmorgen und blieb wie immer bis 13 Uhr. Ich hätte es mir denken können, ich musste noch lernen, mich durchzusetzen.

Herr Bell, ein 60jähriger früherer Kollege, hatte es mir angekündigt: "Sie sind zu gutmütig, orakelte er, und sie werden es nicht weit bringen, wenn sie sich selbstständig machen". Ärgerlich war ich gewesen über diese blöde, sich selbst widerlegende Meinung. Nun merkte ich, da war was Wahres dran. Ich musste mir noch Kenntnisse aneignen, welche bei der Meisterprüfung nicht auf der Tagesordnung standen.

Frau Eichlinger wurde zwar freundlicher und auch verbindlicher, aber unsere eigenen Ideen, und unsere Kreativität blieben dennoch auf der Strecke.

Es fiel mir schwer, aber ich musste eine härtere Gangart einschlagen.

Am Wochenende erklärte ich die Zusammenarbeit für beendet und forderte sie auf, als Verkaufskraft den Laden nicht mehr zu betreten. Ihr Gesichtsausdruck verriet mir wie es in ihrem Innern brodelte. Sie war wütend und fühlte sich missverstanden. Ihre Gedanken suchten verzweifelt eine passende Erwiderung, doch wortlos, und ohne Gruß, verließ sie das Haus.

Nun musste ich erst einmal tief durchatmen. Meine erste unpopuläre Entscheidung als Selbstständiger war mir nicht leichtgefallen.

Danach stieg zwar die Arbeitsbelastung, aber auch die Zufriedenheit.

Unser Geschäft ging gut, auch ohne Frau Eichlinger. Wir machten Fehler, doch wir lernten daraus.

Die Episode mit der Gouvernante war schon bald Schnee von gestern.

## 46  Unser Erstes (1960)

Wir hatten uns 1960 selbstständig gemacht und brauchten einen fahrbaren Untersatz. Da kam ein Angebot von einem kleinen Personenwagen gerade recht, welches wahrscheinlich den Vorteil hatte, noch so eben finanzierbar zu sein. Ein Fiat der unteren Klasse stand auf dem zentrumsnahen Parkplatz an der Kirche in einer kleinen Stadt am Niederrhein. Ein handgeschriebener Zettel steckte an der Windschutzscheibe. "ZU VERKAUFEN", stand mit krakeliger Schrift auf dem weißen Blatt. Der Lack auf dem Fahrzeug war schon etwas verblichen und stumpf, aber sonst machte das frisch-gewaschene Auto einen guten Eindruck. Das genügte, um mich anschließend näher damit zu beschäftigen. Außer einigen Rostflecken und zwei kleinen Dellen, waren keine Anzeichen eines Unfallschadens zu entdecken. Ich presste meine Nase an das hintere Seitenfenster und verspürte eine freudige Überraschung. Was mich beeindruckte waren die umgelegten Rücksitze. Das Fahrzeug konnte in einen kleinen Lieferwagen verwandelt werden. Es war also bestens geeignet meine handwerklichen Erzeugnisse jetzt auch auszuliefern. Doch dann erblickte ich zu meinem Entsetzen drei mittelgroße Brandflecken auf dem abgewetzten Polster der Vordersitze. "O Gott", dachte ich, wie werden die Rücksitze erst aussehen, wenn aus der Ladefläche wieder eine Sitzbank wird? Da hatte ich schon

Bammel, dass meine Frau nicht begeistert sein würde. Trotzdem, das Auto gefiel mir. Ich musste Henny davon erzählen.

Obwohl meine junge Frau schon im sechsten Monat schwanger war, war sie schon in der kurzen Zeit unserer Selbständigkeit die Seele des Geschäfts geworden. Am Abend pilgerten wir dann gemeinsam nach draußen auf den besagten Parkplatz. "Den Wagen kaufen wir", sagte sie kurz und bündig. "Die Flecken auf den Sitzen kann man kaschieren, und die Ladefläche ist ideal". Ich bewunderte ihren Mut. Sie war und ist immer sehr direkt. Ich hätte wahrscheinlich die Entscheidung noch fünfmal hin und her gedreht, mit ja und aber, und Einerseits- und Andererseits-Argumenten. Nun krabbelte mir plötzlich und unerwartet der nächste Schreck den Rücken herunter. Wir wussten ja noch gar nicht, was der Fiat kosten sollte.

"Diese Verhandlungen führst du alleine," sagte meine Frau. Das Handeln überließ sie meistens mir. Die Telefonnummer hatte ich bald enträtselt, aber eine Preisangabe konnte ich auf dem Zettel nicht finden. Ich setzte mich mit dem Eigentümer, einem 24jährigen Berufssoldaten, in Verbindung. Er lobte seinen fahrbaren Untersatz über alle Maßen und wollte 2500 DM bar auf die Hand. Ich verhandelte und handelte und redete und redete, alle meine Überzeugungskraft warf ich in die Waagschale. Aber nichts, keine Reaktion. Auch mein Einwand, dass er das Auto ja schon von einem

Versicherungsvertreter erworben hatte, machte auf ihn keinen Eindruck.

Ich glaube, er war ein guter Psychologe. Er muss aus meinen Gesten rausgelesen haben, dass meine Frau und ich den Wagen im Geist schon gekauft hatten.

Als ich zu Hause vorfuhr, entdeckte ich ein verstecktes, stolzes Lächeln auf dem Gesicht meiner besseren Hälfte. Es war unser erstes, eigenes Auto. Noch am selben Tag starteten wir zu unserm ersten einstündigen Ausflug ins Grüne. Es war Sommer, die Sonne schien, wir waren gut gelaunt und freuten uns des Lebens.

"Wir schließen am Samstag um 16 Uhr die Ladentür und machen eine größere Tour," schlug meine Frau vor. "Es ist noch abends bis 22$^{30}$ Uhr hell und wir können vom Auto aus einen schönen, lauen Sommerabend genießen".

Wir einigten uns auf eine Fahrt ins Siegerland zu meinen Freunden und Verwandten. In Worringen schlug dann aber schon die Stunde der Wahrheit. "Siehst du, da vorne auf der Motorhaube dampft es," sagte meine Frau in einem Ton, als hätte sich eine Fliege im Luftstrom verfangen. Mein sofortiger Blick auf das Armaturenbrett veranlasste mich augenblicklich, rechts ran zu fahren. "Der Kühlwassertank ist leck", war das Einzige, was ich noch in einem ärgerlichen Ton sagen konnte, bevor ich ganz dicht an einem Vorgarten zum

Stehen kam. Ein kleines, armseliges Häuschen duckte sich hinter den bescheidenen, aber gepflegten Anpflanzungen. "Krause" stand auf der Klingel. Ein rundlicher, älterer Herr öffnete die Tür. "Wasser könnt ihr haben," murmelte er mit neugierigem Blick und einer erloschenen Zigarre im Mundwinkel.

Die Reise ins Siegerland wurde vorerst gestrichen. Die Füllung Wasser reichte so eben noch für die Rückfahrt. Zu Hause angekommen, dampfte der Kühler schon wieder, aber die Reparatur hielt sich kostenmäßig noch in Grenzen. Die nächste negative Überraschung aber kam bei einem Besuch in Venlo. "Wir verlieren Öl", brummelte ich schlecht gelaunt meiner Frau zu. "Die entsprechende Tachonadel steht schon fast im Leerbereich". Es entstanden schon wieder Kosten. Ein Glück, dass mein Vater mir finanziell aushalf. Aber dann, nach diesen Reparaturen, lief der kleine Fiat wie am Schnürchen. Nicht nur das Auto lief, auch das Geschäft kam in Schwung. Mit viel Einsatz, aber auch mit Freude und Zuversicht waren die Tage und Wochen ausgefüllt.

Jede freie Stunde nutzten wir, um mit dem Auto die nähere Umgebung zu erkunden. Es lagen immer griffbereit belegte Brote hinter den Sitzen und auch eine gefüllte Thermoskanne mit Tee oder Kaffee war stets dabei. Manchmal sagten wir, "das Auto ist unser Wohnzimmer". Wir haben uns während der Fahrten über hunderterlei Themen prächtig unterhalten. Es wurde diskutiert, Argumente ausgetauscht und oft kamen wir mit neuen Ideen und Anregungen nach Hause.

Der kleine Fiat aus dritter Hand hat noch drei Jahre unser Leben begleitet. Wir behalten unser erstes Auto noch lange in guter Erinnerung.

Der erste Firmenwagen zum Brötchen ausfahren

## 47   Das kleine Haus in der Steinstraße (1961)

Es war ein eineinhalbgeschossiges älteres Backsteinhaus in Lob-
berich mit fünf kleinen Zimmern, zwei im Erdgeschoss und drei
oben mit Dachschräge, es gab noch die Küche und eine einfache
Nasszelle mit Toilette.

Sechs Töchter hat Oma dort großgezogen. Die jüngste wurde
meine Frau. Alle anderen waren schon außer Haus und hatten teilweise schon Nachwuchs. Sie war schon vielfache Großmutter, auch
deshalb nannten sie alle Oma: ich auch

Der Schwiegervater war Webmeister und hieß Heinrich. Opa Heinrich ist zwölf Jahre vor seiner Frau gestorben, danach lebte Oma
ganz allein in dem kleinen Haus. Er war der einzige Mann im Haus,
und er wurde sehr hofiert. Aber wie die neun Personen, (Uroma
lebte auch noch viele Jahre mit in dem Haus) in den kleinen Räumen ihre Tage verlebten, kann ich mir immer noch nicht so richtig
vorstellen. Allerdings sagte mir meine Frau, das sei zu ihrer Zeit gar
kein Problem, hier und da mit etwas Zankerei, aber das wäre immer
wieder schnell vergessen gewesen. Weil wir Frechener sie oft besuchten, kannte ich bald das Haus von innen und von außen. Der
Kellerboden bestand nur aus festgestampftem Lehm. Mir fiel auf,
dass an einer Wand ein 1,20 m großes Loch war, eine Öffnung zum

Nachbarhaus. Man sagte mir, dass während der Kriegsjahre dort ein Notausstieg gewesen war, was auch alle Häuser in der Reihe hatten. Im Keller gab es viele Holzregale, voll mit Einmachgläsern, die gefüllt waren mit Kirschen, Äpfel, Pflaumen, Stachelbeeren, Johannisbeeren, Brombeeren und vielen Gemüsesorten, alles was im großen Garten gezüchtet wurde.

Darüber hinaus lebten auch noch einige Hühner, eine Gans namens Jonda und Kaninchen auf dem Grundstück. Manchmal glaubte ich, die ganze große Familie sei ein Selbstversorgungsbetrieb gewesen.

Das kleine Haus in der Steinstraße 1995

Nun aber hatte ich ihre letzte Tochter weggeholt, und jetzt lebte und werkelte Oma allein in dem kleinen Haus, welches dann doch für sie jetzt zu groß war.

Nach einigen Jahren hatten wir das Gefühl, dass sie sich doch nicht mehr so wohl fühlte, aber sie wollte zu keinem ihrer Kinder ziehen und schon gar nicht in ein Seniorenheim.

Wenn wir sie besuchten, staunten wir immer wieder, wie sauber und ordentlich ihr Haus und der Garten waren. Bis in die letzte Ecke wurde in den Zimmern gewischt, gebohnert und manchmal hatte ich den Eindruck, es wurde auch noch lackiert. Sie war stolz auf ihr Reich, wo sie fünfundsiebzig Jahre geschaltet, verwaltet, gekocht, gewaschen und Schularbeiten kontrolliert und viel gebetet hatte. Sie war immer fröhlich, und ich habe nie ein Schimpfwort von ihr gehört.

Nach Jahren des Alleinseins merkten wir aber doch, dass das Leben für sie schwieriger wurde, immerhin war sie schon 89 Jahre. Wir versuchten immer wieder sie zu überreden in ein schönes Seniorenheim zu gehen, aber das Überreden war gar nicht so einfach.

Eines Tages hatte sie dann doch tatsächlich zwei Koffer gepackt und war bereit in einem Senioren-Heim ihre Tage zu verbringen. Sie ging natürlich davon aus, dass sie an schönen Tagen wieder nach Hause fahren konnte. Als ich ins Haus ging, um die zwei Koffer zu holen, kamen auch mir die Tränen. Ich ging nochmal mit ihr gemeinsam durch alle Zimmer und sah nochmal wie alles glänzte. Sogar die Betten hatte sie so hergerichtet, als wenn diese abends wieder belegt würden. Ich sah im Geiste, wie sie mit ihren Handflächen die letzten Streicheleinheiten über die weißen Bettdecken fuhr. Auch die Schränke und sogar der Fernseher, alles stand am gewohnten Platz, man konnte alles wieder sofort benutzen.

Eines Tages überraschte sie mich mit der Bitte: „Verkaufe das schöne Haus, ich komme doch nicht mehr dahin zurück, ich fühle mich hier wohl und bin hier auch gut aufgehoben."

Der Makler, der von mir beauftragt wurde, das kleine Haus mit dem großen Grundstück zum Kauf anzubieten, war schnell gefunden. Vier Bewerber kamen auf uns zu und wollten wissen, welche weiteren Baumöglichkeiten auf dem großen Grundstück zulässig seien. Ich verwies sie an das städtische Bau- und Planungsamt. Der schöne, große Garten musste natürlich mit bezahlt werden, aber den wollte kein Mensch. Im Gegenteil, das war eher ein Hindernis. Auf einmal ging es Oma alles zu langsam. „Vermach es doch der Kirche", sagte sie einmal zu mir, „das ist doch am einfachsten." Das war aber nicht so, denn der Heimplatz musste ja weiterhin davon bezahlt werden.

Nach einiger Zeit murrten schon die Nachbarn, weil das Unkraut auf dem Grundstück, nicht nur in die Höhe, sondern auch in die Breite wuchs.

Aber siehe da, nach zwei Monaten kam der Makler, und verkündigte mir, „ich kaufe das Grundstück selber zum vereinbarten Preis". Dann wurde es noch einmal schwierig. Der Notar sagte mir: „ihre Schwiegermutter ist schon alt, ich muss mich vergewissern, ob die alte Dame noch geschäftsfähig ist." Damit hatten wir alle nicht gerechnet. Nach einigen Tagen erschien er zum festgesetzten Termin im Senioren Heim. Er begrüßte uns und sagte, wir sollten alle rausgehen. Auch da hatte ich nicht mitgerechnet, aber nach 20 Minuten rief er uns wieder rein und sagte, es sei alles in Ordnung, ich könne das Haus mit Grundstück veräußern. Alles Weitere ging dann ganz problemlos.

Dann kam schon ganz schnell der Bagger und fuhr einfach in die Seite des schönen kleinen Ziegelsteinhauses hinein. Der neue Besitzer brauchte dazu noch nicht mal einen Haustürschlüssel. Es tat doch weh. Nach einem Tag war das für uns historische kleine Haus nur noch ein Trümmerhaufen. Nur die Reste der weißen Bettdecken kamen noch zum Vorschein. Meine Frau und ich sagten es gleichzeitig: „Ein Glück, das Oma das nicht gesehen hat." Das schöne, kleine Haus, welches so viel erlebt hatte, war nicht mehr.

Oma ist nach drei Jahren friedlich verstorben.

## 48 Gedanken an Hermann

Ich war ein Jahr alt, als ich verschwommen wahrgenommen habe, dass da noch jemand ist, der mir Dieses oder Jenes - das eine oder andere Spielzeug - streitig macht.

Aber alles Weinen und Zetern nützte nichts. Er war einfach da. Alleine schon das ärgerte mich.

So langsam, aber sicher gewöhnte ich mich an meinen Bruder.

Das Schlimmste aber blieb, er war immer größer als ich, und das nicht nur in der Länge, sondern auch auf allen Gebieten. Und auch das blieb so.

Einige Male habe ich versucht, ihn einzuholen, ich war auch schon nahe dran, aber dann blieb doch der Abstand.

Es ist nicht nur, dass er halt 2½ Jahre älter ist als ich, er ist auch zäher und hat eine schnellere Auffassungsgabe.

Auch früher schon hatte er einen längeren Atem und behielt leider auch fast immer Recht.

Im Kindergarten war ER immer brav, ICH nicht. Hermann hat aber trotzdem immer zu mir gehalten. Als er in die große Schule kam, hatte ich keine Lust mehr auf Kindergarten und bin auch nicht mehr hingegangen.

Als kleiner Junge habe ich meine Mutter gefragt wo der Unterschied ist zwischen einem Bischof und einem Erzbischof. Mutter brauchte nur kurze Zeit, aber Hermanns Antwort war schon da. Das ist so ähnlich wie bei uns - ich bin ein Tölpel - und du, du bist ein Erztölpel, dabei zeigte er mit dem Finger auf mich. Schlau war er schon seit seiner Kindheit.

So wurde ich mit seiner Hilfe nach und nach mit den Fallstricken meines noch jungen Lebens vertraut gemacht.

Und dann mein erstes Schuljahr. Noch keine 8 Tage, da sagte der Lehrer Fondel zu mir: "Und du willst der Bruder von Hermann-Josef sein. Nein, das kann ich nicht glauben." Da war es wieder, das entsetzliche Gefühl, immer der Vergleich mit meinem Bruder, immer dieses Vorbild.

Wo ich auch auftauchte, Hermann war schon da, und immer positiv bekannt.

Wenn in der Nachbarschaft Äpfel geklaut worden waren, sagte unsere Mutter sofort und ohne überlegen zu müssen, das war bestimmt unser Werner - Hermann tat so etwas nicht.

Aber im Fußball, im Fußball da war ich besser. Das war und blieb aber auch die einzige Disziplin, wo mir das gelang.

Er war aber euch leider oft verletzt und humpelte herum.

Da war nämlich noch seine wirklich schlimme Sache mit dem Knie. So wie ich das noch im Kopf habe, war das eine schwierige und lang andauernde Krankheit.

Ins Kirchener Krankenhaus musste er deswegen. Ich habe ihn oft bedauert, so jung und lebhaft, wie wir waren, dann auch noch ganz still im Bett liegen, und das auch noch so weit weg von dem geliebten Heimatdorf. Ich durfte gar nicht daran denken, sonst kamen mir schon die Tränen.

Ja, und danach so richtig zu was zu gebrauchen war Hermann nicht mehr. Ich erinnere mich noch wie Mutter die letzte Möglichkeit bei der Berufswahl in Betracht zog: Am besten und unkompliziertesten ist es, so sagte sie, wir schicken ihn aufs Gymnasium nach Betzdorf. Da kann nichts passieren.

Dann hatte mein Bruder auf einmal doch tatsächlich das Abitur geschafft. Ich war mächtig stolz auf ihn. Einen Bruder mit Abitur, das war schon was. Obwohl - oder vielleicht auch deshalb - weil er mir verklickerte, ein Mensch wäre erst dann ein Mensch, wenn er diese Reifeprüfung in der Tasche hätte.

Manchmal hat der Besuch des Gymnasiums auch was genutzt. Ich erinnere mich an einen amerikanischen Frontsoldaten, welcher in unserer ausgebauten Kellerküche wie verrückt nach etwas suchte. Er sprach es auch immer aus, aber kein Mensch verstand ihn. Bis ich an meinen Bruder dachte und überlegte, warum haben wir den eigentlich auf die hohe Schule geschickt. Ich suchte ihn im ganzen Haus, und siehe da, er wusste es sofort. Er übersetzte das Wort des Amerikaners. Der Soldat hatte Forellen im angrenzenden Bach gefangen und suchte Salz, einfach nur Salz. Mutter war erleichtert und der Mann war zufrieden als er endlich den Salztopf in Händen hielt.

Ich freue mich, dass mein Bruder eine schlimme Krankheit vor einigen Jahren so gut überstanden hat, und auch darüber, dass sein Humor und seine positive Lebenseinstellung geblieben ist.

Ich freue mich, über seine intakte Großfamilie, 4 Kinder und 9 Enkel. Davon kann ich ja nur träumen.

Später haben wir uns ein bisschen aus den Augen verloren. Hermann ging seinen Weg, und ich den meinen, aber der freundschaftliche Kontakt ist geblieben. Streit oder Unfreundlichkeiten gab es nie.

Dann kam der Anruf: „Hermann ist gestorben."

Ja, er ist tot. Ich musste viermal schlucken, bis diese schreckliche Nachricht in meinem Gehirn angekommen war.

Er hatte das Bewusstsein nach einer Operation nicht wiedererlangt.

Nun ist er auf die andere Seite gegangen.

Als Christen waren wir beide überzeugt: „Es gibt ein Wiedersehen"

## 49   Die gute Entscheidung - Der zweite Anlauf (1964)

Die Anzeige kam genau zum richtigen Zeitpunkt, wir suchten neue Herausforderungen und planten eine Geschäftsverlagerung.

"Fahr da mal hin", meinte meine Frau als sie das Angebot in der Fachzeitung "Konditorei-Café" studierte. Das heißt, ich sollte zunächst mal die Umgebung, den Publikumsverkehr, die Konkurrenz sowie die Attraktivität der Stadt in Augenschein nehmen und mir einen ersten Eindruck von dem anvisierten Objekt verschaffen.

Siebzig Kilometer, schätze ich, sind zu fahren von der kleinen Provinzstadt Dülken zu der Großstadt Köln mit seinen umliegenden Vorstädten. Ich nehme also meinen Fiat 600 und am Mittwochnachmittag fahre ich los.

Der Regen schlägt gegen die Windschutzscheibe und trommelt auf das dünne Blechdach. Die Scheibenwischer summen ihr eintöniges und gleichmäßiges Lied. Ich denke an die letzten drei Jahre welche uns nicht die erhoffte Zufriedenheit und nicht das erwartete Glück gebracht haben. Eine Aufbruchsstimmung wollte nicht aufkommen. Die Lage des Geschäfts ist ungünstig, der Ort zu klein und die Umgebung zu bieder. "Hier liegt der Hund begraben," jammerte meine Frau. Wir waren jung und das Stück weite Welt, welches wir suchten, war es nicht.

Ich finde einen Parkplatz neben dem uralten, aber doch recht gefällig aussehenden Rathaus. Als ich den Autoschlüssel auf „aus" drehe, höre ich die Fistelstimme einer älteren Frau. Im rheinischen Dialekt verkündigt sie mir, "He, junger Mann, sie dürfen hier nicht parken, es wird Ärger geben. Diese Parkplätze sind nur für Bedienstete des Rathauses erlaubt". Die in einem einfachen, dunklen Kostüm gekleidete Frau sagt es in einem leutseligen Ton und beschreibt mir den Weg zum nächsten öffentlichen Parkplatz. Diesmal versucht sie in einem ganz normalen Deutsch zu sprechen, was ihr aber nicht einwandfrei gelingt. Ich verschlucke den aufkommenden Ärger und starte den Motor. Beim langsamen Rausfahren erkenne ich aber noch das inserierte Gebäude mit dem Konditorei-Café-Betrieb im Erdgeschoss.

In der Umgebung unserer eventuellen neuen Niederlassung herrscht pulsierendes Leben. Ich finde eine Hauptstraße mit viel Blumen vor, fortschrittliche Geschäfte, und überall spüre ich diese freundliche, offene rheinische Mentalität.

Es gefällt mir hier, und ich bin überzeugt, dass wir uns in dieser Stadt wohl fühlen werden.

Zu Hause, beim abendlichen Gedankenaustausch gelingt es mir, diese Zuneigung auch auf Henny zu übertragen. Sie ist aber wie immer sehr vorsichtig mit einer Festlegung und besteht auf einem zweiten Besuch mit einer eigenständigen Inaugenscheinnahme.

Es ist schon dunkel, als wir eine Woche später nach Geschäftsschluss in Frechen bei Köln ankommen. Wir schlendern langsam über die Hauptstraße. Die Straßenlaternen werfen ein spärliches Licht auf die regennasse Fahrbahn. Langsam, und ohne Fahrgäste fährt die Straßenbahnlinie 2 in Richtung Köln-Innenstadt. Vom quirligen Leben ist nichts mehr zu sehen. Die Begeisterung hält sich bei meiner Frau in Grenzen. "Trostlos," murmelt sie vor sich hin. Wir begutachten noch das Schaufenster unseres Konkurrenten. Das zweite Café liegt ganz in der Nähe des vorgesehenen Standorts. Der Funke springt nicht über. Irgendwie wirkt meine Frau lustlos und enttäuscht. Wir gehen langsam weiter. "So richtig gefällt mir das alles nicht," sagt sie in einem sehr skeptischen Ton. Henny hat Angst, sie fürchtet, dass wir unser sauer verdientes Geld in ein großes Loch werfen, und es nie mehr wiedersehen. "Wir brauchen noch Zeit und weitere Informationen," so ihr Kommentar. Auf diesen Punkt einigten wir uns auf der Rückfahrt nach Dülken.

Nach einigen Tagen Abstand regte sich bei mir wieder der Ehrgeiz. Immer noch den ersten guten Eindruck vor Augen, wehre ich mich dagegen, das Vorhaben auf Eis zu legen.

Nachts um ein Uhr weckt mich meine Frau und sagt," sprech mit Adrians darüber.

Herr Adrians ist ein selbstständiger Malermeister aus der Nachbarschaft, und oft für uns tätig. Wortkarg und lautlos verrichtet er seine Arbeit. Die Leute sagten, er sei ein geräuschloser Kaufmann und Besitzer einiger Immobilien. Als Fremder in dieser kleinen Stadt pflege ich mit diesem sympathischen, ruhigen

Handwerksmeister freundliche Kontakte. "Verlieren Sie nicht den Mut," rät er mir. "Sie schaffen es. Holen Sie zunächst Erkundigungen ein über das Geschäft und über den Inhaber". Vor allen Dingen sollte ich wissen: hat er Schulden?

Ich fahre also wieder los in Richtung Frechen. Mittlerweile sind mir schon die Ortschaften, durch welche ich fahre, wie Grevenbroich, Rommerskirchen und Brauweiler, bekannt. Auch die Straßen, Wege und die einzelnen Bauernhöfe kenne ich jetzt. Wir schreiben das Jahr 1962. Es gibt wenige Autos, und noch viele Autobahnen stehen nur auf dem Papier.

Den drei Geldinstituten ist der Pächter des Cafés völlig unbekannt. Die Inhaber weiterer Geschäftslokale zucken mit den Schultern. Im letzten Moment entdecke ich noch eine Volksbank, welche ich bisher übersehen hatte. "Geben Sie Herrn Wuttke kein Geld, das gesamte Inventar ist an uns verpfändet", erklärte mir der Leiter der Bank. Was nun? Wir brauchen weitere Zeit zum Nachdenken.

Wir haben nun neue, negative Erkenntnisse. Mich hindert diese Tatsache aber

nicht, weiterhin am Ball zu bleiben. Ich telefoniere, telefoniere und telefoniere, mit dem Hausbesitzer, mit dem

Mieter und mit der Bank. Es werden neue Schwierigkeiten sichtbar. Der Hausbesitzer wird den Mietvertrag nur unterschreiben, wenn die Kündigung von Herrn Wuttke vorliegt. Der Mieter wird erst dann diesbezüglich tätig werden, wenn er die gesamte Übernahmesumme bar in Händen hält. Das ist für uns zu wenig Sicherheit, zumal wir im kaufmännischen Bereich auf diesem Gebiet absolute Laien sind. Wir sitzen in der Zwickmühle und das gesamte Vorhaben ist in der Krise.

Endlich, nach zwei Wochen, kommt doch noch, zu meiner eigenen Überraschung eine Einigung zustande. Wir wagen den Sprung ins kalte Wasser. Am 1. Dez. 1964 übernehmen wir hoffnungsvoll das umsatzschwache und dahindämmernde Konditorei-Café.

Wir müssen uns neu profilieren und auf allen Gebieten sehr, sehr anstrengen.

Die Abzahlung der Kredite, die monatlichen Mietzahlungen, die fixen Kosten und gleichzeitig die Überwachung der Hausaufgaben unseres Sohnes, alles musste von Anfang an bewältigt werden. Aber das quirlige Leben in der Innenstadt, die Bushaltestelle am Rathaus, die Straßenbahn auf der Hauptstraße und der Taxistand gegenüber, all das war eine große Hilfe. Wir werden von allen Frechener Bürger positiv aufgenommen. Der Umsatz steigert sich. Es klappt, wir kommen drüber", erklärt mir Henny an einem Sonntagabend.

Im Frühjahr stellten wir den ersten Lehrling, und ein Jahr später den ersten Gesellen. Wir hatten es geschafft.

## 50  Auf nach Frechen (1964)

1964 entschlossen wir uns, mit viel Kopfzerbrechen und vielen schlaflosen Nächten, in eine andere Stadt zu ziehen, um uns dort wieder neu selbständig zu machen.

Erst drei Jahre lebten und arbeiteten wir hier in Dülken, ich als selbstständiger Konditormeister, meine Frau als Konditorei-Fachverkäuferin. Es gefiel uns nicht mehr, denn es waren harte Zeiten für uns in dieser kleinen Stadt am Niederrhein, mit sieben Wochentagen und unzähligen Arbeitsstunden. Es ging zwar bergauf, aber sehr langsam. Jeden Morgen mussten wir abgezählte Brötchen an bestimmten Haustüren ablegen, die uns von einem Bäckermeister angeliefert wurden. In unseren gemieteten Räumen gab es wenig Platz. Ich hatte nur einen alten Konditorbackofen, den ich mit übernehmen musste. Zum Brotbacken war er nicht geeignet. Allerdings war die monatliche Miete für uns noch vertretbar, aber eine Erweiterung war nicht möglich.

Natürlich gab es auch Erfolgserlebnisse. Wenn die Brötchenkunden samstags bezahlten und unsere schöne Kuchentheke mit den vielen verschiedenen Sahneschnittchen, Obsttörtchen, Florentiner und all den anderen Konditoreiwaren sahen, ging kaum einer aus den Laden, ohne etwas Süßes mit zu nehmen.

Trotzdem hatten wir uns endlich entschieden in einer größeren Stadt unser Glück zu versuchen.

Von Anfang an hatten wir Köln angepeilt, denn dort lag die Mitte zwischen dem Siegerland, meiner Heimat und dem Niederrhein, der Heimat meiner Frau. Beide Elternpaare lebten noch und auch alle unsere jeweiligen Geschwister. Manchmal hatte ich auch noch Heimweh nach meinem geliebten Niederfischbach.

Über die Fachzeitung erfuhren wir, dass in "Köln-Frechen" für uns ein passendes Lokal sein könnte.

Wir waren zwar noch nie dort gewesen, aber neugierig waren wir schon immer. Eines Nachmittags fuhr ich also, zunächst allein, nach Frechen. Jetzt nur noch Frechen, denn die Anzeige in der Fachzeitung war nicht richtig. Frechen war eine selbstständige Stadt. Wir hätten zwar gerne die große Stadt Köln in unserer Adresse gehabt, aber zunächst akzeptierten wir jetzt auch Frechen. Die Stadt war größer als Dülken, die Geschäfte waren interessanter und die Menschen waren freundlich.

Mir gefiel es sofort in Frechen, obwohl unser Steuerberater aus Niederfischbach sagte:

„Du willst doch wohl nicht immer in Frechen bleiben?"

Das Café lag in der Antoniterstraße, also mitten im Zentrum und hatte dreißig Sitzplätze. Also genau das, was wir suchten. Dann gab es in der dritten Etage auch noch eine freie Wohnung. Die jetzige Mieterin hatte einen zehnjährigen Mietvertrag. Weil ihr Mann verstorben war, suchte sie einen Nachfolger.

Aber nun fing es an schwierig zu werden. Es sollte ein Vertrag entstehen, der von drei Parteien unterschrieben werden sollte. Als ich dann auch noch den geforderten Betrag hörte, musste ich erst mal schlucken. Wir hatten durch eisernes Sparen schon etwas zurückgelegt, aber diese Summe war der Hammer. Ich marschierte also zunächst zum Hauseigentümer, welcher ganz in der Nähe wohnte. Er sagte mir kurz und bündig: "Bevor ich von der Mieterin die Kündigung nicht in der Hand habe, werde ich keinen neuen Vertrag unterschreiben. Für mich war das jetzt auch logisch.

Die Mieterin erklärte mir: „Bevor ich das Geld für das Inventar nicht in der Tasche habe, unterschreibe ich auf gar keinen Fall die Mietkündigung. „Ich hatte noch so etwas wie Vertrauensbasis im Kopf, aber das klappte nicht. Für mich war das alles zu kompliziert und unübersichtlich. Ich war zwar noch ein junger stolzer Konditormeister, aber für hieb-und stichfeste Verträge war das zu wenig. Als ich 1956 meine Meisterprüfung ablegte, ging es noch hauptsächlich um schöne Torten, um verschiedene Sorten Pralinen und attraktive Dekorarbeiten, vielleicht noch etwas um gesetzliche Bestimmungen, aber das war es auch schon.

Mit einem Rechtsanwalt über einen Vertrag zu sprechen kam mir gar nicht in den Sinn. Ich wollte mit dieser Branche nichts zu tun haben. Das hatte mir mein Vater schon eingeredet: „Versuche nach Möglichkeit ohne Rechtsanwälte durchs Leben zu kommen." Er selbst hat es auch fertiggebracht. Ich setzte mich wieder in mein kleines Auto und fuhr ohne Kommentar wieder zurück nach Dülken. Auch meine Frau unterstützte mich mit meiner Entscheidung. Sie machte weiterhin außer dem Laden unsere Buchführung und kümmerte sich um unseren Sohn Andreas.

Aber siehe da, nach vier Wochen kam ein Brief aus Frechen. Der Eigentümer kritisierte mich, weil ich mich nicht mehr gemeldet hatte. Wir vereinbarten einen Termin, in welchem ich meine Schwierigkeiten schilderte. Er nahm nun alles selbst in die Hand und berücksichtigte auch meine vielen Fragen. Auch die Verhandlungen mit der Mieterin übernahm er.

Am dritten Dezember ging es dann los, mit Kind und Kegel nach Frechen.

In der Zwischenzeit versuchte noch ein Freund aus Düsseldorf, seines Zeichens Kriminalist, mich zu überreden, in Dülken zu bleiben. „Was, du willst nach Frechen"? fragte er mich. Als ich diese Frage bejahte, meinte er: „Bis nach Köln erwischen wir die Übeltäter fast immer, aber in Frechen verlieren wir jede Spur". Aber erstens konnte ich nicht mehr zurück, und zweitens übertrieb er auch manchmal.

Einige Tage später, waren wir unterwegs, der Blick auf unser gesamtes Hab und Gut, im vor uns fahrenden Möbelwagen. „Auf nach Frechen", sagte ich zu meiner Frau.

Dort angekommen waren wir froh und zufrieden, dass bis jetzt alles so gut geklappt hatte, bis auf ein kleines Eimerchen mit gezuckerten Sauerkirschen, welches nicht mehr aufzufinden war. Aber dieses einzige Malheur war zu verschmerzen.

Nun waren wir also in Frechen. Wir waren zunächst sehr unsicher, es war alles anders. Wir nahmen die große Rathaustreppe wahr, den Busbahnhof und den Taxistand gegenüber. Wir waren angekommen.

Schon nach kurzer Zeit hatten wir beide das gute Gefühl, dass alles gut gehen würde. Es durfte nur keiner krank werden, wir waren ja noch allein, ohne Mitarbeiter.

Wir gewöhnten uns an alles, an das Lokal Treppchen, das keinen guten Ruf in Frechen hatte, an den Kohlenstaub, der alles beschmutzte, für uns war alles halb so schlimm.

Es hat uns nie leidgetan, 1963 diesen wichtigen und mutigen Schritt unternommen zu haben. Frechen ist unser Zuhause geworden, und wir möchten auch nie mehr irgendwo anders leben.

Das damalige Schlagwort "Auf nach Frechen" ist uns immer noch geläufig.

# 51  Karneval in Köln (1964)

Im Februar 1964 spürte man das Fastnachtsfieber überall. Ich, der Zugezogene merkte es schon morgens im Bäckerladen. Kölsche Fasteleermusik untermalte die Verkaufsgespräche, und die Bedienungen beeindruckten mit bunten, lustigen Kopfbedeckungen. Auch Schunkelbewegungen wurden schon bei passender Gelegenheit wahrgenommen. Auf der Theke lagen Zettel von der Karnevalsgesellschaft "Rut-Wieß" mit der Überschrift:

"Hätzliche Einladung" " Et jet och jet zo möffele on zo süffele, „(es gibt auch was zu essen und zu trinken) eröffnete mir die Chefin, während sie die Brötchen abzählte. Meine Nachbarin, welche auch Brötchen kaufte, raunte mir ins Ohr, "Jullaschsupp us de Feldkösch ist eine Spezialität dieser Karnevalsgesellschaft". Sie hatte gemerkt, dass ich, der Fremde neugierig wurde und Interesse zeigte. Ich ließ aber durchblicken, dass mir der Dialekt noch Schwierigkeiten machte. "Dat mäht ja nix", (das macht nichts) sagte der Mann mit Brille und den Stoppelhaaren neben mir. Er outete sich dann als Josef Müller und wohnte genau in der Parallelstraße zu meinem Quartier. "Nehmen Sie die "Hätzliche Einladung" ruhig an", sagte er. "Meine Frau und ich sind Mitglieder in dem Verein". Wir nehmen Sie mit zu der Veranstaltung und besorgen Ihnen auch Eintrittskarten mit guten Plätzen im Saal".

Zu Hause zeigte ich meiner Frau den Zettel mit der Einladung und meinte, "lass uns dahingehen, Müllers nehmen uns mit. Vielleicht gefällt es auch mir, dem Siegerländer."

Dann passierte etwas, wo ich überhaupt nicht mitgerechnet hatte. Henny, meine Frau, war direkt Feuer und Flamme, und ohne lange nachzudenken sagte sie, „da gehen wir hin".

Karneval vor dem Café Mockenhaupt

Wir hatten aus Zeitmangel nie über Ausgehen gesprochen. Aber plötzlich hatte sie ein unerklärliches Fieber gepackt. Ich musste mit einem Mal zur Kenntnis nehmen, dass am Niederrhein, der Heimat meiner Frau, Karneval kein Fremdwort war, und die Leute dort auch die fünfte Jahreszeit feierten, wenn auch nicht so intensiv wie hier in Köln.

„Es ist auch eine gute Gelegenheit Deinen Freund und Schulkameraden Toni einzuladen," äußerte sie sich weiter. Toni hatte schon mehrmals Interesse bekundet, uns hier in Großstadtnähe zu besuchen". Gestern noch hat er angerufen und nachgefragt, wie das denn hier so ist mit Kölle Alaaf, mit Schunkeln und dem Stippeföttches Tanz," offenbarte sie mir weiter. "Und was hast du gesagt?" wollte ich nun hören. "Dass wir es auch noch nicht genau wissen. Schließlich wohnen wir erst seit vier Monaten hier".

Toni war ein feinsinniger, aber auch ein humorvoller Mensch. Er liebte den Plausch unter Freunden, kritisierte aber auch oft und gerne Zeitgenossen. Besonders Angeber und Neureiche hatten es ihm angetan, welche pharisäerhaft mit hocherhobenem Kopf stolz und sehr selbstbewusst durch die Straßen gingen.

"Wenn Dreck Mist wird, will er getragen werden," war ein oft gehörter Ausspruch von ihm. In mir hatte er einen aufmerksamen Zuhörer, denn in dieser Beziehung waren wir meistens einer Meinung. Bei unseren früheren, stundenlangen Spaziergängen diskutierten wir als 16jährige über Fußball, über die Möglichkeiten und Chancen im Beruf, über die Flüchtlinge aus Ostdeutschland und manchmal auch über Karneval im fernen Köln. Auch hier waren wir bald einer

Meinung. Wir fanden Fastnacht einfach doof und lächerlich, vielleicht auch deshalb, weil die Karnevalshochburg für uns Heranwachsende unerreichbar schien. So nörgelten und kritisierten wir weiter, spielten den Sittenrichter und beurteilten Leute nach unserer Fasson.

Toni avancierte zum Bankangestellten, und hatte nun schon Frau und zwei Kinder zu versorgen. Er suchte Abwechslung und wollte mal raus aus dem Dorf, wo sich nichts abspielte, wie er mir am Telefon beteuerte. Ich lud ihn ein, Karneval nach Köln zu kommen.

"Hallo, hier bin ich," sagte der Freund, als er aus dem 120 km entfernten Siegerland kommend, Samstagmittag, in der Türe stand. Kurze Zeit später ging es dann ab mit der Straßenbahn mitten ins karnevalistische Treiben. Wir sahen unterwegs, mit wenigen Ausnahmen, nur kostümierte Menschen und alle waren gut gelaunt. Die freundlichen Leute aus der Nachbarschaft besorgten uns, den Neuen, am Saaleingang bunte, humoristische Kopfbedeckungen. Auf dem roten Hut meines Freundes stand in großen Buchstaben: Mein Gott Walter!

Nach einer Stunde schon schrien wir drei lautstark in dem großen Saal: "Kölle Alaaf" und auch die Arme wurden in die Höhe gestreckt. Die Sitznachbarn griffen uns unter die Arme und animierten uns zum Schunkeln. Trotzdem merkte ich, dass der Besuch aus dem Siegerland nicht so recht in Stimmung kam.

236

Der Sitzungspräsident verkündete, welcher Gast, wie viel gespendet hatte. Ich hatte heimlich zweihundert DM an der Bühne abgegeben und als Absender die Adresse meines Freundes angegeben. Nun wartete ich auf die Namensnennung von weiteren Spendern durch den Elferrats-Vorsitzenden. Stattdessen kam zunächst die Ansage. "Und nun, meine lieben Karnevalsfreunde bewundern wir den Stippeföttchestanz der blauen Husaren." Danach fünf Mi-nuten Beifall mit Kölle Alaaf und Zugabe-Rufen. Doch dann plötzlich und uner-wartet ein Tusch. Alle Fastnachtsjecken waren mucksmäuschenstill. "Es ist mir eine große Freude", rief der Präsident launig in den Saal, "hier und heute eine hoch geschätzte Persönlichkeit, einen Freund und Gönner aus dem fernen Rheinland-Pfalz, bei uns, bei Rut-Wieß, zu begrüßen. Wir bedanken uns für die großzügige Spende von Toni Morscheid aus dem Luftkurort Niederfischbach". Gro-ßer, langanhaltender Beifall, mit lautstarken Bravorufen folgten. Die Überraschung war gelungen. Meinem Freund blieb buchstäb-lich die Spucke weg, aber es wurde ihm nicht erspart, aufzustehen und den Applaus dankend entgegen zu nehmen. Er neigte zunächst den Kopf etwas verlegen, lachte dann aber übers ganze Gesicht. Toni staunte über all das Theater um ihn herum, aber er genoss es auch.

"Et jet noch Julaschsupp von Kofleesch os de Feldkösch", (Gu-laschsuppe mit Rindfleisch) rief ihm der Sitznachbar zu. „ Kannst du den Satz für mich übersetzen", schrie Toni in all dem lauten Trubel zurück und erschrak über sich selbst. Er hatte einen wildfremden Mann geduzt, einfach so geduzt. So etwas war ihm noch nie passiert. Zehn Minuten später sah ich die beiden im Foyer und jeder verzehrte eine Gulaschsuppe. Ich stand einige Schritte daneben, hörte und staunte, dass die Unterhaltung teilweise in Kölsch stattfand.

Auf dem Nachhauseweg war unser Gast aus dem Siegerland zwar locker, aber auch nachdenklich. "Weißt du", sagte er," wenn ich mir das alles hier so durch den Kopf gehen lasse, dann meine ich, dass einige leicht behämmerte Geschöpfe hier herumlaufen, aber die meisten leiden sehr stark an Bekloppptheit". Da kam sie wieder zum Vorschein, die Sprache aus unserer gemeinsam verbrachten Jugendzeit in dem kleinen Dorf.

"He", sagte ich zu ihm. "Das ist doch nicht dein Ernst. Du hattest doch Spaß, hast viel gelacht, und auch geschunkelt." Schweigend gingen wir einige Minuten nebeneinander so dahin. "Ja, ja", sagte Toni nach einer Weile. "Ich habe für kurze Zeit auf einem anderen Stern gelebt." Er sagte es mehr nachdenklich und still vor sich hin. Dann, nach einer Pause blieb er stehen, schaute mich lachend an und erklärte: "Es war wunderbar, im nächsten Jahr komme ich wieder."

## 52  Plötzlich war mein Auto weg (1964)

Ja, es war nicht mehr zu sehen, einfach weg. Ich hatte es morgens gegen acht Uhr hinter der Kölner Handwerkskammer, am Sassenhof abgestellt. Es war 1964, die Tiefgarage vor dem Heumarkt existierte noch nicht. Im Hinterhof stand zwar ein verschmutztes Verbotsschild, aber in der Nähe sah ich, dass noch zwei andere PKW parkten, und ich stellte auch mein Fahrzeug dort ab, zumal zwischen den Pflastersteinen viel Unkraut zu sehen war, also für mich noch ein Grund, das Verbotsschild nicht zu beachten.

Ich schloss den Wagen ab und beruhigte mich noch im Weitergehen, dass eventuell zehn DM Bußgeld immer noch günstiger wären, als jetzt noch lange zu suchen. Die Konditoren-Innung hatte in der Handwerkskammer Räume angemietet und dort eine neue Konditoren-Backstube installiert. Im Laufe des Vormittags fragte ich einen Prüfungskollegen, wo er denn sein Auto geparkt hätte. Er hatte sich ein gutes System ausgearbeitet.

Dem Pächter, der in der Nähe liegender Tankstelle, schenkte er vier bis fünf kleine, leere Quarkeimerchen mit Deckel, welcher dieser anscheinend gut gebrauchen konnte. Jedenfalls überließ er meinem Freund Edi dann einen kostenlosen Parkplatz auf dem Tankstellengelände.

Gegen dreizehn Uhr steuerte ich nun doch mit einem etwas ungu-
ten Gefühl meinen Parkplatz an. Als erstes sah ich, dass die zwei
Autos von heute Morgen nicht mehr zu sehen waren. Ich ging um
die Ecke, aber auch mein Auto war weg.

Kein Mensch weit und breit war zu sehen, den ich hätte ansprechen
können. Ich wurde nervös, weil zu Hause noch eine große Bestellung nach Gleuel gebracht werden musste, die ich unbedingt selbst
erledigen wollte. Ich versuchte nun ganz ruhig zu bleiben. Endlich
steuerte ein älterer Mann eine Haustüre in der Nähe an, welchen ich
sofort fragte, ob er jemanden gesehen hätte, der meinen Opel Ka-
dett gestohlen hätte. Natürlich nicht, aber bevor er die Türe schloss,
bemerkte er, dass er am Vormittag einen Abschleppdienst gesehen
hätte. Wahrscheinlich hatte mein Auto keiner geklaut, sondern die
Polizei hatte ganz offiziell meinen Wagen abschleppen lassen. Aber
wohin? Niemand konnte mir Auskunft geben.

Eine Idee kam mir dann an der Tankstelle. Der Pächter wusste es
auch nicht genau, meinte aber, die Autos würden irgendwo zu einem Platz in die Südstadt bugsiert. Eine genaue Adresse wusste er
auch nicht. Jetzt blieb mir aber wegen der vorgerückten Zeit nichts
anders übrig, als mit dem Taxi nach Frechen und dann mit demsel-
ben Taxi nach Gleuel zu fahren. Nun ging es zu Hause telefonisch
weiter, nämlich die Suche nach meinem Auto in der Kölner Südstadt. Aber eine Straßenadresse konnte mir auch keiner sagen. Ich

merkte mittlerweile, dass das Leben in der Großstadt, wie Köln, unruhiger und manchmal auch rücksichtsloser verlaufen konnte, als in kleineren Städten, in welchen ich bisher gelebt und gearbeitet hatte.

Zu dieser Zeit meinte ich für mich, diese harte Bestrafung wäre sehr unfair. Aber nun fuhr ich mit der Straßenbahn Richtung Südstadt weiter. Überall fragte ich, aber keiner wusste genau, wo abgeschleppte Autos hingefahren wurden. Es wurde schon dunkel. Meine letzte Rettung war eine Bäckerei an der Ecke. Die Chefin war freundlich und wusste auch sofort Bescheid, konnte mir den Weg dorthin aber nur beschreiben.

Zehn Minuten musste ich noch weiterlaufen, der Platz lag sehr verwinkelt um die Ecke und war wirklich schwer zu finden. Dort gab es ein großes verschlossenes Tor.

Der Parkwächter war sehr schlecht gelaunt. Er wollte achtzig D-Mark haben und die Unterschrift, dass mein Auto in der Zwischenzeit keine Blessuren erlitten hatte.

Also ich zurück zum Standplatz. Eine kleine Delle am Kotflügel war ganz neu, jedenfalls hatte ich sie noch nie gesehen. Ich sagte dem brummigen Mann, dass ich das vor mir liegende Formular so nicht unterschreiben könne. „Dann mache ich das Tor nicht auf", sagte er. „Der Gutachter kommt erst morgen gegen sechzehn Uhr", sagte er kurz und bündig.

Schon ließ er mich stehen und beschäftigte sich mit dem nächsten schimpfenden Autofahrer. Ich habe das Papier dann doch murrend und knurrend unterschrieben, und war schließlich froh, als das Auto endlich wieder Richtung Frechen unterwegs war. Die Anzeige kam vierzehn Tage später, das Bußgeld betrug dann nochmal fünfzig DM.

Den Opel Kadet habe ich ein halbes Jahr später eingetauscht, mit der Delle.

## 53  Das Malheur (1965)

Er war Stammgast. Jeden Sonntag war er da. Ein Toast mit Käse und einem Kännchen Kaffee war stets seine Zwischenmahlzeit.

Ich hatte mich, zusammen mit meiner Frau selbstständig gemacht.

Man schrieb das Jahr 1965 und seit sechs Wochen hatten wir unser eigenes Geschäft in Frechen. Neugierig waren wir auf die neue, auf die fremde Stadt.

Und wir hatten Bammel wegen unseren teuer erarbeiteten Ersparnissen, welche wohl hoffentlich solide und richtig angelegt worden waren.

Der große, gutgekleidete Herr mit den edlen Umgangsformen hatte von Anfang an seinen Stammplatz an dem großen, ovalen Tisch in der hinteren Ecke im zweiten Raum. "Das ist der Herr Busch, ein bekannter Rechtsanwalt hier in Frechen." flüsterten andere Gäste meiner Frau ins Ohr. Er saß immer alleine auf der gepolsterten Eckbank und beobachtete alles, was um ihn herum geschah. Die Gäste, die Bedienung, die Wandbilder, die Dekoration, nichts entging ihm. Täglich begrüßte er irgendwelche, mir noch unbekannte Leute. Am fünften Sonntag unterhielt er sich lange mit meiner Frau und bat mich, an seinen Tisch zu kommen. Akademiker war er und ein po-

pulärer Rechtsanwalt, und ich, der fremde, schüchterne und uner-
fahrene, aber wissbegierige Handwerksmeister. Es war der Anfang
einer langen Freundschaft. Über Gott und die Welt haben wir geredet, über Erfolge und Fehlschläge, über reich und arm, über faul
und fleißig. Aber auch über Politik und über politische Leute in unserer Stadt. Unverhofft für mich gab es da schon nach kurzer Zeit
einen freundlichen Menschen, mit dem ich mich austauschen
konnte und *Gott sei Dank* nicht nur auf fachlichem Gebiet. Hier-
durch lernte ich auch seinen Beruf und dadurch auch viele andere
Leute mit anderen Interessen und Berufen kennen. Eines hatte ich
mit meinem Gesprächspartner gemeinsam. Wir waren beide ehrgeizig und liebten ein offenes und oft auch tiefgründiges Gespräch.

Monate später rief er an einem sonnigen Freitagnachmittag im Spätsommer an: "Mein Arzt rät mir, mehr Sport zu treiben, ich muss
mich mehr bewegen," sagte er. "Heute Abend fahre ich eine Stunde
mit dem Fahrrad, alleine ist das so langweilig. "Wenn es deine Zeit
erlaubt, leiste mir doch Gesellschaft."

Wir trafen uns um 19$^{30}$ an der St. Severin Kirche in der Oberstadt.
Stunden vorher hatte ich diesbezüglich schon wichtige Entscheidungen getroffen. Nehme ich unser stinknormales Allerweltsfahr-
rad, oder borge ich mir das Viergangrad meines Sohnes? Ich versetzte mich in die Lage von Heinz und wusste, dass es immer sein
Bestreben war, überall der erste zu sein. Dafür kämpfte er, dafür

gab er seine ganze Kraft. Er hatte wahrscheinlich seinen speziellen Kurs schon abgesteckt, und auch schon fleißig trainiert. Ich nicht. Aber auch ich hatte Ehrgeiz und wollte mich auf keinen Fall blamieren. Zwei Argumente sprachen für mich. Erstens das Körpergewicht, mein Sportskamerad wog 105 kg, ich 85. Zweitens das Rennrad vom Sohnemann, für welches ich mich entschieden hatte. Sowas hatte er nicht, da rechnete er auch nicht mit. Und so war es. Heinz hatte ein neues, grünes Herrenfahrrad, aber ohne Gangschaltung. "He, du willst mich doch wohl nicht in Grund und Boden fahren", witzelte er. Ich merkte, da klang schon etwas wie Überraschung und Unsicherheit mit. Die sportliche Schirmmütze und auch seine hellgraue Windjacke mit der leichten Sommerhose irritierten mich zunächst, denn ich kannte ihn doch meistens nur im dunklen Anzug mit weißem Hemd und heller Krawatte.

Wie erwartet bestimmte er den Kurs. Heinz fuhr immer voran. Die stillgelegte Braunkohlengrube bei Grefrath war unser erstes Betätigungsfeld. Ein schwacher Wind kam von Osten und die Luft wurde staubig. Die Reifen knirschten auf den noch unbefestigten Wegen. Hier und da hoppelte auch ein Hase aus den umliegenden Sträuchern und lief uns über den Weg. An verschiedenen Stellen fuhr Heinz sehr schnell. Aber da war nichts zu machen.

Mit meinem Rennrad hielt ich immer nur kurzen Abstand, obwohl ich schon manchmal keuchte und hustete. Ich musste mich anstrengen. Er quälte sich weniger. Ich merkte bald, er hatte mehr drauf, als ich angenommen hatte. In der Nähe von Horrem bogen wir ab in die Richtung Frechen. Weiter ging es über schöne ausgebaute Radwege. Wir hatten passendes, nicht zu heißes Wetter. Es war ein lauer Sommerabend. Richtig Spaß hatten wir, ohne Gegenwind, und bei wenig Verkehr, Rad zu fahren. Hinter Habbelrath wechselte mein Frontmann von dem rechten auf den linken Radweg. Später sagte mir mein Lotse, dass der rechte Radweg unangenehm zu fahren sei, weil ungeschnittene Sträucher in den Radweg hineinragten. Jedenfalls fuhren wir jetzt ungehindert auf dem schmalen, befestigten Weg in Richtung Osten.

Doch dann muss ich einen Moment nicht aufgepasst haben, denn plötzlich und unerwartet sah ich das Hinterrad von meinem Sportskameraden weit, viel zu weit vor mir. Mein Freund wollte es nun doch wissen und unternahm einen Ausreißversuch. Aber da war ja noch mein Vierganggetriebe. Mein Blick starr auf das Rad meines Vordermannes gerichtet, kam ich diesem näher und näher. Noch einige Meter und ich hatte ihn. Doch dann hörte ich seinen kurzen, heftigen Zuruf: "Pass auf", brüllte er. Doch es war zu spät. Ein kurzer, heftiger Schlag, und alles um mich herum verschwand in Dunkelheit.

Was war passiert? Der zwölfjährige Alexander kam uns, langsam vor sich hindösend, entgegen. Er kam vom Freibad, war nur leicht bekleidet, und wollte nach Hause. Ich hatte ihn im Eifer zu spät gesehen. Heinz konnte noch ausweichen, aber ich fuhr frontal auf. Der Kopf des Jungen schlug gegen meine Brust, raubte mir die Luft, und uns beiden Unglücksraben die Sinne. Kurze Zeit später wurden wir beide mit Tatü-Tata ins Krankenhaus transportiert. Nebelhaft konnte ich aber schon wiedererkennen, dass die Polizei den Unfallort inspizierte.

Gott sei Dank ist dann aber alles, dank tatkräftiger Hilfe von Heinz, noch gut ausgegangen. Zwei Tage später waren wir wieder gesund, und der Alltag hatte uns wieder.

## 54  Es war ein rabenschwarzer Tag (1970)

Um sechs Uhr klingelte das Telefon. Ich suchte meine Frau, da fiel mir ein, dass sie ja noch im Krankenhaus lag und ich hatte vergessen, den Wecker zu stellen. Unser Geselle und der Lehrling standen vor der verschlossenen Tür. Sofort fiel mir ein, dass heute um zehn Uhr eine Bestellung von elf Torten nach Marsdorf gebracht werden musste, in dem neuen Kaufhaus belieferten wir die zuständige Cafeteria.

Als ich in die Backstube kam, sah ich, dass die beiden Mitarbeiter mit leeren Konservendosen Wasser vom Boden schöpften. Der Grund war ein Rohrbruch. Jetzt fing ich an kribbelig zu werden, also sofort ans Telefon. Ich konnte wählen, so oft ich wollte und welchen Handwerker ich auch anrief, vor acht Uhr war nichts zu machen. Mittlerweile hatte ich bemerkt, dass auch Wasser durch den Aufzug in den Laden und von dort auch in den Keller gelaufen war. Ein Zucker- und ein Mehlsack waren schon eingeweicht und nicht mehr zu gebrauchen.

Endlich, kurz nach acht Uhr kam dann auch ein Klempner mit seinem Lehrling ins Haus. Jetzt sollte nach meiner Meinung alles schnell gehen, aber die Beiden ließen es sehr ruhig angehen. Ich wurde nervös und ärgerte mich. Leider änderte das auch nichts.

Dann kamen die Verkäuferin und die Servorerin, und Beide haben sofort fleißig mitgeholfen. Sie taten, was sie konnten, obwohl diese ungewohnte Arbeit nicht im Arbeitsvertrag verzeichnet war.

Im Café auf der Antoniterstraße 4

Ich hatte immer wieder die große Bestellung nach Marsdorf im Kopf, doch mit diesen Torten ging es nicht voran. Gegen halb neun Uhr kamen die ersten Gäste ins Café, die auch volles Verständnis für die Unannehmlichkeiten hatten. Sie waren dann mit guten Ratschlägen bei der Hand und hielten dadurch meine fleißigen Damen von der Arbeit ab. Ein ungeduldiger Gast beklagte sich, weil er nicht schnell genug bedient wurde. Beim Rausgehen hat er dann noch vor sich hingemurmelt: „Das müsste mein Laden sein", natürlich mit dem Hinweis, dass dann alles besser wäre. Das hätten die Mitarbeiter mir besser nicht gesagt. Den ganzen Tag habe ich mich über diesen Gast geärgert und mir ausgedacht, was ich ihm alles gesagt hätte. Nun rief auch noch meine Frau aus dem Krankenhaus an und wollte wissen, ob alles in Ordnung wäre. „Es läuft alles gut", sagte ich „du kannst ruhig schon mal öfter frei machen". Später sagte sie mir aber doch, sie hätte an meiner Stimme gemerkt, dass nicht alles gut gewesen wäre.

Dann kam mir wieder die Tortenbestellung in den Kopf. Ich rief einen Mitarbeiter in der Cafeteria an, aber dieser hatte kein Verständnis für die erbetene Stunde Verspätung, die ich angab.

Aber das Schlimmste, das Allerschlimmste sollte noch kommen. Weil es draußen immer noch regnete, half mir mein Lehrling mit einem großen Regenschirm die Bestellung ins Auto zu bugzieren.

Dann fuhr ich mit laufendem Scheibenwischer los. Es war schon halb zwölf Uhr und ich war unruhig. Die vor mir fahrenden Autos fuhren mir zu langsam und beachteten mein Drängeln nicht. In Marsdorf kam dann endlich die letzte Ampel. Ich war mir sicher, die schaffe ich noch. Der vor mir fahrende Wagen fuhr schon die ganze Zeit zügig, aber sicher. Ich heftete mich an seine Stoßstange. Vielleicht konnte der Fahrer mich nicht leiden, denn plötzlich und unerwartet bremste er und fuhr nicht über die Kreuzung. Er sagte mir, die Ampel wäre plötzlich auf gelb gestanden und er hätte keinen Mut mehr gehabt weiter zu fahren, ich hatte aber noch fest damit gerechnet. Ich schlug mit dem Kopf gegen die Windschutzscheibe und mit der Brust gegen das Lenkrad. Nun musste ich mich erst mal wieder zurechtfinden. Dann dachte ich sofort an meine Torten, welche ich vorher schon alle geschnitten hatte. Die einzelnen Stücke lagen kreuz und quer im Auto verteilt. Ein Stück Sahnetorte hatte sich auf meinen Hinterkopf zerteilt. Es war jedenfalls von den elf Torten nichts mehr zu gebrauchen. An die Prozedere mit dem Fahrer des Wagens vor mir kann ich mich gar nicht mehr so richtig erinnern.

Meine größte Sorge war, was sag ich dem Chef der Cafeteria. Aber die jetzt zuständige Frau hatte dann „Gott sei Dank" doch Verständnis für meine Situation. Wir waren noch nicht lange selbständig und wir brauchten den täglichen Auftrag. Noch zehn Jahre habe ich tagtäglich viele Torten nach Marsdorf gefahren, aber immer pünktlich und ohne Unfall, und alle waren auch zufrieden.

## 55 Unvorhergesehene Zwischenfälle (1974)

Es war 1974 und wir unternahmen einen unserer wenigen Urlaube vom Café. Es für mich die erste Reise mit dem Flugzeug und es ging nach Zypern, und ich hatte Angst. Meine Frau nahm den Fensterplatz und ich starrte nur still vor mich hin. Sie erzählte mir von den schönen Gegenden da unten und von den einzelnen kleinen Wolken am blauen Himmel. Sie konnte es nicht verstehen, dass ich nicht einen Blick durch das Fenster schaute. Aber es war nichts zu machen, ich nahm keine Notiz von der anscheinenden, hinreißenden Außenwelt da unten. Nach ca. zwei Stunden waren wir „Gott sei Dank" wieder auf der Erde. Es folgte eine wunderbare Omnibusfahrt durch die Insel, wo ich jetzt wieder einen Fensterplatz hatte und alles gut wahrnehmen konnte. Nun ging es zum Hafen, wo ein großes Schiff auf uns wartete, um uns nach Israel zu bringen. Bevor wir in unsere Kabine geleitet wurden, informierte uns auch noch eine Stewardess mit zwei Sternen auf der Schulter, dass alle wieder im großen Saal zum festlichen Abendessen erscheinen sollten. Also zunächst haben wir geduscht, und dann haben wir unsere besten Kleider angelegt. Wir waren fast pünktlich zur verabredeten Zeit am Eingang des großen Saals, der sehr schön dekoriert war. Aber „oh Gott, " es waren schon sehr viele Menschen dort, alle geschniegelt und gespornt. Aber das

Schlimmste war, ich sah überhaupt keinen freien Platz mehr im Saal. Ein anscheinend wichtiger Mann nahm uns in Empfang, guckte wie ich auch, und meinte, ganz dahinten an der linken Seite sind noch an einem Tisch für sechs Personen, zwei Plätze frei. „ Das wäre doch etwas für sie"? Was sollten wir machen, wir haben natürlich diese Bitte sofort akzeptiert. Also los zu unseren weit entfernten Plätzen. Es gab keinen Mittelgang und auch von außen war nichts zu machen. Aber die Tische waren großzügig aufgestellt und ich war der Meinung, dass wir gut dazwischen herlaufen könnten. Allerdings blieb es doch nicht aus, dass einige Gäste, welche sich unterhielten, ungewollt von uns angerempelt wurden und sogar ein Glas Wein oder Wasser umkippte. Es gab unangenehme Situationen und für meine Frau war das alles sehr peinlich. Ich kann mich noch gut erinnern, dass ich meiner Frau ins Ohr flüsterte: „Mach dir nichts draus, es kennt uns ja hier sowieso kein Mensch." Quer durch die Stuhlreihen ging es dann weiter, und dann kam der Hammer. Ich sah den Sechser-Tisch mit den zwei freien Stühlen und im gleichen Augenblick sagte meine Frau: „die sind aus Frechen, die kenne ich." 1400 Menschen waren im Saal und wir trafen die einzigen vier Personen, die auch aus Frechen waren. Dreimal musste ich schlucken, ich war erst mal perplex. Meine Frau übernahm sofort die Situation, denn sie merkte, dass ich für einige Augenblicke nicht zu gebrauchen war, außerdem wusste sie grundsätzlich, dass ich ein schlechter Unterhalter war.

Wir mussten also immer gemeinsam für eine Woche beim Abendessen an diesem Tisch Platz nehmen. Im Nachhinein kann ich aber sagen, dass wir viel Spaß miteinander hatten, gute Unterhaltungen geführt haben und fast nicht nur über Frechen geredet haben.

Eine Woche später kam dann der Rückflug von Israel. Ich hatte wieder große Besorgnis wegen meiner Flugangst. Diesmal hatten wir keinen Fensterplatz, wir saßen in der Mitte. Die Maschine flog ganz ruhig in Richtung Düsseldorf. Die Passagiere duselten alle vor sich hin, oder sie schliefen, jedenfalls hatte keiner die Augen auf. Ich auch nicht. Der Pilot sprach langsam und deutlich durch den Lautsprecher und sagte, dass wir im Augenblick Saloniki überflögen. Ich weiß ganz genau, dass ich jetzt ein Auge etwas aufmachte. Dann aber ganz weit, denn in unserer Reihe am Fenster kam eine kleine Rauchsäule hoch. Ich schreie sonst nicht, aber dann habe ich doch ganz laut „Feuer", immer wieder „Feuer" geschrien. Dort am Fenster saß ein älterer Mann, welcher eine Zigarre rauchte und wahrscheinlich eingeschlafen war, aber die Glut der Zigarre glimmte weiter auf dem Teppichboden des Flugzeugs. In den 60er Jahren war noch Rauchen im Flieger erlaubt und der Boden bestand nur aus Teppichware. Ich sah keine Flammen, aber der Rauch wurde dichter und dichter. Diesmal hatte ich Angst, das mir hören und sehen verging. Mittlerweile kam auch die Stewardess aus ihrer Behausung und der Pilot hatte anscheinend auch mein Schreien schon gehört. 16 Personen aus diesem Bereich wurden sofort evakuiert und alles Wasser aus den Toiletten wurde zum Löschen gebraucht. Anscheinend glimmte die Zigarrenglut immer noch weiter. Unglücklicherweise brummelte der Pilot auch noch vor sich hin,  dass es genau an dieser Stelle sehr gefährlich sei, weil da unten alle Kerosin Leitungen zusammenliefen.

Ich konnte sitzenbleiben, aber ich hatte Angst, Angst nur noch Angst. Jeder Muskel und jedes Knöchelchen waren vom Zittern immer in Bewegung. Ich war der festen Meinung, wir müssten sofort runter, den nächsten Flughafen anpeilen und dann schnell über die Rutsche raus aus dem brennenden Flugzeug. Ich machte mir schon Gedanken, wie wir am schnellsten rauskommen würden. Wir sind dann doch noch bis nach Düsseldorf durchgeflogen, und ich habe bis dahin immer weiter gezittert. Eine Rutsche brauchten wir aber nicht. Der Pilot, welcher uns am Ausgang mit einem Wiedersehen verabschiedete, antwortete mir auf meine Frage: „war die Situation sehr schlimm?" doch eiskalt: „Es war halb so schlimm".

## 56 In Bedrängnis (1975)

Die Antoniterstraße in Frechen war in den ersten zwölf Jahren nicht nur unsere Geschäftsadresse, auch die Wohnung war im gleichen Haus. Durch kleine abendliche Spaziergänge lernte ich schon früh die nähere Umgebung von Frechen-Mitte kennen. Die Geschäfte, die Hausfassaden, die Mitbewerber, der Straßenbelag, die Parkmöglichkeiten, den Blumen-schmuck, die Weihnachtsbeleuchtung, die Kirchen, alles interessierte mich in dieser für mich neuen und fremden Stadt. Es gefiel mir in dieser 45000 Einwohner zählenden Stadt, zehn Kilometer westlich von Köln. Wenn mich Freunde oder Verwandte besuchten, habe ich ihnen stolz meine neue Heimat gezeigt.

Innenstädte in mittelgroßen Orten interessierten mich seit Berufsschulzeiten. Hier in Frechen gab es in dieser Zeit Null-Probleme. Der Wunsch mitzumischen, wenn es um die Zukunft des Zentrums ging, wurde immer konkreter. Ich trug mich mit dem Gedanken, in eine Partei, nämlich in die CDU, einzutreten. Hier war das C im Namen und im Programm vertreten, worauf ich großen Wert legte. Darüber hinaus wurde eine gute Mittelstands-politik gemacht, wo Leistung und Verantwortung sehr großgeschrieben wurde. Ich wurde Mitglied und einige Jahre danach kam dann das Angebot, meine Interessen auch im Stadtrat zu vertreten. Auf einmal kam die Chance auf mich zu, auf die ich zuvor immer gehofft hatte, welche nun aber zu einer persönlichen Entscheidungs-schwierigkeit ausuferte. Mach es, du hast doch Interesse, mach es lieber nicht, denn dann bist du nicht mehr neutral, wie es sich für einen Einzelhändler und Café-Inhaber gehört, du musst es machen, denn du bist die ideale Besetzung für das Zentrum, mach es nicht, die SPD-Leute werden nicht mehr bei dir einkaufen, du schadest dir selbst. Ohne Unterbrechung schwirrten die guten, und die angeblich guten Ratschläge in meinem Kopf. Ich wusste nicht mehr, was ich wollte. Die waghalsige Aussage, Augen zu und durch, zog bei mir schon gar nicht. Das Geschäft lief zufriedenstellend, aber eine Umsatzeinbuße konnte ich zu dieser Zeit nicht gebrauchen.

Der damalige Vorsitzende und Bürgermeisterkandidat überzeugten mich schließlich, als er ruhig und sachlich sagte: „Das ist gar nicht so hier in Frechen, hier kennt zwar jeder jeden, aber die Mentalität der Bürger ist tolerant, du wirst keine Nachteile haben". Auf dem Listenplatz elf kam ich im Jahr 1975 in den Stadtrat. Und, oh Wunder, geschäftlich passierte nichts Negatives, im Gegenteil, der Umsatz stieg weiter an. In den Jahren danach kam es aber doch noch zu einigen heiklen Situationen. Wenn z.B. Helmut Kohl oder andere CDU Politiker angeblich falsche Entscheidungen getroffen, oder unkluge Aussagen geäußert hatten, musste meine Frau und manchmal auch die Verkäuferinnen herhalten. Es kam vor, dass plötzlich und unerwartet sehr kritische und manchmal auch boshafte Zeitgenossen vor der Ladentheke auftauchten, und lautstark ihren Frust abließen, obwohl mei-ne Frau mit Politik nichts zu tun hatte. Eine Diskussion war wegen der geräuschvollen Sprechweise unmöglich. Meiner Frau war die ganze Sache vor den Angestellten, vor den Kunden und Gästen unheimlich peinlich. Sie hat sich sehr darüber geärgert. Derarti-ge Zwischenfälle kamen, Gott sei Dank, nicht sehr häufig vor und hatten auf den Ge-schäftsverlauf wenig Einfluss. Im Laufe der Zeit kannte meine Frau durch viele Gespräche über den Ladentisch all unsere Kunden und hatte mit allen ein gutes Verhältnis. Erleichternde, aber auch Gedanken mit Fragezeichen, durchströmten mein Inneres, als sie eines Tages sagte: „Ich bin fest davon überzeugt, dass die Mitglieder anderer Parteien unser Geschäft mehr frequentieren als deine eigenen politischen Freunde und Anhänger".

Später durfte ich dann noch Angela Merkel (damals noch nicht Bundeskanzlerin) und Bundespräsident von Weizäcker kennen lernen (siehe Kapitel "Ein besonderer Auftrag", 1982) und erhielt 2005 das Bundesverdienstkreuz.

Bundesverdienstkreuz am Bande (2005)

## 57   Edmund braucht Hilfe (1976)


Edmund war ein Auszubildender, ein Lehrling von mir. Seine Mutter hatte sich sehr für ihn eingesetzt. Ich hatte mich überreden lassen und ihn per Lehrvertrag verpflichtet, ihn nach Recht und Ordnung auszubilden.

Von Anfang an merkte ich, es würde nicht einfach werden, weder für ihn noch für mich. Edmund war ein aufmerksamer Junge und zeigte auch großes Interesse an all dem Neuen, was auf ihn zu kam. Sehr bald merkte ich aber, dass er zwar körperlich anwesend, oft aber innerlich abgetreten war. Mehrmals musste ihm jede Kleinigkeit erklärt werden. Manchmal prüfte er auch selbst, ob das alles stimmte, was ich ihm erläutert hatte. Ich kann mich entsinnen, dass er sich zwei Finger der linken Hand verbrannte. Diesmal wurde die Neugierde sein Verhängnis. Er wollte einfach wissen was passiert, wenn er, trotz Warnung, die kochende Marmelade statt auf das Gebäck auf seine Hand streicht.

Er jammerte nicht, seine Arbeit wollte er weitermachen. Eine Woche schrieb ihn der Arzt krank. Edmund war nie schlecht gelaunt, immer freundlich, zuvorkommend und pünktlich. Ich sprach mit dem befreundeten Berufsschullehrer, Erich Kapperlat über den Schüler. Der zuckte die Schulter und meinte, es würde wohl im theoretischen Bereich hapern. Erich war ein Pädagoge alter Schule und mir gegenüber offen und ehrlich. Als vor zwei Jahren ein schwergewichtiger Lehrling seine Zwischenprüfung abgelegt hatte, sagte er sarkastisch zu mir: „der wäre besser Eisenbieger geworden". Aber hier befürchtete er, dass Edmund die Gesellenprüfung in der Theorie nicht bestehen werde. Im praktischen Teil war es nicht viel aussichtsreicher. Er war jetzt zweieinhalb Monate im Betrieb. Es gibt seitens des Ausbilders nur die Möglichkeit einer Kündigung im ersten Vierteljahr. Ich schickte einen Brief an die Mutter und schilderte die Lage. Am darauffolgenden Sonntag nach Feierabend erschien die gute Frau im Café. Sie war alleinerziehend und hatte sich vor einigen Wochen im Dienstleistungsbereich selbstständig gemacht. Ich bewunderte ihren Mut und den festen Willen, nicht von der Sozialhilfe abhängig zu sein. Unter Tränen bat sie mich, es doch noch mal mit Edmund zu versuchen. Ich ließ mich breitschlagen und nahm die Kündigung zurück, wohl wissend, dass ich viele meiner Arbeitsstunden nur für Edmund würde einbringen müssen. Ja, und dann war er für die nächsten drei Jahre im Betrieb. Edmund wusste selbst, dass er ein lernbehinderter Schüler war, versuchte mit aller Kraft, diese Beeinträchtigung anzugehen und den notwendigen Lehrstoff im Kopf zu behalten. Ich musste ihm alles doppelt und dreifach erklären. Einige Male ging auch bei mir die Sicherung durch. Er aber blieb immer höflich, gut erzogen, und manchmal entschuldigte er sich sogar.

Die Zwischenprüfung nach eineinhalb Jahren bestand er nicht. Ich

legte dann in den nächsten eineinhalb Jahren meine ganze Standes-
ehre in die Waagschale und arbeitete mit ihm sehr hart, damit er
wenigstens den praktischen Teil der Gesellenprüfung schaffen
würde. Oft habe ich noch bis in den Abend mit ihm geübt und alles
Mögliche durchexerziert. Für den theoretischen Teil, so war meine
Meinung, sollten sich die Berufsschullehrer etwas einfallen lassen.
Der Prüfungstag rückte näher. Edmund wurde nervös, was sonst
selten bei ihm vorkam. Morgens fuhr ich ihn nach Köln in die Prü-
fungsbackstube am Heumarkt. Eine Zeit beobachtete ich ihn noch.
Wenn er den Garnierbeutel in die Hand nahm zitterte er am ganzen
Körper. Ich sagte mir mit einem Kloß im Hals, da muss er durch,
das hilft alles nichts. Als ich ihn am Abend wieder abholte, fiel er
mir um den Hals. Er hatte den praktischen Teil der Prüfung bestanden, zwar mit Müh und Not, aber bestanden. Er war stolz und
freute sich wie ein König, und ich mit ihm.
Nun hatte er aber den für ihn noch schwierigeren zweiten Teil der
Prüfung vor sich. Diese fand eine Woche später statt. Wie von mir
vorausgesehen fiel er leider dort durch. Er ließ sich aber nicht un-
terkriegen. Hoffnungsvoll erzählte er die Prüfer hätten ihm gesagt,
dass es in den Handwerksberufen die Möglichkeit gäbe, innerhalb
eines Jahres die Prüfung noch zweimal zu wiederholen. Er nahm
die Chance wahr, und beim dritten Mal bestand er auch diese Prüfung.
Edmund hat sich professionell beraten lassen, vom Arbeitsamt,

vom Sozialamt und auch vom Internationalen Bund (IB).

Werbung an der Ecke Hauptstr. & Dr. Tusch-Str.

Er nimmt die von dort angebotenen Hilfen auch fleißig in An-
spruch und ist häufig den ganzen Tag unterwegs.

Wenn wir uns heute auf der Straße begegnen, kommt er mit einem
Lachen auf mich zu, welches auch mich immer wieder froh stimmt.

Er sagt, die drei Jahre bei mir wären die Schönsten gewesen und er
würde sie nie vergessen.

Für mich bleibt die Erinnerung an einen außergewöhnlichen Lehrling. Edmund hat mir viel gegeben. Seine lebensbejahende Einstellung, seine Freundlichkeit und sein Lachen, welches nie gekünstelt
war, vor allem aber seine Gelassenheit und sein unverzagtes Durchhaltevermögen werde ich nicht vergessen.

## 58 Unvergessliche Momente (1977)

Sie war eine Asiatin, schlank und 22 Jahre. Ihr Name war Ayumi Yamada. Ich sah sie zum ersten Mal im Sept.1977 morgens um $7^{30}$ in der Lehrbackstube der Handwerkskammer zu Köln. 19 Auszubildende hatten heute ihren Prüfungstag im praktischen Bereich. Wenn sie nach acht Stunden ihre Arbeiten zur Zufriedenheit ausgeführt hatten, waren sie ab morgen Gesellinnen oder Gesellen im Konditoren-Handwerk.

"Welcher Tisch ist für mich vorgesehen?" erkundigte sie sich. Diese Frage kam in einem Sprachgewusel aus kölsch, deutsch und englisch und richtete sich an mich, dem zuerst eintretenden Prüfungsmeister." Ihr Arbeitstisch ist in der zweiten Reihe rechts außen", erklärte ich ihr.

Oh Wunder, sie hatte es schon nach zwei Minuten in deutscher Sprache verstanden und nahm auch sofort den zugewiesenen Arbeitsbereich in Beschlag.

Ihr Name stand auf einem weißen DIN 4 Blatt und prangte nun für alle sichtbar am Kopfende ihrer Arbeitsplatte. Dieser war nicht einfach in Großbuchstaben geschrieben, wie bei den 18 Anderen, sondern in blauer Tusche mit kleinen und großen, mit dicken und dünnen, mit runden und halbrunden Kreisen gezirkelt, schraffiert und gezeichnet. Für mich war das ein wahres Wunderwerk.

Sie kam aus Osaka und hatte dort in einem Backwaren-Produktionsbetrieb gearbeitet. Sie liebte diesen Beruf. Es machte ihr Freude, neue Ideen zu entwickeln und in der Praxis auszuprobieren. Nach drei Jahren besorgte ihr ein entfernter Verwandter, welcher im diplomatischen Dienst tätig war, ein Stipendium in Deutschland. Nun stand sie hier und wollte sich selbst mit der Prüfung beweisen, dass sie auch hier im Land Erfolg hatte. Nach zwei Stunden merkte ich, dass ihr das Arbeiten nach deutschen Richtlinien, mit dem hohen Qualitätsstandart, Schwierigkeiten bereitete. Ihre feingliedrigen Hände zitterten, zeitweise wirkte sie kribbelig und nervös. Das saubere, ruhige und zügige Arbeiten von Peter, ihrem unmittelbaren Nachbarn irritierte sie. Als Arbeitsproben waren ihr Blätterteigpasteten, Marzipanschweinchen und Nugat- Pralinen zugeteilt worden. Mit diesen Erzeugnissen kam sie nur langsam voran. Ihr Blick suchte Verständnis und Hilfe. Ich versuchte zu helfen, soweit es die Richtlinien zuließen In der Schlussphase allerdings, als das Gesellenstück, eine 3stöckige Hochzeitstorte, der Fertigstellung entgegenging, zeigte Ayumi ihre ganze Stärke, ihr Können und ihre Kreativität. Sie präsentierte ein wahres Meisterstück und bestand die Prüfung als Drittbeste.

Großer Jubel brach aus. Jeder gratulierte und gönnte ihr den Erfolg. Nun hatte auch die Öffentlichkeit Zutritt. Zu unser aller Überraschung erschienen zwölf Damen und Herren mit fernöstlichen Gesichtszügen, mit Schreibblocks und teuren Fotoapparaten, mit Aufnahmegeräten und Filmkameras. Sie werkelten mit Stativen und Lichtmessgeräten. Einige, sehr gut gekleidete Herren zottelten noch an ihren Krawatten.

Der Raum erhellte sich von dem Feuerwerk der Blitzlichter. Die Angehörigen der Bonner Botschaft strahlten, genauso wie ihre Landsmännin. Immer wieder musste Ayumi in das vorgehaltene Mikro sprechen und die Schreibgeräte tanzten auf den vorbereiteten Unterlagen. Die Japaner waren sehr stolz auf die junge Botschafterin ihres Landes, lobten aber auch die Arbeit der Ausbilder.

Bei den Filmaufnahmen blieben die Minen der Prüfungsmeister ernst und reserviert. Aber ein Anflug von Zufriedenheit und Erleichterung war nicht zu übersehen.

## 59 Ein besonderer Auftrag (1982)

Es war die Zeit, als Bonn noch die Bundeshauptstadt war. Mein zuständiger Konditoren-Obermeister, Herr Lenzen aus Köln, rief mich an und fragte, ob ich interessiert sei, dreihundert Petit-Fours (kleine Teilchen) nach Bonn zu liefern. Die Kölner Innungen arrangierten dort eine Ausstellung mit Sommerfest-Charakter für Beamte und Angestellte der Bundesregierung in der Zittelmannstraße. Der Preis war nicht hochjubelnd, aber für mich ein außergewöhnlicher Auftrag. Es war ein Mittwoch Ende August. Die Petit-Fours sollten gegen $9^{00}$ Uhr geliefert werden. Es nieselte etwas, als ich dort ankam. Ich stellte also zunächst meinen kleinen Lieferwagen in eine Parklücke und inspizierte die Lage.

Es herrschte schon ein buntes Treiben auf dem Vorplatz des Zentralverbandes des deutschen Handwerks. Etwa 18 Handwerker aus dem Kölner Raum hämmerten und sägten schon, um die Ausstellungsstücke zur Präsentation ansprechend aufzubauen. Fast alle kamen aus dem Baugewerbe, es waren unter anderem: Zimmerleute, Schreiner, Fliesenleger, Treppenspezialisten und Dachdecker.

Ich hatte Glück. Endlich gegen $10^{00}$ Uhr hörte es auf zu regnen, und ich konnte meine empfindliche Ware ausladen.

Immerhin hatte eine Mitarbeiterin des Marktleiters für mich einen kleinen Tisch hingestellt und sogar eine weiße Decke dazu gelegt. Leider war der Tisch aber so klein, dass ich meine Gebäckstücke auf zwei Etagen aufstellen musste. Für die Petit-Fours war das nicht ideal. Trotz allem war ich anschließend mit meiner Arbeit zufrieden, obwohl ich allerdings zugeben musste, meine Frau hätte das sicher besser gemacht. Meinem Nachbarn, dem Zimmermann, gefiel das alles so gut, dass er noch einen großen Sonnenschirm herbeischaffte, damit ja keine eventuellen Regentropfen meine süßen Sachen verunstalteten.

Mittlerweile kamen immer mehr Schaulustige auf das schön gestaltete Fest, zeigten viel Interesse an den einzelnen Ständen und ließen sich alles genau erklären. Bei mir war noch nicht so viel los. Die Leute fragten auch nach den Preisen, und als ich ihnen erklärte, dass auf dieser Veranstaltung alles kostenlos sei, probierten viele die Naschwerke und nahmen auch noch welche mit. Aber ich muss auch sagen, die Menschen auf diesem Fest hatten Niveau, denn es gab niemand, welcher mehr als zwei Stücke anforderte.

Auf einmal traute ich meinen Augen nicht. Der Bundeskanzler Helmut Kohl erschien mit einigen Getreuen auf der Bildfläche. Er guckte hier und dort und bekam auch Applaus, machte aber ein richtig grimmiges Gesicht, vielleicht hatte er vorher noch eine schlechte Nachricht erhalten.

Einige Zeit später kam auch der damalige Bundespräsident Richard von Weizäcker auf den Festplatz. Er blieb immer kurz stehen, unterhielt sich mit den Ausstellern, aber auch mit den Besuchern und anderen Interessierten. Er blieb auch am Konditorenstand stehen. Meine Petit-Fours gefielen ihm anscheinend sehr gut, er reichte mir spontan die Hand und der Zimmermann drückte in dem Augenblick auf den Auslöser seiner Kamera.

Gegen 17 Uhr waren meine kleinen Teilchen alle weg. Kurz danach packten wir alle unsere Sachen zusammen. Gemeinsam haben wir noch eine Weile über alles gesprochen und ein interessanter Tag ging zu Ende.

# 60 Türkische Erfahrungen (1990)

Sibel, eine junge Türkin, hatte sich auf eine Anzeige in der Zeitung, bei uns vorgestellt. Sie suchte Arbeit, die sie mit der Schule verbinden konnte, also auch an Sonntagen. Wir unterhielten uns im Café und ich war sofort von ihr angetan. Sie war offen, sehr freundlich und hatte Spaß am Leben.

Am Sonntag kurz vor acht Uhr erschien sie in der Backstube, pünktlich wie abgemacht, was nicht bei allen Mitarbeitern selbstverständlich war.

Ihre Aufgabe war, Erdbeeren zu waschen, zu zupfen, und später sollte sie damit die Tortenböden belegen. Von Anfang an lief das alles wie am Schnürchen. Was mir positiv auffiel war, dass sie sich nicht eine Erdbeere in den Mund steckte. Bei anderen Aushilfen war das nicht so, es wurde immer viel genascht. Wenn das überhandnahm, musste ich schon mal  den Trick von meinem Lehrmeister aus der Tasche ziehen, der bei ähnlichen Gelegenheiten sagte: „Ihr müsst pfeifen, immer weiter pfeifen, dann bin ich sicher, dass ihr nicht naschen könnt," oder, wenn zuviel geredet wurde wetterte er: „Entweder wird gearbeitet, oder gequatscht, beides zusammen geht nicht". Aber bei Sibel blieb alles in Grenzen. Sie kam auch oft wochentags und in den Ferien, und sie war bei allen sehr beliebt.

Ich kann mich noch an einen warmen Sonnentag erinnern, der Fahrer unseres Lieferanten musste die meiste Ware, wie Mehl, Marzipan, Zucker und Papierkram in den Keller schleppen. Er war schlecht gelaunt und meckerte, nee hier in dieser Hitze würde er nicht arbeiten. Als Sibel dann in der Nähe war, sah

er sie und meinte auf einmal: "Doch, hier könnte ich sehr gut arbeiten". Sibel kündigte nach zwei Jahren. Als ich sie fragte: „Warum willst du weg?", sagte sie: „ Ich werde verlobt und werde noch einige Zeit in die Türkei fahren zu Verwandten". Ich bohrte weiter ob sie denn den jungen Mann kennen würde. „Nein überhaupt nicht, aber ich freue mich". Danach habe ich sie nur noch einmal gesehen.

Sie wollte stattdessen ihre jüngere Schwester Ayse schicken, sie würde sehr gerne bei uns einspringen. Ayse war etwas jünger, aber sie war genau so zuverlässig und fleißig wie ihre Schwester. Sie sorgte sogar sechs Monate später für einen großen Auftrag. Sie bestellte eine sechs-stöckige Hochzeitstorte und noch neun verschiedene andere Torten. Sie sagte aber sofort, „nicht für Sibel".

Ein Freund der Familie sei Musiker und er wolle für unseren Kuchen Werbung machen. Die große Bestellung musste auch noch nach Bonn zu einer Schule gebracht werden, wo die Hochzeitsfeier stattfand. Auf meine vorsichtige Frage wer das denn bezahle, sagte sie: „In dem großen Saal mit den vielen Leuten ist ein Mann mit einem Hut auf dem Kopf, welcher nur durch den Mittelgang auf und abgeht, der bezahlt alles".

Dann hatte ich noch die bange Frage ob ich auch das teure Tortengestell zurückbekomme, oder soll das mitberechnet werden. „Am nächsten Tag bekommen Sie das zurück".

Irgendwie mulmig war mir doch zu Mute. Ob das alles gut geht? Auch die weite Fahrt machte mir noch Sorgen. In meiner kleinen Tortenkutsche hatte ich alles gut verstaut und fuhr dann beizeiten langsam und vorsichtig Richtung Bonn. Schon auf dem Schulhof war der große Krach zu hören.

Dort war auch schon eine große Hähnchen-Braterei im Einsatz. Im Saal konnte man kaum das eigene Wort verstehen. Ich mischte mich einfach dazwischen und peilte erstmals die Lage. Nur die älteren Leute saßen an den Tischen, die Kinder und auch die Erwachsenen liefen durch die Gegend. Es war ein heilloses Durcheinander. Aber, Gott sei Dank, den Mann mit dem Hut hatte ich schon erspäht. Ich fragte eine Frau mittleren Alters wo ich den Kuchen abstellen könnte. Diese hatte mich wohl verstanden, denn im oberen Teil des

Saals wurden einige Tische zusammengestellt. Dann zeigte sie auf einige Kinder, die mithelfen sollten. Aber das war mir gar nicht so recht, denn das war ja alles eine sehr empfindliche Ware.

Es ging dann doch wie im Gänsemarsch durch den großen, sehr belebten Saal. Dort musste ich nun die sechsstöckige Figurentorte einzeln zusammensetzen, bei den vielen Kindern, die alles genau mitbekommen wollten, war das gar nicht so einfach.

Die oberste Torte war auch schon etwas beschädigt, vorsichtshalber hatte ich mir einen Beutel mit Buttercreme mitgebracht, so dass ich den Schaden noch beheben konnte. Dann habe ich mir, mit der Rechnung in der Hand, wieder den Mann mit Hut gesucht, welcher das alles bezahlen sollte. Ich habe ihn aber trotz des großen Tohuwabohu sofort wiedergefunden. Ich zeigte auf den Betrag und ohne die Bestellung überhaupt anzusehen, zückte er ein Bündel aus der Hosentasche und bezahlte sofort.

Er gab mir auch noch Trinkgeld, welches ich an die Kinder, die mir geholfen hatten, weitergegeben habe. Sie freuten sich sehr darüber. Der Mann mit dem Hut sagte keinen Ton und ging sofort wieder auf und ab, er hatte anscheinend alles unter Kontrolle. So eine unkomplizierte Übergabe hatte ich noch nicht erlebt, auch das große Tortengestell kam schon am nächsten Tag sauber und ordentlich zurück.

Ayse hat uns noch einige solcher Bestellungen besorgt.

Von ihr hörte ich, dass Sibel einen Mann aus der türkischen Botschaft geheiratet hat.

Nachdem Ayse später auch geheiratet hat und aus Frechen weggezogen ist, ist die türkische Bekanntschaft leider eingeschlafen. Schade, denn es war eine sehr nette türkische Familie.

DIE IDEALE GESCHENKIDEE
ZU OSTERN FÜR JUNG + ALT . . .

OSTEREIER
in verschiedenen Größen und Preislagen, gefüllt mit Pralinen — alles aus der eigenen Konditorei

Stadtcafé
mockenhaupt

5020 FRECHEN
HAUPTSTR. 172

P hinter dem Haus

## 61 Der erste Tag im Ruhestand (1998)

Heute wollte ich den Keller streichen und dann noch zum Frisör. Den Wecker hatte ich, nach all den vielen Jahren, kategorisch abgestellt. Endlich lange schlafen, das war zunächst das Wichtigste. Ich war 67 Jahre alt und hatte fast immer die sieben Tage Woche durchgehalten, und ich war der Meinung, nun ist es genug.

Wie immer am Morgen war alles im Haus still und friedlich. Aber eine halbe Stunde nach der gewohnten Aufstehzeit war ich wach. Ich konnte machen was ich wollte, ob Schäfchen zählen oder mir eine grüne Wiese vorstellen, ich konnte nicht mehr einschlafen. Jetzt entschloss ich mich, das Frühstück zu machen und dann meiner Frau ans Bett zu bringen. Das würde sicher für sie eine nette Überraschung werden. Dass ich das schaffen würde, dessen war ich mir sicher. Nach dem Duschen und Anziehen schlich ich mich aus dem Haus und holte frische Brötchen. Zurück ging es zunächst los mit Filterkaffee aufbrühen und die Vier-Minuteneier ins kochende Wasser zu bugzieren. Ich war gerade dabei das Frühstückstablett mit den üblichen Zutaten, wie Marmelade, Käse, Leberwurst usw. herzurichten, dann passierte es. Ich spürte auf einmal ein leises Zischen und sah den fertigen Kaffeeaufguss überall hinfließen nur nicht dahin, wo er hingehörte. Ich hatte anscheinend die Kaffeemaschine nicht richtig zusammengesetzt. Zu allem Unglück steckte auch noch meine Frau ihren Kopf durch die Schiebtüre zur Küche.

Der Tag fängt ja gut an, murmelte ich noch so vor mich hin. Jetzt war ich in der Klemme. Da wir nur eine sehr kleine Küche haben, in welcher nur eine Person arbeiten kann, komplementierte mich meine Frau zunächst mal raus aus der Küche. Nachdem sie in kurzer Zeit die Küche wieder in Ordnung hatte, haben wir dann aber doch noch ein wunderbares, gemeinsames Frühstück genossen. Zur Feier des Tages hatte ich den Balkontisch mit drapiertem, weißem Tischtuch gedeckt, und wir konnten dort wunderbar die Sonne genießen. Es klingelte kein Telefon und niemand war da, der uns mit Fragen bombardierte. Nach einiger Zeit sagte meine Frau kleinlaut: „Ich kann mich an das Nichtstun noch nicht gewöhnen. Es fehlt mir doch etwas". Ich nuschelte vor mich hin, dass es schon besser werden würde.

Zunächst hatte ich aber noch den Keller im Hinterkopf. Ich sah mich dort unten um und registrierte, dass sich dort schon sehr viel unnützes Zeug angesammelt hatte. Die Hände in den Hosentaschen überlegte ich, wie viel Arbeit auf mich zu kam. Unwillkürlich hatte ich gar keine Lust mehr, damit überhaupt anzufangen. Meiner Frau ging es ähnlich. Wir entschlossen uns, " Wir gehen heute zur Feier des Tages ins Exzelsior zum Mittagessen". Wir genossen unsern ersten freien Tag. Gegen Abend rückte meine Frau aber dann mit der Frage heraus, welche auch mir durch den Kopf ging: „War das richtig, dass wir unsern schönen Beruf einfach hundertprozentig an den Nagel gehangen hatten"? Wir hatten jetzt schon Heimweh nach unserer früheren Tätigkeit. Nach kurzem Schwelgen an besonders schöne Augenblicke kam ich wieder auf den Boden der Tatsachen und sagte, „nun haben wir A gesagt, nun müssen wir auch B sagen".

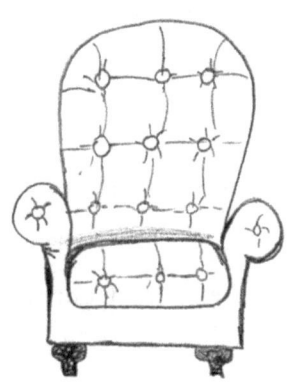

Wie immer sagten wir es gemeinsam, „es wird schon gut werden". Mit Risiko zu leben mussten wir in unserer gesamten Berufstätigkeit. Wir waren in dieser Zeit auch schon fast Kölner geworden, denn wir sagten wie aus einem Munde: „Et hätt noch immer jod jejangen". Wir besuchen immer noch ähnlich gelagerte Betriebe in unserm Land und immer noch entdecken wir Neues, anders gestaltete Backstuben und Cafés. Oft sagen wir uns dann „Dieses oder Jenes wäre auch gut für unser Geschäft in Frechen gewesen". Trotzdem sind wir froh, dass wir uns so entschieden haben, aber es hat doch einige Zeit gedauert, bis das wir uns an das süße Nichtstun gewöhnt hatten.

## 62 Meine erste, aber letzte Ballonfahrt (1998)

Wir kamen 1964 nach Frechen. Es war alles Neuland für uns, speziell die Nähe zur Großstadt Köln und dessen Umwelt. Im Spätsommer rief mich meine Frau ans Fenster und wir sahen einen großen Fesselballon in großer Höhe ganz still vor sich hin schwebend. Wir hatten zwar schon mal so ein Wunderfahrzeug gesehen, aber eben nur auf Bildern.

Für uns war das sehr faszinierend und wunderbar. Mit dem Fernrohr konnte ich erkennen, dass in dem darunter hängenden Korb zwölf erwachsene Menschen waren. Anscheinend staunten diese ununterbrochen, denn ich sah, wie sie mit den Armen hier- und dorthin zeigten, wenn unter ihnen bekannte Häuser auftauchten oder Spaziergänger durch die Wiesen und Felder gingen. Vielleicht sahen sie auch Leute in den Fenstern und hofften, dass diese ihre Jubelschreie dort unten noch hören konnten.

Für mich war das alles so packend und interessant, dass ich an schönen Tagen zum Decksteiner Weiher fuhr, weil meistens dort auf einer Wiese die Ballonfahrten ihren Anfang nahmen, und ich konnte das alles in Ruhe studieren:

Stunden vorher hatten sich schon viele Interessierte versammelt. Meistens waren das Freunde und Verwandte der Ballonfahrer. Sie konnten es anscheinend alle nicht aushalten und warteten, bis es endlich losging. Nun kam auch das Fahrzeug mit Hänger, welches den Korb und den noch platten Ballon geladen hatte.

Als erstes wurden die Gerätschaften sorgfältig auf der großen Wiese ausgelegt. Jetzt wurde mit einem großen Ventilator noch kalte Luft in den Ballon ein gepustet. Als dieser sich nach einiger Zeit ein wenig von der Wiese erhoben hatte, wurde nur noch heiße Luft eingeblasen, zu diesem Zweck wurde die einströmende Luft durch eine große Stichflamme erhitzt. Nach zwanzig Minuten stand der Ballon senkrecht auf der Wiese.

Jetzt sah er sehr groß aus. Er zitterte und bebte, als wolle er unbedingt sofort losfliegen. Es fehlte aber immer noch heiße Luft, und die Hilfskräfte brauchten viel Kraft, das Gerät mit drei großen Seilen in der Balance zu halten. Das wollte ich auch einmal wagen.

Erst nachdem ich mein Café an jüngere Hände abgegeben hatte, fand ich die Zeit dazu. Ich hatte mir öfter den Start angeguckt, aber nun, 1998 war es so weit. Ich musste unbedingt einmal selber mit in die Luft gehen, koste es was es wolle.

Meine Enkelkinder mit ihren Eltern standen irgendwo in der Nähe und wollten den Start miterleben. Der dreijährige Tobi langweilte sich schon, denn die Vorbereitungen dauerten ihm zu lange.

Endlich konnten wir in den Korb einsteigen, aber es dauerte immer noch eine Weile, bis der Ballon sich etwas bewegte. Ich merkte, dass der schweizerische Ballonführer nervös war, denn wir hatten etwas zu viel Wind und er musste aufpassen, dass wir nicht die nahestehenden großen Bäume streiften. Vor Angst zitterte ich schon am ganzen Körper und wäre am liebsten wieder ausgestiegen. Jedenfalls wurde der Ballon immer noch von den Männern gehalten, doch dann auf einmal merkte ich, dass der Korb nicht mehr die Erde berührte.

Ganz vorsichtig, still und leise schwebten wir hoch, ich sah unsere Enkel kräftig winken.

Plötzlich drehte der Ballonführer mit voller Pulle die Gasflasche auf und eine Flamme schoss in den Ballon hinein. Anscheinend mussten wir schnell Höhe gewinnen, denn die Gipfel der nahestehenden Bäume kamen immer näher. Dann rief er uns zu, „bitte tief bücken". Tatsächlich streiften wir noch einige Äste des in der Nähe stehenden Kastanienbaumes. Aber es war nichts passiert, und eine himmlische Stille empfing uns. Alle konnten nur noch sehen und staunen.

Als ich unten unsere Enkelkinder zwischen den vielen Zuschauern sah, packte mich plötzlich ein Schwindel, so dass ich fast in Panik geriet. Der Ballonführer, der uns alle im Blick hatte, rief mir zu, „immer geradeaus gucken". Aber das nutzte nichts, es blieb mir nur noch, immer auf den Boden zu schauen und die Schuhspitzen in Augenschein zu nehmen. Meine Frau rief mir zu, „da ist Brühl, ich sehe die Kirche, ich sehe ein kleines Wäldchen, nun sieh doch, du verpasst vieles". Es war nichts zu machen, ich konnte nur nach unten auf den Korbboden sehen, und manchmal gar nichts, weil ich sogar oft noch die Augen schließen musste.

Anscheinend spürte der Ballonführer wieder meine Platzangst und ließ den Ballon ganz tief nach unten gleiten. Jetzt bewegten wir uns fast fünf Minuten ganz langsam über ein großes Kornfeld in etwa ein Meter Höhe. Nun hatte ich keine Angst mehr und wäre am liebsten ausgestiegen.

Dann aber schlug die Gasflamme wieder zu, und es ging erneut nach oben. Meine Angst, meine Lähmung und Verzweiflung nahmen wieder überhand. Viel gesehen habe ich nicht mehr. In der Nähe von Brühl kamen wir wieder schön sachte nach unten und die Erde hatte uns wieder. Für meine Frau war die Fahrt wunderbar, aber ich weiß ganz genau, mit so einem Apparat werde ich nie mehr in die Luft gehen.

## 63 Die Überraschung (2006)

Wir freuten uns auf unsere Enkelkinder. Sie hatten Herbstferien und durften diese Zeit bei Oma und Opa in Frechen verbringen.

Tobi, der Tüftler und Denker war dreizehn, Vivi, die kluge Schülerin mit den Sommersprossen war zehn, und Fabi, die Prinzessin, Ballerina und Märchenerzählerin war sechs Jahre alt.

Schon nach kurzer Zeit machte sich die Tatsache bemerkbar, dass die Straßenbahn vor unserer Haustüre ein gefährliches Hindernis für den enormen Bewegungsdrang der Kinder darstellte. Nachlaufen, Versteckspielen, und die üblichen Wohnstraßenbeschäftigungen kamen bei uns in Frechen nicht in Frage.

Nachdem der Dom und der Zoo besucht, die Domplatte mit den Gauklern und Künstlern besichtigt waren, fing sie an, die beklemmende Eintönigkeit, die schlechte Laune und die Zankerei. Wir besuchten noch das neue Vulkanmuseum in Mendig in der Eifel, aber dann war sie da, die Langeweile in allen Fassetten. Sie liefen nervtötend durch alle Zimmer, wühlten in Schubladen, Schränken und Werkzeugkästen und machten sich gegenseitig nass.

Nach einer gehörigen Standpauke wurde es plötzlich ruhiger im Haus. Eine wohltuende Stille kehrte ein.

Sie hatten sich auf ihre Zimmer, eine Etage höher, verkrochen. Tobi kam hier und da runter und fragte freundlich nach so ungewöhnlichen Sachen wie Wäscheklammern, nach Betttüchern, Verlängerungsschnüre und Bindfäden. Eine Taschenlampe brauchte er, eine Uhr mit Leuchtziffern und Sekundenanzeiger. Sogar die Lautsprecher vom Computer baute er aus. Auf unsere neugierigen Fragen kam immer dieselbe, stereotype Antwort, "Großes Geheimnis". Fabi, die Kleinste, rief uns nach oben. Sie lockte uns mit der singenden Ansage: "Überraschung, Überraschung, Überraschung". Dabei hüpfte sie quirlig hin und her und wuselte freudig mit den Armen. Ein halbdunkler Raum umfing uns, welcher mit Betttüchern in zwei Hälften unterteilt war.

Unsere Ahnung bestätigte sich: es wurde Theater gespielt.

Tobi war Drehbuchautor, Regisseur, Gitarrenspieler uns Schauspieler, alles in einer Person.

Vivi war Tänzerin, Sängerin, und Darstellerin von ihren prominenten Fernsehlieblingen.

Sie war aber auch die Grande Dame des Abends. Mit Schoßhündchen, viel zu großen Lackschuhen und mit Ellbogenhandschuhen tänzelte sie über das Podium als wäre sie Gräfin Kunigunde persönlich. Dann kam Fabi, eine Prinzessin war sie, ein Ritterfräulein und natürlich auch eine Ballerina. Durch eine raffinierte Technik konnte der mittlere Teil des Betttuchvorhangs auf und zu gezogen werden.

Still war es im großen Zimmer. Im Zuschauerraum standen Stühle für zwei Personen. Leise Musik rieselte von irgendwoher.

Plötzlich ein Tusch, und Tobi begrüßte das Publikum. Er beschrieb, was uns in den nächsten dreißig Minuten bevorstand. Er sagte es sogar in einer besonders verständlichen Aussprache, was uns sehr wunderte und freute.

Wir zwei Alten saßen da und guckten, hörten und staunten. Am meisten wunderten wir uns über die Disziplin seiner beiden, ansonsten sehr lebhaften und zappeligen Schwestern. Tobi hatte sie gut unter Kontrolle.

Es folgten zeitlich genau geplante Aufführungen mit Lichteffekten, Hintergrundmusik und sekundengenauen Einsätzen. Das Bühnenbild wechselte dreimal. Es gab Solo- und Zweieraufführungen. Ein Darsteller blieb abwechselnd hinter den Kulissen. Dieser musste soufflieren, die Einsätze überwachen, auf Uhren und Tonbänder achten und im richtigen Moment die Lichtreflexe steuern. Es kam unter anderem ein Hula-Hopp-Reifen zum Einsatz, ein alter Puppenwagen, eine Gitarre, ein Besenstiel, ein Sofa, eine Federbettdecke und ein großer Plastikball. Es wurden lustige und ernste Geschichten vorgetragen, es wurde gesungen und dabei überdurchschnittliche Verrenkungen gemacht. Die Kostüme wurden oft gewechselt. Manchmal passten die Klamotten und die jeweilige Körpergröße überhaupt nicht zusammen. Vor allem Vivi fiel uns auf, wenn sie mit edlem Gewand, hocherhobenem Kopf und aufgestecktem Haar, stolz wie eine Diva, über die Bühne schlenderte. Oder wenn Fabi bei manchen Szenen aggressiv mit den Augen funkelte und Tobi mit ausladenden Arm- und Beinbewegungen Elvis Presley nacheiferte.

Zwischendurch hörten wir die flüsternden Anweisungen der Regie aus dem Hintergrund: Mehr Po raus, Kopf weiter nach hinten, Beine höher, lächeln, mehr Bewegung, noch eine Minute, oder das Kommando: "Jetzt".

Uns hat das alles gut gefallen was die Enkelkinder uns da geboten haben. Auch die Kinder waren stolz und glücklich, als wir ihnen fünf Vorhänge Applaus spendierten.

## 64  Vivien das Sandwichkind (2008)

Sie nannte sich das Sandwich-Kind: Vivien hatte noch einen großen
Bruder, fe und eine kleine Schwester, Fabienne. Ab vier Jahren war
sie meistens unglücklich, weil der großer, drei Jahre älterer Bruder
alles besser wusste, und die kleine, drei Jahre jüngere Schwester in
ihren Augen zu sehr verwöhnt wurde. Sie sagte manchmal, um mich
kümmert sich keiner.

Als ihr Opa, kann ich mich noch gut erinnern, dass sie in der Backstube mit Würfelzuckerpäckchen Türmchen baute und diese dann
von Tobias eiskalt umgestoßen wurden. Oft sagte sie mir unter Tränen, dass sie als Sandwichkind viel mehr Schimpfe über sich ergehen
lassen müsste, als ihre Geschwister.

Aber mit der Zeit lernte sie sich durchzusetzen, manchmal auch mit
Schreierei. Sie war sehr ehrgeizig mit ihrem neuen Einrad, und nach
viel Übung war sie die Beste auf der ganzen Straße. Sogar ihr Bruder
Tobias musste anerkennen, dass Vivien darin ganz große Klasse
war. Sie holte mich extra aus der Backstube, damit auch ich ihre
Kunststücke bewundern konnte. Auch beim Frechener Karneval hat
sie immer mehr Bonbons und Schokolade eingesammelt, als ihre
beiden Geschwister zusammen, sie war dann richtig stolz.

Einige Jahre später fuhren Opa und Oma mit den drei Enkel nach
Duhnen an die Nordseeküste. Das Wetter war regnerisch und diesig.

Entsprechend war bei unseren Ferienkindern schlechte Laune angesagt. Sie hatten sich so viel vorgenommen. Vivien war sauer, weil das Bett von Tobias angeblich besser war, als ihres, und Tobias war stur, und wollte nicht wechseln. So ging es schon los. Die schlechte Laune war aber sofort verschwunden, als sich das Wetter am nächsten Tag besserte. Das Meer mit Ebbe und Flut war neu für sie, sowas hatten sie noch nie gesehen. Auch das Waten tief im Matsch machte ihnen unwahrscheinlich viel Spaß. Die Spitze war das Fahren mit der Kutsche, welche von vier Pferden gezogen wurde, zur Insel Neuwerk mitten durch das Wattenmeer. Gemeinsam waren sie neugierig auf das viele Neue was sie erleben konnten. Vivien genoss die Erklärungen und die Fürsorge von Tobias, der jetzt natürlich den großen Bruder herauskehrte.

In dieser Zeitspanne veränderte sie sich, sie war nicht mehr so kratzbürstig und kam auf einmal mit allen besser aus, besonders mit ihrer kleinen Schwester. Es entwickelte sich ein wunderschönes, freundschaftliches Verhältnis zu Fabienne.

Nachdem sie schon mit siebzehn Jahren den Führerschein gemacht hatte, kam sie ganz stolz nach Frechen. Die 500 Kilometer hatte sie ohne Unterbrechung am Steuer gesessen. Ihr Vater war nur als Beifahrer dabei.

Heute ist Vivien eine attraktive Studentin und macht uns sehr viel Freude. Das Sandwichkind ist erwachsen geworden. Sie hat auch schon in meinem Kalender für das nächste Jahr das Hochzeitsdatum mit ihrem Maximilian eingetragen.

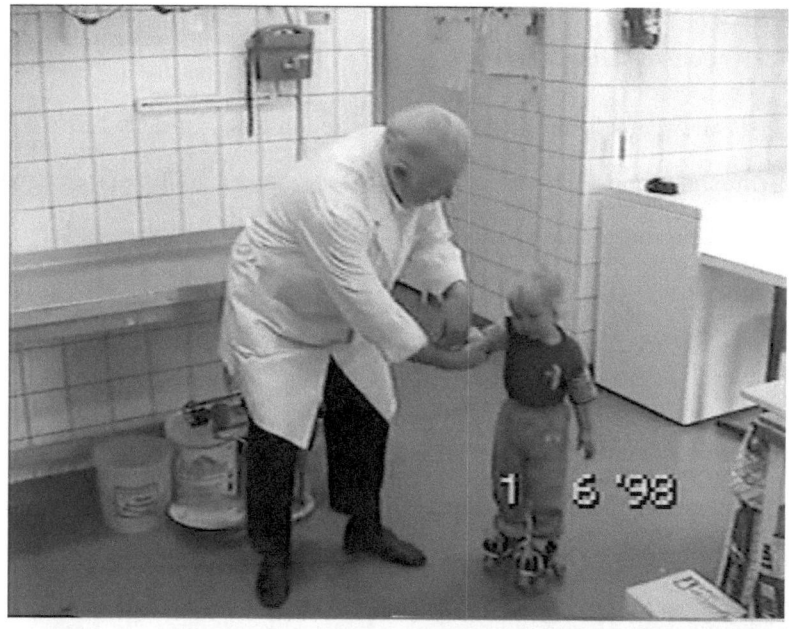

## 65   Brief an den Erzabt der Benediktiner-Abtei Beuron (2008)

Sehr geehrter Herr Erzabt,

als Tourist, aus Köln kommend, wollte ich das wunderschöne Gotteshaus mit Kloster am Donnerstag gegen 13 Uhr besichtigen. Die Deckenbemalung fand sofort bei mir großes Interesse. Ich machte mich auf, diese Kunstwerke, wenn möglich, aus einem näheren Blickwinkel zu betrachten. Über eine alte Holztreppe kam ich auch ohne Behinderung auf der Galerie an. Die erste Tür rechts war nicht verschlossen, so dass ich einen Blick in einen schönen, hellen Raum werfen konnte. Ich ging hinein und konnte dann links viele Türen sehen und dachte mir, dass hier wahrscheinlich die Klosterbrüder zu Hause sind. Es kam mir auch schon ein Mönch entgegen. Ich formulierte schon fragen, welche mir Ihr Mitbewohner sicherlich gerne beantworten würde. Vielleicht, so dachte ich in meinem Übermut, ist er so freundlich und zeigt mir eine leerstehende Klosterzelle. Umso enttäuschter war ich über die unmittelbare, absolute Unfreundlichkeit, welche mir wie ein Hammer entgegenschlug.

Ich bin 76 Jahre alt und habe viele Ehrenämter in der kath. Kirche innegehabt, aber mit diesen kratzbürstigen Unhöflichkeiten hatte ich nicht gerechnet. Ich musste sofort den Raum verlassen. Auch auf die Galerie durfte ich nicht mehr weitergehen. Ihr Mitbruder, welcher immer einen Schritt hinter mir herging, dirigierte mich auf eine enge, gefährliche Treppe. Ich wurde behandelt wie ein sehr schlimmer Übeltäter. Ich fühlte mich entsetzlich, denn er ließ mich auch nicht richtig zu Wort kommen. Unten in der Kirche wartete meine Frau. Ihr Mitbruder gab erst dann Ruhe, als er sich überzeugt hatte, dass wir auch beide die Kirche verließen.

Um nochmals klarzustellen. Ich bin durch keine verschlossene Tür gegangen, und ich habe kein Verbotshinweisschild gesehen. Auch eine Seilabsperrung habe ich auf meinem Weg nicht passiert. Ich bin enttäuscht über diese Umgangsformen, welche ich dort antraf. Die harte Kritik war nicht angemessen. Ein freundlicheres Klima dürfte auch bei den Benediktinermönchen nicht falsch sein, zumal unten auf einem Plakat steht: „Lebendiges Kloster"

## 66   Ein verflixter Sonntag (2010)

Der Spätsommer im Jahr 2010 schien ein sonniger Tag zu werden. Meine Frau und ich waren schon früh unterwegs nach Freiburg im Breisgau. Wir hatten uns dort verabredet mit unseren fünf "sogenannten Kindern". Das waren unser Sohn Andreas, unsere Schwiegertochter Anke und unsere Enkel Tobias (17 Jahre) Vivien (13 Jahre) und Fabienne ( 10 Jahre). Sie kamen alle aus Sigmaringen (ca. 140km) und wir aus Frechen (ca. 420km). Alle zusammen wollten wir einen schönen, gemeinsamen Tag in Freiburg erleben. Nach einer Stunde Fahrt, also Nähe Koblenz, fing es sehr stark an zu regnen. Nach wiederum 15 km kam die erste unerwartete Baustelle. Aber danach konnten wir unsere Durchschnittsgeschwindigkeit von 120 km/h lange Zeit gut einhalten. Sogar das Wetter spielte wieder mit. Doch nach vielen weiteren Kilometern wurde es sehr schlimm. Wir mussten die Autobahn verlassen, dann ging es über Stock und Stein, durch viele Dörfer und an vielen Ampeln vorbei. Meine Frau war am Steuer und überlegte, wie wir jeweils aus diesem Gewusel wieder rauskommen würden. Wir hatten zwar den Fahrplan großzügig berechnet, aber dieser kam jetzt ganz durcheinander. Nach einer Pause wechselten wir die Plätze und meine Frau telefonierte und telefonierte. Ein neuer Treffpunkt wurde ausgemacht und zwar eine Stunde später am Freiburger Münster.

Als wir endlich dort ankamen, merkten wir, dass dort ein großes, religiöses Fest im Gange war. Unser festgelegter großer Parkplatz war total belegt. Also mussten wir noch einen weiter entfernten Parkplatz suchen. Als wir endlich an der Kirche angekommen waren, war die Feierlichkeit innerhalb des Gotteshauses gerade erst beendet, und die große Kirche entleerte sich, aber sehr langsam. Wir sahen Bischöfe und viele Amtsträger mit entsprechenden Fahnen.

Ich dachte, in dieser Menschenmenge sehen wir unsere Kinder so leicht nicht wieder. Aber siehe da, schon nach kurzer Zeit, sah ich unseren großen, das ist der älteste Enkel Tobias, mit seiner kleinen Schwester Fabienne an der Hand. Ich holte sie aus der Menge raus und sie wussten auch in welcher Richtung die drei anderen zu suchen waren. Nach einer ausgiebigen Begrüßung hatten wir alle Hunger. Nun also zu unserem Restaurant, wo wir uns angemeldet hatten. Erst jetzt fiel mir ein, dass wir eine Stunde zu spät dran waren, und unser reservierter Tisch wahrscheinlich jetzt besetzt war. Und so war es auch. Aber die Chefin war sehr hilfsbereit und nach fünf Minuten rumstehen hatte sie es geschafft, dass wir alle zusammen an einem großen Tisch Platz nehmen konnten. Das Mittagsmahl wurde auch zügig serviert und war sehr lecker. Nach einiger Zeit musste es aber weitergehen, denn wir wollten noch einige Sehenswürdigkeiten unter die Lupe nehmen. Vor allen Dingen hatte es mir ein bekanntes Konditorei-Café angetan. Das wollte ich mir auf alle

Fälle von innen und außen genau ansehen und natürlich von dem Angebot auch probieren. Darüber hinaus wollte ich auch etwas ganz Spezielles mit nach Hause nehmen und untersuchen.

Doch auf einmal wollten wir alle raus. Es musste natürlich vorher bezahlt werden. Nun gibt es bei uns ein ungeschriebenes Gesetz: wenn Oma dabei ist, zahlt Oma alles, und bei sieben hungrigen Leuten kommt schon etwas zusammen.

Nun passierte etwas Ungewöhnliches, in der Handtasche meiner Frau war das Portemonnaies nicht zu finden. Bei dieser Handtasche gibt das meistens ein Suchspiel, aber bisher ist die Geldbörse immer noch gefunden worden, nur diesmal nicht. Heute war anscheinend alles anders. Die Nervosität stieg, meine Frau wurde richtig blass. Nach einiger Zeit musste sie zugeben, dass das Portemonnaie wirklich weg war, obwohl sie immer noch vor sich hinmurmelte, "das kann nicht wahr sein, das ist unfassbar". Der Geldbeutel mit allen Papieren war endgültig verschwunden.

Der Kellner, welcher sich freundlich zurückgezogen hatte, kam jetzt aber wieder in unsere Nähe. Unser Sohn hatte zwar Geld, aber es reichte nicht, denn er musste noch tanken. Meine Frau war sehr unruhig und machte sich im Laufschritt auf den Weg zum Parkplatz, der 500 Meter entfernt war, dort stand unser Auto. Vielleicht hatten wir dem Portemonnaie ins Auto gelegt, denn wir hatten an der letzten Raststätte noch Kaffee getrunken und bar bezahlt.

Zwischenzeitlich lief mein Sohn zum nächsten Geldautomaten und kam "Gott sei Dank" mit genügend Geld zurück. Ich konnte also alles bezahlen und mich selbst auch auslösen, denn ich war sozusagen als Pfand im Lokal geblieben.

Ich ging also als letzter los und sah, dass meine Enkelin Vivien fünfzig Meter vor mir mit meinem Handy rumspielte. Plötzlich lief sie mir entgegen, weil das Handy klingelte, aber bis ich den Hörer am Ohr hatte, war das Gespräch weg. Jetzt gab es große Diskussionen, wer war schuld, dass das nicht geklappt hatte. Aber siehe da, während des ganzen Gezeters klingelte das Handy zum zweimal wieder. Jetzt war ich also sofort am Hörer. Eine Frau fragte mich, ob ich was verloren hätte. Als ich bejahte, ging alles ganz schnell und wir machten einen Treffpunkt aus. Vivien holte meine Frau ein, und brachte ihr die erlösende Nachricht, die Geldbörse war gefunden.

Jetzt war es überall zu spüren, das allgemeine Aufatmen und die frohen Gesichter. Wir trafen am vereinbarten Treffpunkt eine junge Frau mit ihrer zehnjährigen Tochter. Sie kamen aus Kiel und waren Touristen, wie wir. Die Tochter hatte des Portemonnaies am Münsterplatz gefunden und war auch mit Recht ganz stolz. Sie hätten als erstes die Visitenkarte gefunden und gleich angerufen. Alle waren erleichtert und das Mädchen wurde von allen Seiten liebkost und mit Dank überschüttet.

Meine Frau machte als erstes den Geldbeutel auf, aber das Lachen verging ihr, denn alles Bargeld war weg, und die Leidensbittermiene kam wieder zum Vorschein. Die Leute aus Kiel konnten, das alles nicht ganz verstehen denn die wichtigen Papiere waren ja alle noch da, und das war ja eine ganz tolle Sache. Ich versuchte mich nochmals zu bedanken und einen Finderlohn zu übergeben, aber sie waren ganz plötzlich in der Menge verschwunden.

Nachdem wir uns jetzt nur noch die Innenstadt dieser schönen Stadt Freiburg ansehen konnten, mussten wir dann unseren Heimweg antreten.

Trotzdem haben wir später Freiburg noch einmal unter besseren Umständen besucht, und wir haben eine wunderschöne Stadt in Erinnerung.

## 67 Der Enkel wird siebzehn (2010)

Für Jugendliche muss diese Zahl ein magischer Anziehungspunkt sein. Tobias ist siebzehn, und darf nun selbstständig im öffentlichen Verkehr Auto fahren, allerdings zunächst nur mit einer Begleitperson. Endlich ist es soweit und der ersehnte Geburtstag ist gekommen. Nach dem Schulunterricht ist sein erster Gang ins Rathaus, in der Hand die Geburtsurkunde.

Dieses Schriftstück ist am heutigen Tag sehr wichtig, denn nur dadurch kann er beweisen, dass er heute 17 Jahre alt ist. Schon am Telefon sagte er mir gestern:

„Dann müssen die (Beamten) mir den Führerschein rausrücken, denn der Bürgermeister hat den gültigen Fahrausweis schon vier Wochen in der Schublade liegen". Danach kam er stolz nach Hause, und jedermann musste sich diesen Lappen, wie er sagt, genau ansehen. Sein Vater sagt mir später, seine Schulzeugnisse hätte er nicht so schnell rausgerückt. Heute ist er aber richtig gut drauf, weil er endlich korrekt und ordnungsgemäß ein PKW Fahrzeug steuern darf.

Natürlich war da noch was mit der Begleitperson bis zum 18. Lebensjahr, aber dieses Handikap hatte er schon vor einiger Zeit geregelt. Schon Monate vorher flatterte eine Liste bei uns auf dem Tisch, sie enthielt Namen von Leuten, welche als Begleitpersonen in Frage kamen. Oma und Opa aus Frechen standen schon ganz oben auf dem Verzeichnis. „Hoffentlich habt ihr keine Punkte in Flensburg, sagte er mir nebenbei, „sonst kann ich euch nicht gebrauchen".

Schon 14 Tage nach seinem Geburtstag besuchte er uns in Frechen. Ich sah schon beim Einfahren zum Grundstück, dass Tobias, wie selbstverständlich, auf dem Fahrersitz saß und konzentriert alles im Griff hatte. Als sich dann die Fahrertür öffnete, konnte ich ihm aber doch die Anspannung ansehen. 510 km hatte er am Steuer gesessen, und nur langsam normalisierte sich sein klarer Verstand auf die neue Umgebung. Als sein Vater, in Gegenwart von allen Umstehenden auch noch verkündete, „Tobias ist astrein gefahren, ich hätte auf dem Beifahrersitz schlafen können," da war er stolz und glücklich.

Am nächsten Tag stand die Großstadt Köln auf dem Programm und ich als Begleitperson, ungewohnt auf dem Beifahrersitz. Ich hatte Muffensausen, denn in so einer großen Stadt hatte er wenig Erfahrung und ich konnte ja nur mit Worten eingreifen. Technische Möglichkeiten, wie kuppeln oder bremsen, waren nicht möglich. Seine Oma traute uns Beiden nicht so richtig über den Weg. „Hoffentlich geht alles gut mit der dritten Generation", hörte ich sie noch sagen.

Nun saß Tobias ruhig und gefasst neben mir. Ich spürte seine Anspannung. Er merkte sofort, das ist ein anderes Auto als das seines Vaters. Er stellte den Spiegel in die passende  Position und legte den Rückwärtsgang ein. Unsere Kellergarage ist eng und es geht sofort steil nach oben, und schon hörte ich den schrillen Piepton, welcher signalisierte: zu nahe dran. Zur gleichen Zeit war auch schon das Wehgeschrei seiner Mutter und seiner Oma zu vernehmen, die das Manöver vom Balkon aus beobachteten. Mein Chauffeur aber blieb ruhig und gefasst.

Dann ging es kreuz und quer durch die Kölner Innenstadt. zu einem Café. Mit dieser großen Zahl von Autos, Straßenbahnen, Einbahnstraßen und hastenden Fußgängern hatte er nicht gerechnet. Vor allen Dingen die Fahrräder, welche plötzlich und unverhofft an allen Ecken neben ihm auftauchten, machten ihm zu schaffen. Trotzdem fühlte ich mich gut und blieb sehr ruhig. Ich hielt mich mit kritischen Äußerungen zurück.

Am Ende der Fahrt kam dann doch noch von mir eine persönliche Frage, an welcher der neue frische Führerscheininhaber beinahe einen groben Fehler machte. Wir kamen von Königsdorf
über den abschüssigen Weg nach Buschbell. Dort sahen wir unten
die Ampel mit den zwei Rotlichtleuchten. „Warum ist das so",
wollte ich wissen. In seinem Kopf rumorte es." Diese Ampel gibt
es eigentlich nicht", brummelte er vor sich hin. Durch das intensive Nachdenken hatte er unabsichtlich, aber fahrlässig die Bremse
etwas gelockert und dadurch fuhr unser Fahrzeug ganz langsam
noch etwas an der roten Doppel-Ampel weiter. Im letzten Moment sahen wir beide den Querverkehr dicht vor uns, welcher

noch gelb hatte. Ich hatte ihn aus dem Konzept gebracht. Das war aber das einzige Mal, wo ich laut „Halt" geschrien habe.

Der zweite Fehler passierte ihm am nächsten Morgen und kostete ihm 500 Euro. Es war ein Flüchtigkeitsfehler und es passierte auf dem eigenen Parkplatz. Er hätte rückwärts aus der Parktasche rausfahren müssen, fuhr aber im Vorwärtsgang gegen die Betonwand und beschädigte Vaters Auto. Er stieg aus, war sauer und wollte nicht mehr weiterfahren. Nun musste sein Vater alle Redekunst aufwenden und ihn überzeugen, dass er gerade jetzt und sofort wieder das Fahrzeug steuern solle.

Er fuhr jetzt auch weiterhin sehr sicher, und heute nach acht Monaten fühlen sich alle Mitfahrer bei ihm gut aufgehoben.

## 68   Miteinander im Gespräch bleiben (2010)

Vor einiger Zeit feierten wir im Familienkreis unser 50jähriges Ehejubiläum.

In einer ruhigen Ecke bedrängten mich die anwesenden Kinder mit dem Wunsch, noch mehr von früher zu erzählen. "Wie war das mit den Bomben und wann hast du den Führerschein gemacht? Wie war das in der Schule, hattest du viele Freunde? Waren die Lehrerinnen nett, und warst du gut in Deutsch und

Sport?" Da kam viel auf mich zu. Ich vertröstete alle und sagte: „Das ist eine lange Geschichte, aber ich versuche mein Gedächtnis anzustrengen, aber auch über das Morgen nachzudenken. Nach meiner Mutter erinnere ich mich zuerst an meine zwei Großmütter. Oma Martha war sehr streng. Sie hatte acht Kinder auf die Welt gebracht. Darüber hinaus versorgte sie noch vier Kühe, fünf Schweine und 28 Hühner. Opa Peter war Forstgehilfe. Wenn ich mit meinem Vater sonntags dorthin ging, dann war das ein Fußweg von 1½ Stunden. Autos gab es noch wenige, auch wir hatten noch keins.

Oma Hensel war die Güte in Person. Meistens hatte sie für mich Zeit und immer etwas zu Essen im Schrank, allerdings nur dann, wenn nicht gerade in dem Moment

die Ladentüre klingelte. Es gab nämlich noch einen kleinen Kolonialwaren-Laden.

Oma Hensel hatte zwei Kinder; meine Mutter und Onkel Robert. Opa Gustav war Schneider.

Dann kam die Zeit, als der unheilvolle Weltkrieg seinen Anfang nahm. Die Nationalsozialisten hatten das Sagen. Wer nicht gehorchte und dem Führer nicht huldigte, musste viele Nachteile in Kauf nehmen. Die Menschen durften keine freie Meinung mehr äußern. Eines Tages war im Kindergarten hoher Besuch angesagt. Ein Mann in Uniform stellte sich ganz gerade hin, hob den rechten Arm und sagte ganz laut: „Heil Hitler." Einige Kinder sagten nun auch ganz zaghaft diesen Gruß. Tante Elli, unserer Kindergärtnerin war das sehr peinlich. Sie bemerkte ängstlich zu ihrem Gast," die Kinder müssen noch üben." Und das Üben; das Üben, das übernahm der Mann in der braunen Uniform. Er tat es in einem lauten und geräuschvollen Ton. Als dieser Mensch mit der schlechten Laune und den glänzenden Stiefeln wieder zur Tür ging, schwoll ihm aus vielen Kinderkehlen der Hitlergruß entgegen. Auch ich war sehr eingeschüchtert. Als ich meiner Mutter, welche vier Kinder am Tisch sitzen hatte, dies erzählte, flüsterte sie mir ängstlich ins Ohr, „es genügt, wenn du nur den Mund bewegst".

Als ich acht Jahre alt war, musste mein Vater in den Krieg. Nach einem Jahr hatten auch alle meine Klassenkameraden keine Väter mehr zu Hause. Als kleiner Junge habe ich oft abends im Bett darüber nachgedacht, warum handeln diese Leute nur so, dass so viele Menschen traurig sind?

Nun kam für mich die ungewohnte Zeit der „Fräuleins" in der Schule. Es gab keine Lehrer mehr, nur noch Lehrerinnen. Die Männer mussten alle Soldaten werden.

Der Unterricht war ungewohnt, aber bis auf Fräulein Hildebrand waren alle sehr nett. In den ersten zwei Schuljahren wurde noch

Sport unterrichtet, ich hatte immer nur eine vier. In Deutsch schrieb mir Fräulein Hildebrand ins Zeugnis: „Wenn Werner sich beim Schreiben Mühe gibt, ist auch die Schrift gut." Wir schrieben noch mit dem Griffel auf einer Schiefertafel. Einmal verpasste mir die Lehrerin eine vier, obwohl der gleiche Aufsatz auf der gleichen Tafel drei Bänke vor mir mit einer zwei benotet worden war. Freunde hatte ich immer, obwohl es bei uns Jungen wegen der Cliquenbildung oft Streit und auch Prügeleien gab.

Dann kamen die Flugzeuge. Auch in unserm kleinen Ort hörten wir immer öfter den jaulenden, furchterregenden Sirenenton. Wenn dann auch noch in der Ferne die brummenden, viermotorigen Bombenflugzeuge zu hören waren, dann versetzte uns das in Angst und Aufregung. Mitten aus der Schulstunde hastete ich mit meinem Freund Manfred in den Luftschutzkeller oder in den nahe gelegenen, und stillgelegten Erzstollen. Dort trafen wir auf Frauen und Kinder, welche die Hände zum Gebet gefaltet hatten. Aber meistens hatten wir Glück, die Flugzeuge flogen über uns hinweg. Allerdings hatte mein Freund einmal Pech. Ein kleiner Bombensplitter hatte ihn noch vor dem Stolleneingang verletzt. Erst drinnen sahen wir, dass am rechten Bein Blut runter lief. Einen Monat später wurde ein kleines Flugzeug abgeschossen. Ich sah noch, dass der Pilot raus wollte, doch die Maschine verschwand dann hinter einem Hügel. Gottfried und ich sind sehr schnell gelaufen, um an die Absturzstelle zu gelangen. Das Flugzeug lag zertrümmert in einem hohen Tannenwald. Der Pilot hing noch am Fallschirm, aber hoch im Baum. Ein untenstehender, erwachsener Mann sagte, er sei tot.

Wegen Fliegeralarm wurde der Schulunterricht immer mehr gekürzt. Oft hatten wir tagelang schulfrei. Wir mussten dann Bucheckern suchen oder Kartoffelkäfer einsammeln. Wissen, Verstand und Bildung blieben auf der Strecke. Trotzdem bekamen wir alle nach dem achten Schuljahr das Abschlusszeugnis der Volksschule. Auch im musischen Bereich gab es keine Entfaltungsmöglichkeiten. Mein größter Wunsch, das Klavierspiel zu erlernen, war aus finanziellen Gründen aussichtslos. Stattdessen schenkte mir meine Mutter eine Trompete, die sie irgendwo aus zweiter Hand gekauft hatte. Onkel Robert versuchte mich an diesem Instrument auszubilden. Zweimal durfte ich mit diesem Instrument aktiv an der Fronleichnamsprozession teilnehmen. Aber die richtige, notwendige Begeisterung konnte ich nicht aufbringen. Heute bin ich mir ganz sicher, dass Klavierspielen würde ich heute noch beherrschen.

Nun kam die Zeit des beruflichen Weiterkommens. Ich merkte sehr schnell, dass zwar der praktische Teil des Handwerks wichtig ist, aber ohne Theorie ist alles nur halb, und manchmal noch weniger. Der Krieg hatte, auch in meinem Jahrgang, viel bildungspolitisches Unheil angerichtet. Deshalb wünsche ich euch als allererstes eine gute Schulbildung, damit ihr dann, wenn ihr wollt, ein Studium, ganz nach euren Erwartungen und Möglichkeiten beginnen könnt. Verliert das Staunen nicht, es gibt ein Leben lang immer wieder Neues zu entdecken. Insgeheim wünsche ich mir, dass ihr in unserem schönen Land glücklich leben könnt. Lasst euch nicht entmutigen und lebt nicht über eure Verhältnisse. Man kann nicht immer alles haben, was man haben möchte. Ich möchte euch Mut machen. Seid selbstbewusst und stark. Übernehmt Verantwortung. Schult euch in Sprache und Rhetorik. Ein guter Redner hat mehr Möglichkeiten eigene gute Ideen zu entwickeln oder den Schwätzern und Schönrednern den Gar aus zu machen. Wählt diejenigen, welche zum Wort stehen und der Allgemeinheit dienen. Selbstvertrauen und Zufriedenheit gehen Hand in Hand. Werdet euch der Verantwortung bewusst, dass ihr die Gesellschaft von morgen seid. Ich wünsche euch Kraft, Standfestigkeit und Gottes Segen".

## 69 Heute schon gelobt?

Die Tür innerhalb des Möbelmarktes hatte es mir angetan. **Heute schon gelobt?** stand da in großen, glänzenden Buchstaben auf der Rückseite. Allerdings war die Tür nicht zu verkaufen, sondern sie diente lediglich als funktionierender Durchgang in einen anderen Raum. Irgendwie beschäftigte mich diese Tür mit dem verwirrenden Fragezeichen. Jeden Tag einen Mitmenschen zu loben war meiner Meinung nach, zu viel des Guten.

Warum hatte der Verfasser diesen Satz geprägt? Wen und was wollte er erreichen? Die Gedanken flogen durcheinander. Jeden Tag ein Lob mit Sinn und Verstand schien mir unmöglich.

Ich erinnerte mich an meinen Freund Erich, welcher es immerhin zu einem gut gehenden Gourmet-Restaurant gebracht hatte. „Wie hast du das gemacht", fragte ich ihn. „Unzufrieden, unzufrieden, unzufrieden", sagte er. „Wir müssen tagtäglich Höchstleistungen vollbringen, das bedeutet, immer besser zu sein als die Konkurrenz." Das Loben bleibt sparsam.

Auch meine Frau lag mir manchmal in den Ohren, wenn sie sagte: „Du musst die Mitarbeiter mehr loben". Oft sagte ich dann: „Wenn ich nicht kritisiere, dann lobe ich immer, auch wenn ich es nicht ausdrücklich sage." „Das ist zu wenig", war die Antwort.

Einem Mitarbeiter im Möbelgeschäft stellte ich die Frage: „Haben **Sie** heute schon jemanden gelobt?". „Nein" sagte er - nach einer Schrecksekunde rief er noch: „Mich hat aber auch noch keiner gelobt".

Ebenso, nach meinen eigenen Erfahrungen im speziellen Freizeitbereich, war das Loben sehr erbärmlich. Nun überlegte ich mir selber, das mit dem Loben intensiver anzugehen. Als erstes kam ich in den Supermarkt. Ruhig und sachlich erledigte die Kassiererin ihre Arbeit. Als sie mir das Wechselgeld hinlegte, sagte ich, „Sie machen das sehr gut, ich wünsche Ihnen den verdienten und geruhsamen Feierabend". Sie blickte mich etwas erstaunt, aber freundlich an. Dann bedankte sie sich mit einem Kopfnicken. Ihr Gesichtsausdruck signalisierte Verwunderung und Verständnis.

Einige Zeit später nutzte ich die Gelegenheit zu einem kurzen Gespräch mit einem Auszubildenden im Gastgewerbe. Ich lobte ihn für die Sauberkeit und die Attraktivität in seinem Bereich. Er war sehr stolz, freute sich über mein Interesse und erklärte mir schon komplizierte Fach ausdrücke auf seinem Gebiet.

Ermutigt durch viele Erfolge habe ich erfahren, dass bei Mitarbeitern von Verwaltungen, ebenso bei den Handwerkern, ein Lob Berge versetzen können.

Wenn ich mit dem Fahrrad am Decksteiner Weiher meine Runden drehe, erlebe ich schon morgens viele glückliche Momente, nämlich dann, wenn es gelingt, die vielen ausgelassenen, und wie mir scheint zornigen, Vierbeiner milde zu stimmen. Am besten schaffen es die Hundehalter selbst, wenn diese mit beruhigenden Worten die aufgeregten Tiere auf die Seite dirigieren. Wenn ich dann ein höfliches Dankeschön im Vorbeifahren herüberwinke, ernte ich ein freundliches Lächeln. Oft wird mir, dem Radfahrer, schon von weitem der Weg liebenswürdig freigemacht.

Ich erinnere mich auch wieder an meine Pfadfinderzeit. Jeden Tag eine gute Tat, war das Motto. Von daher könnte die Idee mit dem Lob auch einem aufgeweckten Pfadfinderkopf entsprungen sein. Dann wäre es auch jetzt noch eine gute Idee gewesen. Trotz allem aber muss ich gestehen, so richtig ist mir das Loben noch nicht gelungen. Auch an der guten Tat muss ich noch arbeiten. Ich habe aber erfahren, die Mühe lohnt.

Damals wie heute, den Alltag menschlich zu gestalten, ist für alle ein lohnendes Ziel.

# 70   Plötzlich hatten wir es mit der Polizei zu tun

Sommerzeit, Ferienzeit, Sehnsucht nach Meeresrauschen, Berge besteigen, oder einfach andere Länder besuchen.

Die Kunden an der Theke erzählten von den schönsten Wochen des Jahres.

Meine Frau wurde ungeduldig und kam mit dem Vorschlag: „lass uns einfach mal rausfahren,                               irgendwohin",

Wohin, das sei ihr egal.

Wir entschieden uns für die                Schweiz. Dieses Land ist immer noch das                Eldorado   der Konditoren,   in   dieser                Beziehung  sind die Eidgenossen immer noch                spitze.

Basel   war   unsere   erste                Station.   Wir begutachteten einige gute Konditoreien, aber es war nicht das Außergewöhnliche dabei, das ich erwartet hatte. Dann weiter zur schönen Stadt Luzern, wo ich einen Teil meiner Gesellenjahre verbracht hatte. Leider existierte dieser schöne Betrieb nicht mehr. Stattdessen Autos, Autos, immer mehr Autos. Wahrscheinlich musste dieses schöne Geschäft dem größer werdenden Autoverkehr weichen. Immerhin war es 25 Jahre her, seit ich nicht mehr dort war. Aber die zweitbeste Konditorei war noch da, schön und gut, wie eh und je. Auch die schönen Hotels am Vierwaldstätter See waren noch da, mit all ihrer Pracht. Nur das attraktive Hotel am Bürgenstock, wo Adenauer einmal seine Ferien verbracht hatte, war nicht mehr da. Nur einige Außenmauern waren noch zu sehen.

Gegen Abend spazierten wir am See entlang und ich erinnerte mich noch an die Stelle, an welcher ich Wasserschi gelernt hatte, damals kostete eine Minute einen Franken. Meine täglichen Anrufe nach Frechen verliefen gut, und nun wagten wir es auch noch mit dem Auto nach St. Moritz zu fahren.

Das dortige Café hatte es mir angetan, es sollte das qualitativ Beste der Schweiz sein. St. Moritz ist ein weltbekannter Wintersportort, aber jetzt im Sommer kommen auch ganz normale Touristen nach hier oben. Wir fanden auch ein ganz normales, bezahlbares Hotel, und dann wollten wir einen schönen Nachmittagsspaziergang unternehmen. Wir bummelten noch etwas weiter nach oben, und dann begann unsere Pechsträhne. Zwischen einigen Grasbüscheln am Rande fanden wir ein Portemonnaie, ja einen fast neuen Geldbeutel. Ich öffnete ihn und sah viele Schweizer Franken. Sofort haben wir unseren Fund zur Polizei gebracht. Wir waren der irrigen Meinung, dass wir zwei, ehrliche, deutsche Touristen, gelobt und anerkannt würden, zu mindestens würde man uns eine gute Tasse Kaffee anbieten, oder von dem Verlierer ein leckeres Schweizer Abendessen als Finderlohn bekommen. Schon im Geist hatten wir uns das alles so schön ausgerechnet. Aber Pustekuchen, es kam alles ganz anders. „Zeigen sie uns erst mal ihre Ausweise", dieser erste Satz wurde uns richtig unfreundlich, grob und gebieterisch entgegengeschleudert. Der Beamte öffnete den Geldbeutel. „Haben sie den schon geöffnet?" ranzte er uns an. Ich antwortete wahrheitsgemäß, „Nur ganz kurz", sagte ich wahrheitsgemäß. „Wie lange halten sie sich schon in der Schweiz auf, und wo wohnen sie hier in St. Moritz"?

Wir verstanden die Welt nicht mehr. Wir hatten den Eindruck, hier werden wir wie Verbrecher behandelt, jedenfalls waren die Polizisten sehr, sehr unfreundlich. Als sie merkten, dass ich noch einige Worte in der dortigen Sprache kannte und auch sprechen konnte, war das Verhör, wie ich es nannte, nicht positiver für uns, sondern eher negativer. Ich musste erklären, woher ich

dieses Schwyzer Dütsch kannte, und warum. Wir saßen sozusagen auf dem Sünderbänkchen und mussten eine Zeitlang nur Fragen beantworten. Wir fühlten uns erbärmlich, beklagenswert und hundsmiserabel. Nachdem der zweite Beamte das Geld gezählt hatte, fand er auch den Namen und die Adresse des Verlierers, aber leider keine Telefonnummer. Immerhin, der Mann wohnte in der Zentralschweiz. Auf meinen Hinweis, " sie wissen ja jetzt, wer der Verlierer ist, können wir dann gehen"? „Nein, wir müssen erst wissen, ob das Geld noch vollzählig ist". Und da erst fiel bei uns der

Groschen. Zu meiner Frau flüsterte ich, „Stell dir mal vor der Verlierer würde einfach behaupten, da fehlen 500,- Franken oder es wäre noch viel mehr drin gewesen, was machen wir dann"? Still und artig saßen wir auf der Bank und warteten. Kein Kaffee, kein Wasser, keine Freundlichkeit. Die für uns so wichtige Telefonnummer hatten unsere Peiniger endlich erfahren. Leider ging dort keiner an den Apparat. Nach einer halben Stunde immer noch nicht. Endlich erbarmten sich die Beamten, wir durften nun in unser Hotel zurückgehen. Allerdings erst, nachdem sich die Beamten vergewissert hatten, dass wir auch dort eingecheckt hatten. Wir durften aber diese Unterkunft vorläufig nicht verlassen. Eine Stunde später saßen wir mit zwei anderen Ehepaaren in dem kleinen Speisesaal und unterhielten uns. Plötzlich kamen zwei Polizisten in Uniform, andere als vorher, an die Rezeption und fragten lautstark, „Gibt es hier einen Herrn", dann holte er umständlich einen Zettel aus der Tasche, „Herrn Mockenhaupt mit seiner Frau, die hier im Hotel abgestiegen sind?" Im Speisesaal konnte man jedes Wort verstehen, und die Leute waren natürlich alle neugierig. Die Gäste möchten bitte nach vorne kommen. Alle hörten es, und wir standen schon auf und verließen unseren Tisch. Natürlich bekamen wir einen sehr roten Kopf. Bisher wusste noch keiner, worum es ging, aber uns zitterten die Knie. Die Beamten erklärten nur, leider jetzt viel leiser als vorher, dass der Inhaber der Geldbörse ausfindig gemacht wurde und gesagt hat, dass aus dem Geldbeutel nichts entwendet wurde. „Wir wünschen einen guten Tag und alles Gute". Keine Entschuldigung für die Unannehmlichkeiten, auch von Finderlohn keine Spur. Aber trotzdem war es für uns eine große Erlösung. Nun waren wir wieder gut gelaunt und unternehmungslustig, abhängig davon, was die anderen Gäste von uns hielten. Wir haben aber gelernt bei ähnlichen Fällen niemals wieder zur Polizei zu gehen, sondern nur noch in den Briefkasten damit. Am nächsten Morgen haben wir dann auch die tolle Konditorei Hanselmann besucht, das war wirklich ein" Klasse Betrieb". Alles stimmte, nicht nur das meisterliche Dekor, sondern ganz besonders der gute Geschmack, der war über alles erhaben. Wir nahmen uns noch einige Teile mit für den Heimweg. Zu Hause wurde jedes Stück in der Backstube vorsichtig auseinandergenommen, probiert, studiert und Schlüsse daraus gezogen. So blieben doch noch unter dem Strich einige schöne Tage in Erinnerung. Aber ob wir noch mal so unvoreingenommen die Schweiz besuchen, das wird sich zeigen. Vorsichtig und skeptisch bleiben wir auf alle Fälle.

## 72  Meine Enkelin Fabienne (2010)

Sie war die Jüngste von insgesamt drei Enkel, aber für mich war sie das Nesthäkchen, deshalb war sie meine Favoritin. Als sie die ersten Laute babbelte, verstanden wir uns schon ganz gut. Wenn ich ihr später aus einem Kinderbuch vorlas, wollte sie auch schon mitsprechen. Sie schlug dann ein anderes Buch auf und erzählte mir mit ihren ca. fünf Jahren schon richtige zusammenhängende Geschichten. Sie erzählte einfach aus ihrem Kopf heraus, obwohl sie ja noch gar nicht lesen konnte, was in dem Buch stand. Fabienne eröffnete mir, später wolle sie unbedingt Schriftstellerin werden.

Früh konnte ich schon mit ihr Schach spielen. Ärgerlich war Fabienne nur, wenn ich einen Fehler machte. Sie war der festen Meinung, ich hätte diesen Schnitzer absichtlich durchgehen lassen, um sie gewinnen zu lassen.

Zehn Jahre war sie alt als sie folgenden Aufsatz in der Schulklasse abgab:

*Ein Telegramm von meinem Opa aus dem Jahre 1952*

*Aufsatz von Enkelin Fabienne Mockenhaupt (damals 10 Jahre alt)*

Meine Großeltern hatten über 40 Jahre ein eigenes Café in Frechen bei Köln. Mein Großvater, Werner Mockenhaupt, kommt gebürtig aus einem kleinen Ort in Niederfischbach, im Westerwald. Dort wohnten auf der Hauptstraße gleich drei Familien mit dem Familienoberhaupt Josef Mockenhaupt.

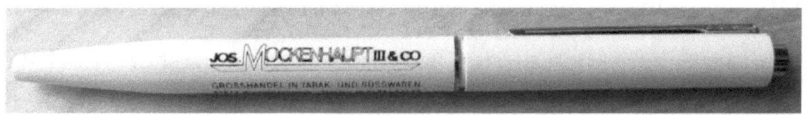

Mein Opa Werner war der Sohn von Josef Mockenhaupt dem III., man schrieb es so dann auch als Postanschrift Josef Mockenhaupt III und sage „Mockenhaupt Drei". Nach der Schule machte mein Opa eine Ausbildung zum Bäcker und dann noch zum Konditor. Er musste in vielen verschiedenen Orten arbeiten und war zum Schluss seiner Ausbildung in Iserlohn beschäftigt. Dort machte er dann auch 1952 seine Meiserprüfung. Ein Bild von dieser Prüfung habe ich mitgebracht. Es zeigt eine wunderschöne Torte, mit dem Thema „Olympische Hasenspiele". Die Figuren auf der Torte, die kleinen Hasen und die Rennbahn sind aus Marzipan hergestellt und bunt verziert.

In dem beiliegenden Telegramm schreibt mein Opa seinen Eltern, dass er seine Prüfung erfolgreich bestanden hat und kündigt seine Rückkehr nach Hause an für den nächsten Tag. Damals gab es ja noch kein Handy, mit dem man eine SMS schreiben konnte. So würde man es vielleicht heute machen. Man ging damals zur Post und dort konnte man solch ein Telegramm aufgeben. Dem Postboten musste man dann diesen Zettel ausfüllen, mit der genauen Adresse und dem Text, den man überbringen wollte.

Das Telegramm wurde mit einem Fernschreiber von der Post an den Empfänger übermittelt. Die Kosten wurden nach den Buchstaben berechnet, die der Text enthielt.

Deshalb wurden in diesen Telegrammen keine langen Texte geschrieben, sondern man kürzte alles möglichst weit ab. Das nannte man den Telegrammstil.

Der Postbeamte durfte von den Texten nichts weitergeben. Es galt auch hier wie bei Briefen das Briefgeheimnis. Er durfte auch an dem Text nichts verändern.

Telegramme waren Ende des 19. Und Anfang des 20. Jahrhunderts eine gute Möglichkeit, um Nachrichten zu überbringen, weil es noch nicht viele Telefone gab. Ein Brief dauerte damals ungefähr vier Tage und wenn man die Nachricht schneller verschicken wollte, wie bei meinem Opa, der ja schon am nächsten Tag nach Hause kommen wollte, so war das Telegramm viel schneller. Bezahlen konnte man es direkt im Postamt oder man bekam eine Telefonrechnung.

Mit einem Fernschreiber wurden dann die Nachrichten in ein Postamt in der Nähe des Empfängers, also bei meinem Opa nach Niederfischbach, zum Postamt übermittelt. Dort bekam der Mitarbeiter dann einen Papierstreifen, den dann ein Mitarbeiter meistens innerhalb von zwei Stunden nachdem das Telegramm aufgegeben worden war ausgetragen hat.

Mit 15 Jahren ist meine Fabienne gestorben.

Ich bin sicher, wir werden uns wiedersehen.

Fabienne auf dem Weg der Sachertorte in Cafés

## 73  Tatü-Tata (2018)

Nach sechs Minuten hörte ich schon das Signal der Rettungssanitäter, die 112!

Was war passiert?

Seit Jahren mache ich schon meine tägliche Tour über die schönen und interessanten Wege im Stadtwald am Decksteiner Weiher. An diesem Tag war auch meine Frau dabei, allerdings meistens nur zur Hin – und Rückfahrt nach Frechen. Ich gehe ihr zu langsam, deshalb nimmt sie ihre speziellen Wege. Natürlich hat dann jeder sein Handy dabei, damit wir uns gegenseitig schnell erreichen können.

Nach einer halben Stunde sah ich, dass meine vorgesehene Ausruhbank bereits mit vier Personen belegt war, so dass ich notgedrungen weiter gehen musste, um möglichst bald irgendeine andere Sitzmöglichkeit zu erhaschen. Es wurde auch Zeit, denn meine Beine brauchten dringend eine Auszeit. Gott sei Dank erblickte ich in zwanzig Meter Entfernung einen größeren, gefällten Baum und hoffte, dass dort meine müden Beine zur Ruhe kommen konnten.

Aber dann ereignete sich eine Situation, mit der ich nicht gerechnet hatte. Vielleicht war der Baumstamm zu dick, oder ich war schon zu müde, oder ich passte beim Hinsetzen nicht richtig auf, jedenfalls bevor ich richtig zum Sitzen kam, saß ich plötzlich neben dem gefällten Baum auf der Erde. Dabei hatten sich meine Beine unter dem Gesäß so verklemmt, so dass ein Aufstehen unmöglich war. Mein Handy war in der Hosentasche und für mich ebenfalls unerreichbar. Als erstes kam eine junge Frau auf mich zu. Ich gehe davon aus, dass sie die 112 angerufen hat, danach kamen aber auch noch einige Dauerläufer hinzu, um mir Hilfe anzubieten. Als erstes sagte ich einem Helfer die Handynummer meiner Frau, die auch dann schnell da war. Aber der Krankenwagen war ja nun einmal gerufen, der auch dann mit zwei jungen Sanitätern in wenigen Minuten zur Stelle war. Als ich dann mit Hilfe der beiden Männer wieder auf meinen Beinen stand, war die ganze Aufregung nicht mehr so schlimm. Es war nichts gebrochen, ich konnte wieder richtig stehen und langsam gehen. Viel schlimmer für mich war, dass ich ins Krankenhaus gebracht werden sollte. Ich wehrte mich dagegen, denn nach meiner Meinung war alles nicht so schlimm. Auch meine Frau unterstützte mich und redete mit den beiden Rettungssanitätern. Der Auflauf der vielen Leute drum herum verlief sich so langsam. Aber die beiden jungen Männer aus dem Krankenwagen hatten das Sagen und fuhren zunächst mit mir zu unserm Parkplatz am Militärring. Dort wurde ich sozusagen auf den Kopf gestellt, Blutdruck gemessen, meine Diabetes und meine Beine wurden begutachtet. Und dann noch die obligatorische Frage: Welches Datum haben wir heute? Vor lauter Aufregung wusste ich das natürlich nicht, aber ich rief meiner Frau die Frage nach draußen zu und die wusste das Datum natürlich sofort. Die Spezialisten im Krankenwagen sagten, das würde nicht gelten. Trotzdem hatte ich sie überzeugt. Also ich brauchte nicht ins Krankenhaus. Ich setze mich sofort auf den Beifahrersitz, meine Frau saß schon am Steuer. Ich musste noch unterschreiben, dass ich nicht ins Krankenhaus wollte. Erst dann waren auch die beiden Spezialisten im Rettungswagen zufrieden.

Auf dem Rückweg habe ich noch mal die letzte Stunde Revue passieren lassen, und ich war glücklich und zufrieden, dass alles so gut ausgegangen war, über die Hilfe der Passanten auf dem Parkweg habe ich mich sehr gefreut und danke ihnen herzlich. Danksagen möchte ich auch den beiden jungen Männern aus dem Rettungswagen, ihre Hilfe und die beruhigenden Worte haben mir sehr viel geholfen.

## 74  Rückblick eines 88ig-Jährigen

Der Bummelzug ratterte durch das Asdorftal. Jede kleinste Un-
ebenheit im Schienenstrang übertrugen die Räder unmittelbar auf
die Menschen im Eisenbahnwagen. Ich hatte noch einen Sitzplatz
im sogenannten Viehwaggon erwischt. Dort standen die klapprigen Holzbänke rund um die vier Außenwände. 40 Reisende hielten sich aufrechtstehend in der Mitte. Sie versuchten eine herab-
hängende Halteschleife zu ergattern oder mit Hilfe des Nebenmannes die Balance zu bewahren. Man schrieb das Jahr 1952.

Als 20jähriger Handwerksgeselle war ich auf dem Weg in eine
große Stadt zu einer neuen Arbeitsstelle.

Ich kam aus einem kleinen Ort im östlichsten Zipfel von Rheinland-Pfalz und nun ging es erstmals hinaus in die große weite
Welt. Die Landschaft zog vorbei, aber ich nahm sie nicht wahr.

Die Gedanken zogen zurück in die Vergangenheit. Schön war sie
gewesen, die Zeit nach dem zweiten Weltkrieg. Ich hatte mich
wohl gefühlt zu Hause im schönsten Dorf der Welt, in meinem
Fischbach. Dort lebten meine Freunde, meine Eltern, meine drei
Geschwister und meine Schulkameraden. Leute, welche mir nicht
gut gesonnen waren, kannte ich keine. An tiefliegenden Zwist und
Streit konnte ich mich nicht erinnern. Das Heimweh kroch an mir

hoch wie eine schleichende Krankheit. Werde ich es schaffen, das alles zu vergessen? Die Berge, den Wald, den kleinen Bahnhof, den Tanzsaal, die heimliche Liebe, die Hauptstraße, das Wehbacher Schwimmbad, die Jugendgruppe, die Spaziergänge mit Toni und das Reden mit ihm über Gott und die Nachbarschaft?

Ich hatte eine neue Stelle angenommen fern der Heimat. Nun hatte ich auf einmal Angst vor der eigenen Courage. Immer wieder fragte ich mich: war der Entschluss richtig? Bin ich den Anforderungen gewachsen? Wie werden die Kollegen mich aufnehmen? Werde ich neue Freunde gewinnen? Muss ich mein Schlafgemach mit anderen teilen? Welche Freizeitangebote gibt es?

Fragen über Fragen.

Ich war immer der Kleinste des Jahrgangs gewesen und musste mir schon in der Schule Verbündete suchen. Bei Raufereien hätte ich sonst immer den Kürzeren gezogen. Hinzu kam noch das ich Schwierigkeiten hatte, sprachlich zu überzeugen. Nun suchte ich mehr persönlichen Erfolg und erkannte, dass die gewünschte Anerkennung nur über den Beruf zu erreichen war. Ich suchte meine Grenzen. Wie weit schaffe ich es? Ich war neugierig, und die Neugierde behielt die Oberhand.

Nun fuhr ich einer neuen, ungewissen Zeit entgegen. Die angebotenen Möglichkeiten, meine beruflichen, aber auch die allgemeinen Kenntnisse zu erweitern, reizten mich.

Ich wollte die Chance nutzen nicht mehr nur mit den

Wölfen heulen, sondern auch selbst sagen, wo es lang geht. Nicht mehr nur reagieren, sondern endlich auch agieren.

In Betzdorf musste ich in den Schnellzug nach Köln umsteigen. Dort hatte ich eine Stunde Aufenthalt. Schon die lauten und dröhnenden Durchsagen im Bahnhofsgebäude hämmerten ungewohnt in meine Ohren. Zum ersten Mal in meinem Leben schnupperte ich Großstadtluft. Das Menschengewühl irritierte mich. Der große Dom war überwältigend. Ich kam mir sehr klein vor. Aber immerhin gehörte ich zu den wenigen Leuten aus dem Dorf, welche diese Kathedrale gesehen hatten. Ich spürte ein erstes, zaghaftes Erfolgserlebnis außerhalb der vertrauten, heimatlichen Umgebung.

In Mönchengladbach empfing mich Herr Blazek, der Personalchef.

Kurze, knappe Begrüßung und die ersten, kühlen Anweisungen: „Koffer abstellen und im Café warten bis das Personal Feierabend hat".

Gegen 17 Uhr dann der erste Kontakt mit einem gleichaltrigen Kollegen. "Ich bin der Hans," sagte er, "komme aus Bayern und du bist ab heute mein Zimmergenosse". Zehn Minuten waren es, bis wir die Unterkunft erreicht hatten, welche für acht Kollegen in vier Zimmer das zweite Zuhause war. Da war Lars, der Schwede, Karl-Heinz, aus Südafrika, José aus Spanien, Gottfried aus Hamburg, Hubert aus Neheim-Hüsten, Jochen aus Köln und Herbert aus Wuppertal. "He, meine Oma wohnt in Wehbach, das muss bei Euch in der Nähe sein," sagte Hubert, und der schmächtige Gottfried riet mir: "Sei vorsichtig bei Lilo, die ist schon vergeben". Und Jochen witzelte: "Wohnen in Fischbach außer deiner Familie auch noch andere Leute? Zum Karneval kommst du nach Köln, da wirst du dich wundern". "In Spanien sind die Mädchen schöner," meinte José. Die Internationalität im Betrieb war etwas ganz Neues für mich. Nach einer Woche bewährte ich mich schon als Deutschlehrer. Ich war wirklich platt und positiv überrascht. Sie nahmen mich einfach und unkompliziert in ihren Kreis auf. Keine Fragen wie: woher, warum, wohin, wieso. Nach einer Stunde Fußballspielen und das gemeinsame Abendessen kam es mir vor, als gehörte ich schon jahrelang dazu. Ich war glücklich, unternehmungslustig und voll motiviert. Von Heimweh keine Spur mehr.

Am nächsten Morgen lernte ich den Betriebsleiter, Herrn Sievers kennen. Er war ein sehr strenger Mann, schnell merkte ich, dass er auf allen Gebieten des Berufs ein hervorragender Fachmann und

Könner war. Hier wirkte es sich für mich negativ aus, dass ich bisher nur in kleinen Betrieben gearbeitet hatte und den Anforderungen eines Großbetriebs nicht gewachsen war. Herr Sievers hat mir beigebracht, was Sache ist. Hart und unnachgiebig hat er mich bei der Arbeit beobachtet und auf Schwächen aufmerksam gemacht, aber auch getröstet, wenn er sagte": Wer noch keine Fehler gemacht hat, hat auch noch nichts Gutes hergestellt. Ich war hungrig nach dem Neuen, nach anderen Sortimenten und nach modernen, neuzeitlichen Arbeitsweisen. Ein gelehriger Schüler war ich, ohne dass mir ein Negativimage anhaftete, ein Radfahrer oder ein Streber zu sein. Es machte mir Spaß und ich genoss es, in diesem vielseitigen Betrieb zu arbeiten.

An hohen Feiertagen zog es mich doch noch zum Heimatdorf. Schön war es immer noch mit Freunden auf den Berg des Giebelwaldes zu klettern, Erinnerungen auszutauschen oder einfach nur vertraute Wege zu gehen.

Aber nach einigen Monaten merkte ich, dass die Straßen, die Häuser mir fremder wurden. Ich hatte auch den Eindruck, dass der Fluss kleiner geworden war und ohne Fische dahinrieselte.

Bis hierher war ich mit meinem Leben zufrieden. Jung und unbefangen genoss ich die Zeit. All meine Fähigkeiten und meine Talente setzte ich, leider zu einseitig, nur für meinen Beruf ein. Das führte aber auch dazu, dass die Freizeit knapp bemessen war und ich an sieben Tagen in der Woche 10, 12, oder auch 14 Stunden täglich arbeitete. Mir machte das aber nichts aus.

Dann habe ich mich im Alter von 28 Jahren selbständig gemacht. Es war eine große Wende in meinem Leben. Ein ganz neuer Abschnitt begann.

Nun arbeitete ich nicht mehr nur in der Backstube mit sehr begrenzten Kommunikationsmöglichkeiten, sondern jetzt musste ich mich auch außerhalb der vier Wände bewegen, z.B.: mit dem Umgang von Behörden und der Führung von Mitarbeitern.

Ich musste mich mit Werbung beschäftigen und lernen mit der Kundschaft Gespräche zu führen, Kreditinstitute, Bauhandwerker und Versicherungen, die meisten wollten mit mir zu einem möglichst hohen Preis Geschäfte machen. Bald erkannte ich, dass mein Horizont eng und zu begrenzt auf mein spezielles fachliches Gebiet ausgerichtet war.

Meine Zeitgenossen konnten besser mit anderen Leuten kommunizieren, wussten mehr, und waren rhetorisch auch besser drauf. Irgendwann wurde ich dann auch unsicher, war gehemmt und verlor mein Selbstvertrauen. Ich hatte es versäumt, für die Allgemeinbildung etwas zu tun.

Ein Kunde überredete mich in eine Partei einzutreten. Ich sollte mich in der Kommunalpolitik engagieren. In sehr kurzer Zeit lernte ich die unterschiedlichsten Menschen kennen. Ich kam mit Rechtsanwälten und öffentlichen Bediensteten, mit Architekten, mit Lehrern und Studenten in Berührung. Es ging quer durch die Bevölkerung, Arme und Reiche, Schlaue und weniger Schlaue, Faule und Fleißige, und einige raffinierte Rhetoriker waren auch darunter.

Ein Wust von Erkenntnissen überfiel mich wie eine Lawine. Mein Gott, so ging es mir durch den Kopf, was habe ich noch einen Lern-Nachholbedarf gegen die geballte Intelligenz, die mich zu überrollen drohte. Warum, so fragte ich mich, hatte ich mein bisheriges Leben so einseitig vorbeiziehen lassen? Warum hatte ich mich mit der so wichtigen Eigenschaft der Rhetorik überhaupt noch nie befasst? Warum hatte ich so wenig Bücher gelesen? Warum wusste ich so wenig über Geschichte? Und warum war ich in Allgemeinbildung eine Niete? Warum? Warum? Warum?

Sehr spät machte ich mich auf die Socken und holte nach, was eben möglich war und was die Zeit erlaubte.

Etwas Selbstbewusstsein hat mir dann auch die Aussage eines französischen Schriftstellers gebracht. Er schrieb: Auch ein Börsenmakler hat sein Wissen, und ein Handwerker ebenso. Es ist ein törichtes Vorurteil der Intellektuellen, wenn sie meinen, ihr Wissen sei das Einzige, was zählt.

Jetzt im Rentenalter beschäftige ich mit der Frage: Wie gehe ich mit meinen drei Enkeln um? Was rate ich ihnen? Womit sollen sie sich beschäftigen? Was sollen sie tun? Was gebe ich ihnen mit auf den Weg? ist Geld wichtig? Heute bin ich zu der Erkenntnis gelangt, dass das Wichtigste im Leben Bildung ist. Bildung, Bildung und noch mal Bildung. Auch Nichtakademiker sollten Bücher lesen und sich mehr Allgemeinbildung aneignen, damit sie selbstbewusst auftreten können.

Es gibt viele Fassetten im Leben. Ich bin sicher, wenn meine Enkel das frühzeitig erkennen, werden sie mit mehr Freude und Selbstvertrauen das Leben meistern. Darüber hinaus ist noch ein weiterer Faktor wichtig: Mut gehört zum Leben, auch schon mal ins kalte Wasser springen sollte man lernen, nicht auf alle Fälle nur Sicherheit suchen. Risiken gehören auch dazu. Meine Enkel sollen auch lernen, sparsam zu sein. Mein Vater hat mir bis zu seinem Tot den folgenden Spruch eingebläut: Kaufe nicht was du nicht brauchst, damit dir nicht verkauft wird, was du brauchst.

Ich bin damit gut gefahren.

Dem Weg der Sachertorte ist er treu geblieben: Das Rezept für die Hochzeitstorte der Enkelin hat er an die Schwiegertochter weiter gegeben. Für gute Tipps ist er immer zu haben.

MIX

Papier | Fördert
gute Waldnutzung

FSC® C083411

Zeitfracht Medien GmbH
Ferdinand-Jühlke-Straße 7
99095 Erfurt, Deutschland
produktsicherheit@kolibri360.de